Un beso
en
París

Un beso en París

Stephanie Perkins

Traducción de Mar Mañes Bordes

neo
plataforma

Primera edición en esta colección: octubre de 2012
Decimocuarta edición: agosto de 2018

Título original: *Anna and the French Kiss*, publicado en inglés,
en 2010, por Dutton Books, Nueva York.

© Stephanie Perkins, 2010
*All rights reserved including the rights of reproduction
in whole or in part in any form.*

© de la traducción, Mar Mañes Bordes, 2012
© de la presente edición: Plataforma Editorial, 2012

Plataforma Editorial
c/ Muntaner, 269, entlo. 1ª – 08021 Barcelona
Tel.: (+34) 93 494 79 99 – Fax: (+34) 93 419 23 14
www.plataformaeditorial.com
info@plataformaeditorial.com

Depósito legal: B-25.804-2012
ISBN: 978-84-15577-53-9
IBIC: YF

Printed in Spain – Impreso en España

Fotografía de portada:
Jacket photography © 2010 by Michael Frost

Diseño de cubierta:
Kristina Due Well

Adaptación de cubierta:
Pere Valls Comas

Fotocomposición:
Grafime

El papel que se ha utilizado para imprimir este libro proviene
de explotaciones forestales controladas, donde se respetan
los valores ecológicos y sociales y el desarrollo sostenible del bosque.

Impresión:
BookPrint Digital
L'Hospitalet de Llobregat (Barcelona)

Para Jarrod, mi mejor amigo y mi verdadero amor

capítulo uno

Esto es todo lo que conozco de Francia: *Madeline* y *Amélie* y *Moulin Rouge*. El Arc de Triomphe y la torre Eiffel, aunque no tengo ni idea de cuál es su función. Napoleón, María Antonieta y muchos reyes que se llamaban Luis. Tampoco sé exactamente lo que hicieron, aunque creo que tiene algo que ver con la Revolución francesa, que a su vez tiene algo que ver con la Fiesta Nacional de Francia. El museo de arte se llama Louvre y tiene forma de pirámide, y la *Mona Lisa* vive ahí junto a esa estatua de la mujer sin brazos. Y hay un café o *bistro* o como se llame en cada esquina. Y mimos. Y se supone que la comida es buena y que la gente bebe mucho vino y fuma sin parar.

También me han dicho que no les gustan los norteamericanos ni las deportivas blancas.

Hace unos meses, mi padre me matriculó en un internado. Por teléfono me aseguró, como si citara un panfleto publicitario, que vivir en el extranjero sería una «gran experiencia educativa» y un «*souvenir* que tendría para siempre». Sí, un *souvenir*. Le habría corregido si el pánico no se hubiera apoderado de mí.

Desde entonces, he gritado, rogado, suplicado y llorado, pero nada le ha hecho cambiar de opinión, así que ahora tengo un pasaporte y un visado de estudiante nuevos. Ambos documentos declaran que soy Anna Oliphant, ciudadana de Estados Unidos de América. Y aquí estoy, la chica nueva del último curso de la School of America de París, deshaciendo las maletas con mis padres en una habitación que parece una caja de cerillas.

No es que sea una desagradecida. Al fin y al cabo, es París. ¡La Ciudad de la Luz! ¡La ciudad más romántica del mundo! Soy consciente de ello. Es sólo que todo este rollo del internado internacional es más algo para él que para mí. Desde que vendió su alma por dinero y empezó a escribir libros patéticos, que se han convertido en películas todavía más patéticas, intenta impresionar a sus amigos importantes de Nueva York con su gran nivel cultural y su riqueza.

Mi padre no es culto, pero sí rico.

No siempre fue así. Cuando mis padres todavía estaban casados, éramos gente de clase media-baja. Fue por la época en que se divorciaron cuando todo rastro de decencia se esfumó y su sueño de ser el Gran Escritor Sureño se redujo al deseo de simplemente ver su obra publicada. Entonces empezó a escribir novelas que transcurren en cualquier pueblucho de Georgia y hablan sobre personas con buenos valores americanos, que se enamoran y luego mueren a causa de enfermedades terminales.

Lo digo en serio.

A mí esas historias me deprimen, pero las señoras las devoran. Les encantan los libros de mi padre y adoran sus jerséis de punto y su sonrisa blanqueada y su bronceado artificial. Y eso lo ha convertido en un *bestseller* y en un capullo integral.

Ya han hecho adaptaciones cinematográficas de dos de sus obras y tres más están en producción, y de aquí viene la pasta: de Hollywood. De alguna manera, todo el dinero y pseudoprestigio que ha ganado han afectado a su cerebro y ahora cree que yo debo vivir en Francia. Durante todo un año. Sola. Y no entiendo por qué no podía enviarme a Australia o Irlanda o cualquier otro país donde el inglés sea la lengua oficial. La única palabra que sé en francés es *oui*, que significa «sí» y que hasta hace poco no sabía que se escribe o-u-i y no g-ü-í.

Por lo menos la gente de mi nueva escuela habla mi idioma. La School of America de París fue fundada para norteamericanos prepotentes a los que no les gusta tener cerca a sus propios hijos. Vamos, porque, si no, ¿para qué enviarían a sus hijos a un internado? Es como Hogwarts, pero sin magos guapos ni caramelos mágicos ni clases de vuelo.

En su lugar, estoy atrapada junto a otros noventa y nueve alumnos. En mi curso somos sólo veinticinco, casi nada en comparación con los seiscientos de mi instituto de Atlanta. En París estudiaré lo mismo que en el Clairemont High y, además, Francés para principiantes.

Oh, sí. Francés para principiantes. Con los de primero, sin duda. Qué guay.

Mamá dice que tengo que dejar de amargarme, y pronto, pero ella no es la que deja atrás a una fantástica mejor amiga, Bridgette. Ni un fantástico trabajo en los multicines Royal Midtown 14 multiplex. Ni a Toph, el fantástico chico de los multicines Royal Midtown 14 multiplex.

Y todavía no puedo creer que me separen de mi hermano, Sean, que sólo tiene siete años y es demasiado pequeño para que lo dejen solo en casa después del colegio. Sin mí, probablemente lo secuestrará ese tío raro del final de la calle que cuelga toallas de Coca-Cola sucias en la ventana. O Seany comerá por error algo que contenga colorante Rojo Allura y se le hinchará la garganta y no habrá nadie que lo lleve al hospital. Incluso podría morir, y seguro que entonces no me dejarían volver a casa para asistir a su funeral, y tendría que ir sola al cementerio al año siguiente, y papá haría poner una escultura horrorosa de un querubín de granito junto a su tumba.

Y ojalá no esperen que luego solicite plaza en alguna universidad de Rusia o Rumanía. Mi sueño es estudiar Teoría del Cine en California. Quiero convertirme en la primera mujer crítica de cine influyente de Estados Unidos. Algún día me invitarán a todos los festivales y tendré mi propia columna de opinión en un periódico y un programa de televisión y una web increíblemente popular. De momento sólo tengo la web, y no es especialmente popular. Todavía.

Necesito más tiempo para trabajar en ella, eso es todo.

—Anna, ha llegado el momento.

—¿Qué?

Levanto la vista de mis camisas perfectamente dobladas.

Mamá está mirándome y juguetea con su colgante con forma de tortuga. Mi padre, engalanado con un polo de color melocotón y náuticos blancos, mira por la ventana de mi habitación. Es tarde, pero al otro lado de la calle una mujer canta a grito pelado algo que parece ópera.

Mis padres tienen que volver a sus respectivos hoteles. Ambos vuelan mañana temprano.

—Oh.

Aprieto con fuerza la camisa que tengo entre las manos. Papá se aleja de la ventana y me desconcierta descubrir que tiene los ojos húmedos. Me estremece ver a mi padre —aunque sea mi padre— a punto de llorar.

—Bueno, hija, supongo que ahora ya eres toda una mujer.

Papá da un abrazo de oso a mi cuerpo paralizado.

—Cuídate. Estudia mucho y haz amigos. Y ojo con los carteristas —añade—. A veces van de dos en dos.

Asiento con la cabeza, que tengo apoyada en su hombro, y me suelta. Y se va. Mi madre todavía está aquí.

—Será un año maravilloso para ti —dice—. Estoy segura.

Me muerdo el labio para que deje de temblar y ella me rodea con los brazos. Intento respirar. Inspirar. Contar hasta tres. Espirar. Su piel huele a crema corporal de uva.

—Te llamaré en cuanto llegue a casa —dice.

A casa. Atlanta ya no es mi casa.

—Te quiero, Anna.

Ahora sí estoy llorando.

—Yo también te quiero. Cuida a Seany por mí.

—Por supuesto.

—Y a Capitán Jack —digo—. Asegúrate de que Sean le da de

comer y le cambia la cama y llena su botella de agua.Y vigila que no le dé demasiados dulces, porque engorda y entonces no puede salir del iglú. Pero que no se olvide de darle algunos, porque necesita vitamina C y cuando le pongo las vitaminas en el agua no se la bebe, y...

Mamá me abraza otra vez y me coloca mi mechón teñido detrás de la oreja.

—Te quiero —vuelve a decirme.

Y en ese momento mi madre hace algo que, incluso después de todo el papeleo, los billetes de avión y las presentaciones, no había previsto. Algo que no tendría que haber pasado hasta dentro de un año, cuando me fuera de casa para empezar la universidad; algo para lo que no estoy preparada, aunque lo haya esperado durante días y meses y años.

Mi madre se va.Y yo estoy sola.

capítulo dos

Lo veo venir y no puedo pararlo.

PÁNICO.

Me han dejado. Mis padres me han dejado de verdad. ¡EN FRANCIA!

Mientras tanto, París está extrañamente silenciosa. Incluso la cantante de ópera ha cerrado el chiringuito. No puedo perder la compostura. Las paredes son más finas que las tiritas; si me pongo a llorar, mis vecinos —mis futuros compañeros de clase— van a oírme. Me estoy poniendo enferma. Voy a vomitar el *tapenade* de berenjena que he cenado y todos van a enterarse y nadie me invitará a ver cómo los mimos escapan de sus cajas invisibles, o lo que sea que la gente de aquí hace en su tiempo libre.

Voy corriendo hasta el lavamanos para echarme un poco de agua fría en la cara, pero el chorro sale con tanta presión que me empapa la camiseta. Y ahora estoy llorando todavía más porque no he sacado las toallas de las maletas y la ropa mojada me recuerda a esas estúpidas atracciones acuáticas a las que siempre me arrastraban Bridgette y Matt en el parque de atracciones de Six Flags, donde el agua tiene un color raro y huele a pintura y está cargada de bacterias. Dios mío. ¿Y si hay bacterias en el agua? ¿Es seguro beber agua del grifo en Francia?

Esto es patético. Soy patética.

¡Cuántas chicas de diecisiete años matarían por irse de casa! Mis vecinos no están pasando por una crisis emocional. Nadie solloza al otro lado de las paredes. Cojo una camisa de la cama para secarme y entonces encuentro la solución: mi almohada. La utilizo como barrera de sonido y rompo a llorar y llorar y llorar.

Alguien llama a mi puerta.

No, no puede ser mi puerta...

¡Vuelven a llamar!

—¿Hola? —dice una chica desde el pasillo—. ¿Hola? ¿Estás bien?

No, no estoy bien. VETE. Pero ella sigue golpeando la puerta y me siento obligada a levantarme de la cama para abrir. Cuando abro me encuentro a una chica de pelo rubio y rizos firmes.

Es alta, pero no de una forma exagerada. Más o menos como una jugadora de voleibol. Lleva un *piercing* en la nariz, que brilla con la luz del pasillo.

—¿Estás bien? —Su voz es amable—. Soy Meredith, mi habitación está al lado de la tuya. ¿Los que acaban de irse son tus padres?

Sólo necesita fijarse en lo hinchados que tengo los ojos para adivinar la respuesta.

—Yo también lloré la primera noche. —Ladea la cabeza como si estuviera pensando y al cabo de unos segundos hace un gesto afirmativo—. Ven. *Chocolad chaud*.

—¿Una degustación de chocolate?

¿Para qué quiero ir a una degustación de chocolate? Mi madre acaba de abandonarme y tengo miedo de salir de mi habitación y...

—No —sonríe ella—. *Chaud*, caliente. Chocolate a la taza. Puedo hacerlo en mi habitación.

Oh.

A pesar de todo, la sigo. Meredith me hace una señal con la mano para que me detenga, como si fuera una agente de tráfico. Lleva anillos en todos los dedos.

—No olvides tu llave. Las puertas se cierran automáticamente.

—Lo sé.

Y le enseño el colgante que llevo debajo de la blusa para demostrarlo. Decidí guardar mi llave ahí después del Seminario de Supervivencia para nuevos alumnos, cuando nos contaron los inconvenientes de olvidarse la llave dentro de la habitación.

Entramos en su dormitorio. Alucino. Es del mismo tamaño microscópico que el mío, dos por tres metros, y tiene el mismo miniescritorio, el miniarmario, la minicama, la mininevera, el minilavamanos y la miniducha. (No tenemos minibaño dentro del cuarto: está al fondo del pasillo y es de uso compartido.) Pero, al contrario que en mi jaula, aquí no hay un solo centímetro de pared o de techo que no esté cubierto de pósters y fotos y papel de regalo brillante y anuncios de colores chillones escritos en francés.

—¿Cuánto tiempo llevas aquí? —le pregunto.

Meredith me da un pañuelo y me sueno la nariz, provocando un sonido horrible parecido a un claxon o un graznido, pero ella no rechista ni pone mala cara.

—Llegué ayer. Es mi cuarto año en este instituto, por eso no tuve que ir a los seminarios. Vine sola, así que he estado dando vueltas por ahí mientras espero a que vuelvan mis amigos.

Con las manos en las caderas echa un vistazo a su alrededor, admirando su propia obra. Veo que hay un montón de revistas, unas tijeras y cinta adhesiva en el suelo e intuyo que es el nuevo proyecto en el que está trabajando.

—No está mal, ¿eh? Las paredes blancas no son para mí.

Doy una vuelta por su habitación, estudiando cada detalle. No tardo en descubrir que la mayoría de las caras pertenecen a las mismas cinco personas: John, Paul, George, Ringo y un tío que juega al fútbol que no logro reconocer.

—Sólo escucho a los Beatles. A mis amigos les gusta meterse conmigo por eso, pero…

—¿Quién es ése? —pregunto señalando al Tío del Fútbol. Va de rojo y blanco y tiene las cejas y el pelo muy oscuros. En realidad, no está nada mal.

—Cesc Fàbregas. Dios, es el mejor dando pases. Juega en el Arsenal. Un club inglés, ¿sabes?

Niego con la cabeza. No estoy muy al día de los deportes. Tal vez debería planteármelo.

—Pero tiene buenas piernas.

—¿Verdad que sí? Con esos muslos podría romper ladrillos.

Mientras Meredith prepara el *chocolat chaud* en una placa eléctrica, me cuenta que también está en el último curso y que sólo juega al fútbol en verano, porque en nuestra escuela no tienen equipo. Antes competía en los All-State en Massachusetts, que es de donde viene. Es de Boston. Parece que no le importa que la acribille a preguntas o que manosee sus cosas.

Su habitación es una pasada. Además de toda la parafernalia de las paredes, tiene una docena de tazas de porcelana llenas de anillos de plástico con purpurina, anillos de plata con piedras de ámbar incrustadas y anillos de vidrio con flores secas. Parece como si llevara aquí toda la vida.

Me pruebo un anillo de dinosaurio. El tiranosaurio emite luces rojas, amarillas y azules si lo aprietas.

—Ojalá mi cuarto fuera así.

Aunque me encanta la habitación de Meredith, soy una maniática del orden y creo que no podría decorar la mía de esta manera. Necesito tener las paredes y el escritorio libres y todo en su sitio.

Parece que a Meredith le ha gustado el cumplido.

—¿Éstos son tus amigos?

Devuelvo el dinosaurio a su taza y señalo una foto que hay en su espejo. Es gris y oscura, y está impresa en un papel grueso y brillante. Evidentemente, es el resultado de una clase de fotografía de la escuela. En la imagen hay cuatro personas que posan delante de un cubo gigante. Observo sus ropas oscuras y elegantes y sus cabellos despeinados a conciencia, y me doy cuenta de que Meredith pertenece al grupito de los artistas. Por algún motivo, eso me sorprende. Ha decorado su habitación artísticamente y tiene todos esos anillos en las tazas y el *piercing* en la nariz, pero por lo demás es una chica normal: jersey lila, tejanos..., voz suave. Y aunque dice que juega al fútbol, no parece una marimacho.

Me dedica una amplia sonrisa y el movimiento hace que el brillante de su nariz refleje la luz.

—Sí, Ellie sacó esa foto en La Défense. Ésos son Josh y St. Clair y yo y Rashmi. Mañana los conocerás a la hora del desayuno. Bueno, excepto a Ellie. Se graduó el año pasado.

Se me empieza a desatar el nudo del estómago. ¿Ha sido eso una invitación para sentarme con ella?

—Pero seguro que la conocerás pronto, porque sale con St. Clair. Ahora estudia fotografía en Parsons.

Nunca había oído hablar de ese sitio, pero asiento con la cabeza como si me hubiera planteado ir en el futuro.

—Tiene mucho talento —dice, aunque algo en el tono de su voz me hace pensar lo contrario, pero prefiero no insistir—. Josh y Rashmi también salen juntos —añade.

Ah. Meredith debe de estar soltera.

Por desgracia, me siento identificada. En Atlanta salí cinco meses con mi amigo Matt. Es tirando a alto, más o menos gracioso, y tiene un pelo aceptable. Fue una situación de esas de «como nadie más interesante me hace caso, ¿quieres que nos liemos?». Todo lo que hicimos fue besarnos, y tampoco estuvo tan bien. Demasiada saliva. Siempre tenía que limpiarme la barbilla.

Rompimos cuando me dijeron que me iba a Francia, pero no me afectó. No lloré ni le envié e-mails deprimentes ni rayé el coche de su madre con una llave. Ahora sale con Cherrie Milliken, que canta en el coro y tiene el pelo brillante como en un anuncio de champú. No me molesta en absoluto. Para nada.

De hecho, romper con él me dio vía libre para fantasear con Toph, el impresionante tío bueno que trabajaba conmigo en el cine. No es que no lo hiciera mientras estaba con Matt, pero entonces me sentía culpable. Y al final del verano empezó a surgir algo con Toph.

En realidad, Matt es el único chico con el que he salido, y esa relación apenas cuenta. Una vez le conté que había estado con un tipo llamado Stuart Thistleback en un campamento de verano. Stuart Thistleback tenía el pelo castaño y tocaba el contrabajo y estábamos superenamorados, pero él vivía en Chattanooga y ni él ni yo teníamos carné de conducir. Mala suerte.

Matt sabía que me lo había inventado, pero tuvo el detalle de no decírmelo.

Justo cuando voy a preguntarle a Meredith en qué clases está matriculada, su móvil suena al son de *Strawberry Fields Forever*. Pone los ojos en blanco y contesta.

—Mamá, aquí es medianoche. Hay una diferencia horaria de seis horas, ¿recuerdas?

Echo un vistazo a su despertador, que tiene forma de submarino amarillo, y me sorprende descubrir que tiene razón. Dejo mi taza de *chocolat chaud*, que lleva un buen rato vacía, encima del tocador.

—Me voy —murmuro—. Perdona que me haya quedado tanto rato.

—Espera un segundo. —Meredith tapa el móvil con la mano—. Ha sido un placer conocerte. ¿Nos vemos durante el desayuno?

—Sí, nos vemos.

Intento que suene despreocupado, pero estoy tan emocionada que salgo de la habitación de un brinco y choco contra una pared.

Ups. No es una pared: es un chico.

—Uf. —Se echa para atrás.

—¡Perdón! Lo siento, no sabía que estabas ahí.

Sacude la cabeza, un poco sorprendido. Su pelo es lo primero en lo que me fijo —siempre es lo primero que miro en una persona—. Es castaño oscuro, de alguna manera parece largo y corto al mismo tiempo, y lo lleva despeinado. Me hace pensar en los Beatles, porque acabo de verlos en la habitación de Meredith. Es un pelo de artista. De músico. Un pelo que dice «hago-como-que-no-me-importa-pero-en-realidad-sí».

Un pelo bonito.

—No pasa nada, yo tampoco te he visto. ¿Estás bien?

Oh, Dios mío. Es inglés.

—Eh... ¿Ésta es la habitación de Mer?

Lo digo en serio, no conozco a ninguna chica norteamericana capaz de resistirse al acento británico. El chico se aclara la garganta.

—¿Meredith Chevalier? ¿Una chica alta? ¿Pelo largo y rizado?

Y luego me mira como si estuviera loca o medio sorda como mi abuela por parte de los Oliphant. Mi yaya siempre sonríe y niega con la cabeza cuando le pregunto qué quiere que ponga en la ensalada o dónde ha dejado la dentadura postiza del abuelo.

—Lo siento. —Se aparta ligeramente de mí—. Ya te ibas a la cama.

—¡Sí! Meredith vive aquí. Acabo de pasar dos horas con ella —anuncio con el mismo orgullo que mi hermano, Seany, cuando encuentra algo asqueroso en el jardín—. ¡Soy Anna! ¡Soy nueva!

Por Dios. ¿Qué diablos me pasa con este entusiasmo desmesurado? Noto cómo mis mejillas enrojecen. Esto es tan vergonzoso…

El chico me dedica una sonrisa. Tiene unos dientes preciosos: rectos en la mandíbula superior, un poco torcidos en la inferior. Y en sus labios hay marcas de suaves mordeduras. Me pierden las sonrisas como ésa, precisamente porque mi dentadura no es ninguna maravilla. Tengo un espacio del tamaño de una pasa entre los incisivos.

—Étienne —dice—. Vivo en el piso de arriba.

—Yo vivo aquí. —Señalo la puerta de mi habitación como una tonta mientras mi cabeza asimila la información: nombre francés, acento británico, escuela norteamericana, Anna confundida.

Étienne golpea dos veces la puerta de Meredith.

—Bueno, pues nos vemos por aquí, Anna.

Eh-tyén pronuncia mi nombre así: Ah-na.

Mi corazón late a toda velocidad.

Meredith abre la puerta.

—¡St. Clair! —grita. Todavía habla por teléfono. Ríen y se abrazan y hablan a la vez—. ¡Entra, entra! ¿Cómo ha ido el vuelo? ¿Cuándo has llegado? ¿Ya has visto a Josh? Mamá, tengo que colgar.

Meredith cierra simultáneamente la tapa del móvil y la puerta de su habitación.

Jugueteo con la llave de mi collar. Dos chicas que llevan albornoces rosas idénticos pasan detrás de mí mientras se cuentan cotilleos y ríen tontamente. Un grupo de chicos está de juerga al otro lado del pasillo. Las finísimas paredes me revelan que Meredith y su amigo se lo están pasando bomba. Se me encoge el corazón y se me vuelve a hacer un nudo en el estómago.

Todavía soy la chica nueva. Todavía estoy sola.

capítulo tres

A la mañana siguiente me planteo ir a buscar a Meredith, pero lo descarto en el último momento y bajo a desayunar yo sola. Por lo menos sé dónde está la cafetería (día dos: Seminario de Supervivencia). Compruebo por enésima vez que tengo la tarjeta del comedor y abro mi paraguas de Hello Kitty. Llueve un poco. Al tiempo le da absolutamente igual que hoy sea mi primer día de clase.

Cruzo la calle junto a un grupo de estudiantes que charlan. No se dan cuenta de que estoy ahí, pero esquivamos los charcos a la vez. Un coche pequeño (tan pequeño que podría ser uno de los juguetes de mi hermano) salpica a una chica con gafas al pasar a toda velocidad. La chica murmura palabrotas mientras sus amigos se meten con ella.

Yo sigo mi camino.

La ciudad es de color gris perla. El cielo nublado y los edificios de piedra transmiten una elegancia fría, pero delante de mí el Panthéon brilla con luz propia. Es un edificio enorme y sus impresionantes columnas coronan el barrio. No puedo apartar la mirada cada vez que lo veo. Parece como si lo hubieran robado de la antigua Roma o, si me apuras, del Capitolio, en Washington. No es algo que, en condiciones normales, esperaría ver desde mi clase.

No sé qué función tiene, pero supongo que no tardarán en contármelo.

Mi barrio es el Quartier Latin o Cinquième Arrondissement. Según mi diccionario, Barrio Latino o Quinto Distrito. En este *arrondissement* los edificios se solapan los unos con los otros en esquinas curvadas, lo que me recuerda a un suntuoso pastel de boda. Turistas y estudiantes invaden la calle, que está llena de bancos idénticos, farolas ornamentadas, catedrales góticas, pequeñas *crêperies*, expositores de postales y balcones de hierro forjado.

Estoy segura de que lo encontraría todo encantador si estuviera aquí de vacaciones. Me compraría un llavero de la torre Eiffel, haría fotos de los adoquines y me comería un buen plato de *escargots*. Pero no estoy de vacaciones: he venido a vivir a París y me siento pequeña.

El edificio de la School of America está a sólo dos minutos andando de la Résidence Lambert, la residencia de los estudiantes de los últimos cursos. Se entra por un gran arco, que da a un patio decorado con árboles perfectamente podados, como si les hubieran hecho la manicura. También hay macetas con geranios y enredaderas en las paredes. En cada una de las macizas puertas de color verde oscuro, que son tres veces más altas que yo, está esculpida la cabeza de un león. De las paredes de la entrada cuelgan dos banderas: la de Estados Unidos a un lado y la de Francia al otro.

Parece el decorado de una película. Podría ser una escena de *La princesita*, pero en París. ¿Cómo es posible que exista una escuela así? ¿Cómo es posible que yo esté matriculada en un sitio como éste? Mi padre fue muy optimista al pensar que yo podría encajar aquí. Intento abrir las puertas de madera con el culo, mientras me peleo con el paraguas para cerrarlo, y en ese momento un pijo que va peinado como un surfero aprovecha para pasar. Se da un golpe con mi paraguas y me lanza una mirada de desprecio como si 1) su falta de paciencia fuera culpa mía, y 2) fuera mi paraguas lo que lo ha empapado, y no la lluvia.

Anna, 1; Niño Pijo, 0. Que le den.

El techo del primer piso es increíblemente alto. Hay varias arañas de cristal y está repleto de frescos de ninfas coquetas y sátiros juguetones. El vestíbulo huele un poco a productos de limpieza de naranja y a rotuladores de pizarra. Sigo el ruido de unas suelas de goma que se dirigen a la cafetería. Bajo nuestros pies hay un mosaico de mármol con motivos de gorriones entrelazados. La campanilla del reloj dorado que cuelga al fondo del pasillo repica para indicar la hora.

El edificio de la escuela intimida e impresiona a partes iguales. Uno pensaría que aquí sólo vienen estudiantes que tienen guardaespaldas y ponis de raza, y no alguien que compra casi toda su ropa en H&M.

Aunque ya me la enseñaron en la visita para nuevos alumnos, la cafetería me deja con la boca abierta. En mi instituto de Atlanta, comíamos en una sala polivalente que apestaba a lejía y a ropa sucia. Las mesas eran largas y tenían los bancos pegados. Teníamos vasos de papel y pajitas de plástico. Las encargadas de la cantina, con su pelo siempre recogido con una rejilla de malla, nos servían pizza congelada y patatas fritas congeladas y *nuggets* congelados, y completábamos nuestra alimentación saludable con las máquinas expendedoras y todo tipo de refrescos.

Pero esto... esto podría ser un restaurante.

A pesar de la magnificencia original de la sala, la decoración es moderna. Está llena de mesas de abedul y de plantas en tiestos colgantes, y las paredes son de color mandarina y lima. Un francés elegante, que lleva un sombrero de chef blanco, sirve una gran variedad de comida con un aspecto sospechosamente fresco. Hay cajas llenas de botellas de zumo y de agua de mil clases, en vez de refrescos con alto contenido en azúcar y cafeína. Incluso hay una mesa en la que puedes prepararte un café. Café. Algunos compañeros del Clairemont adictos al Starbucks matarían por tener una máquina de café en la escuela.

Las mesas ya están ocupadas con alumnos que charlan, con el ruido de los platos (de porcelana de verdad, no de plástico) y los gritos de los chefs de fondo. Me detengo en la puerta. ¿Qué debería hacer primero? ¿Buscar un sitio para sentarme o coger algo para desayunar? ¿Y cómo voy a pedir comida si no hablo ni una palabra de francés?

Me sobresalto al oír una voz que grita mi nombre. Por favor, por favor, por favor...

Al echar un vistazo al comedor localizo una mano cargada de anillos que me hace gestos para que me acerque. Meredith me señala una silla a su lado y me dirijo hacia ella, agradecida y aliviada.

—Pensaba llamar a tu puerta para bajar juntas, pero no sé si eres de las que apura hasta el último minuto para dormir. —Meredith aprieta las cejas como muestra de preocupación—. Lo siento, debería haberte llamado, parecías totalmente perdida.

—Gracias por guardarme un sitio —digo mientras dejo mis cosas y me siento. Hay dos personas más junto a ella. Efectivamente, son los de la foto que vi ayer. Vuelvo a estar nerviosa y coloco bien la mochila entre mis pies.

—Ésta es Anna, la chica de la que os he hablado —dice Meredith.

Un chico larguirucho de pelo corto y nariz grande me saluda con su taza de café.

—Josh —dice—. Y Rashmi. —Señala con la cabeza a la chica que se sienta a su lado, que le coge la mano. Rashmi lleva unas gafas modernas de montura azul y su pelo largo y grueso le cae como una cascada por la espalda. Apenas me hace un gesto de reconocimiento.

Está bien, no es grave.

—Ya están todos aquí, excepto St. Clair —dice Meredith. Se vuelve para echar un vistazo a la cafetería—. Normalmente llega tarde.

—Siempre —la corrige Josh—. Siempre llega tarde.

Me aclaro la garganta.

—Creo que lo conocí anoche. En el pasillo.

—¿Pelo bonito y acento británico? —pregunta Meredith.

—Hum… Creo que sí. —Intento que mi tono de voz suene natural.

A Josh se le dibuja una sonrisa de suficiencia.

—A tooooodas les gusta St. Clair.

—Venga ya, cállate —dice Meredith.

—A mí no —asegura Rashmi.

Ésta me mira por primera vez para valorar si existe el menor riesgo de que me enamore de su novio. Él suelta su mano y suspira exageradamente.

—Pues a mí sí, y voy a pedirle que sea mi pareja en el baile. Éste es nuestro año, tengo una corazonada —dice Josh.

—¿Hay un baile de graduación? —pregunto yo.

—No, por suerte —dice Rashmi—. Claro, Josh. St. Clair y tú tendríais que poneros esmóquines idénticos. Estaríais la mar de guapos.

—Frac.

El acento británico hace que tanto a Meredith como a mí nos dé un vuelco el corazón. El chico del pasillo. El chico guapo. Tiene el pelo mojado por la lluvia.

—Insisto: o nos ponemos frac o le doy el ramillete a Steve Carver.

—¡St. Clair! —Josh se levanta de un brinco y se dan el típico abrazo entre tíos, con los correspondientes golpes en la espalda—. ¿Ni un beso? Me matas, chaval.

—Podría ofender a tu señora esposa. Todavía no sabe lo nuestro.

—Por mí no os cortéis —le espeta Rashmi con una sonrisa. Está muy guapa así, debería ejercitar esos músculos más a menudo.

El Chico Guapo del Pasillo (¿debería llamarlo Étienne o St. Clair?) deja su mochila y se desliza en la silla libre entre Rahsmi y yo.

—Anna.

Está sorprendido de verme, y yo de que se acuerde de mí.

—Bonito paraguas. Me habría ido bien de camino hacia aquí.

Se pasa una mano por el pelo y algunas gotas caen sobre mi hombro descubierto. No me salen las palabras. Desgraciadamente, mi estómago decide pronunciarse en ese momento. Se le ponen unos ojos como naranjas al escuchar semejante ruido y a mí me inquieta lo grandes y castaños que son. Con unos ojos así, no le hace falta nada más para conquistar a toda mujer que se le ponga delante.

Estoy segura de que Josh tiene razón: todas las chicas del colegio están enamoradas de él.

—Eso suena fatal. Ya estás alimentando a esa cosa. A menos que... —Finge que me observa y se me acerca un poco más para susurrarme—: A menos que seas una de esas chicas que no come nada. Eso sí que no lo tolero. Tendría que prohibirte sentarte a esta mesa de por vida.

He decidido que voy a hablar siempre racionalmente en su presencia.

—No sé cómo se pide la comida —confieso.

—Es fácil —dice Josh—. Haces la cola. Les dices lo que quieres. Aceptas las *delicatessen* que te ofrecen y les das tu tarjeta del comedor y un litro de sangre.

—Se rumorea que este año son dos litros —interviene Rashmi.

—La médula —dice el Chico Guapo del Pasillo—. O el lóbulo izquierdo.

—Ja, ja. Sólo quiero algo de comer, gracias.

Señalo una de las pizarras donde están los chefs. Los menús están escritos con una caligrafía exquisita con tizas blancas, amarillas y rosas. En francés.

—No se trata precisamente de mi lengua materna.

—¿No hablas nada de francés? —me pregunta Meredith.

—Hice tres años de español. No tenía previsto mudarme a París.

—No pasa nada —dice ella—. Hay muchos alumnos que no hablan francés.

—Pero la mayoría sí —añade Josh.

—Pero la mayoría no lo habla muy bien —interviene Rashmi, que le lanza una mirada fulminante.

—Lo primero que aprenderás será el lenguaje culinario. El lenguaje del amor. —Josh se frota la barriga como un Buda delgado—. *Oeuf*, huevo. *Pomme*, manzana. *Lapin*, conejo.

—No es gracioso. —Rashmi le da un puñetazo en el brazo—. No me extraña que Isis te muerda, tonto.

Echo otro vistazo a la pizarra. El menú sigue en francés.

—Vale. Pero, mientras tanto, ¿qué hago?

El Chico Guapo del Pasillo se levanta.

—Muy bien. Ven conmigo. Yo tampoco he desayunado.

Me fijo en que algunas chicas se quedan boquiabiertas al vernos pasar entre la gente. Una chica rubia de nariz aguileña, y con una diminuta camiseta sin mangas, se pega a nosotros cuando nos ponemos en la cola.

—Eh, St. Clair. ¿Cómo ha ido el verano?

—Hola, Amanda. Bien.

—¿Te quedaste aquí o volviste a *Londres*? —pregunta a la vez que se apoya en su amiga, una chica baja que lleva el pelo bien recogido en una coleta, para realzar su *pechonalidad* al máximo.

—Estuve en San Francisco con mi madre. Y tú, ¿qué has hecho?

Me alegra notar que mantiene la conversación por educación y que hay cierta indiferencia en su tono de voz.

Amanda se toca el pelo y de repente se convierte en Cherrie Milliken. A Cherrie le encanta retorcerse un mechón con el dedo. Mi amiga Bridgette está convencida de que se pasa los fines de semana imaginándose que es una supermodelo y posando con el aire de un ventilador, pero mi teoría es que está demasiado ocupada poniéndose mascarillas de barro, algas y papaya en los rizos, en su interminable búsqueda del brillo definitivo.

—Fue *genial*. —Amanda juega con su pelo—. Fui un mes a *Grecia* y pasé el resto del verano en Manhattan. Mi padre tiene un ático *increíble* con vistas a Central Park.

Amanda pone un *énfasis* en las *palabras* que me hace resoplar para no echarme a reír descaradamente. Al Chico Guapo del Pasillo le da un ataque de tos repentino.

—Pero te he echado *mucho* de menos. ¿Recibiste mis e-mails?

—Pues… no. Debes de tener mal apuntada la dirección. Ah. —Me avisa con un golpecito—. Ya casi nos toca.

Le da la espalda a Amanda, que intercambia miradas con su amiga.

—Es la hora de tu primera lección. El desayuno francés es sencillo y consiste, principalmente, en bollería. El cruasán es lo más conocido, por supuesto. Eso significa que nada de salchichas ni huevos revueltos.

—¿Y beicon? —pregunto esperanzada.

—Ni por asomo. —Se ríe—. Segunda lección: las palabras de la pizarra. Presta mucha atención y repite conmigo: *granola*.

Pongo los ojos en blanco, y él responde abriendo los suyos de forma exageradamente inocente.

—Significa *granola*.[1] Sorprendente, ¿eh? ¿Y esto? *Yaourt*.

—Uy, ni idea... ¿Podría ser yogur?

—¡Oh, has nacido para esto! ¿Y dices que nunca habías vivido en Francia?

—Ese humor británico...

Sonríe.

—Ya veo. Hace menos de veinticuatro horas que me conoces y ya te estás metiendo conmigo. Primero esto, y luego, ¿qué? ¿Vas a meterte con el estado de mi pelo? ¿O mi estatura? ¿Mi acento?

Oh, su acento...

El francés del mostrador nos pega un grito. Lo siento, Chef Pierre. Este Chico Maravilla franco-británico-americano me distrae muchísimo. El susodicho me pregunta rápidamente:

---

1. Mezcla de copos de avena, frutos secos, miel y otros ingredientes, parecida al muesli. En Estados Unidos se utiliza el nombre de la marca registrada Granola como nombre genérico para este tipo de alimento. (*N. de la T.*)

—¿Yogur con miel y cereales, huevo pasado por agua o *brioche* con peras?

No tengo ni idea de lo que es un *brioche*.

—Yogur —contesto.

Pide nuestro desayuno en un francés impecable. O, por lo menos, a mi oído inexperto le suena perfecto. Chef Pierre se relaja y deja de fruncir el ceño mientras vierte una cucharada de miel y otra de cereales sobre mi yogur. Antes de terminar, añade un puñado de arándanos.

—*Merci*, Monsieur Boutin.

Cojo la bandeja.

—¿No hay Pop-Tarts?[2] ¿Ni Cocoa Puffs?[3] De verdad, estoy superofendida.

—Nos dan Pop-Tarts los martes. Los miércoles toca Eggo Waffles,[4] pero nunca tienen Cocoa Puffs. Tendrás que conformarte con los Fruit Loops[5] de los viernes.

—Para ser británico sabes mucho de comida basura americana.

—¿Zumo de naranja? ¿De uva? ¿De arándanos?

Señalo el zumo de naranja y él coge dos botellas de la caja.

—No soy británico. Soy norteamericano.

Sonrío.

---

2. Pasta fina de cereales rellena de crema que se suele comer tras calentarla en la tostadora o el microondas.

3. Nombre de unos cereales de maíz con forma de bola y sabor a chocolate.

4. Especie de gofre.

5. Cereales de colores. *(Notas de la T.)*

—Ya, claro.

—Lo soy. Es uno de los requisitos para matricularse en la SOAP, ¿recuerdas?

—¿La SOAP?

—Las siglas de la School of America de París.

Ah. Ahora me siento estúpida.

Nos ponemos en la cola para pagar y me sorprende la eficiencia del servicio. En mi escuela de Atlanta intentábamos colarnos y hacer enfadar a las señoras de la caja, pero aquí todos esperan su turno pacientemente. Me vuelvo en el instante preciso para darme cuenta de que me está mirando. El Chico Guapo me está mirando. No se da cuenta de que lo he pillado.

—Mi madre es norteamericana —continúa explicando—. Mi padre es francés. Nací en San Francisco, pero me crié en Londres.

Por suerte, recupero la voz a tiempo para contestar.

—Estás hecho todo un cosmopolita.

Él se ríe.

—Cierto. No soy un farsante como vosotros.

Estoy a punto de empezar a chincharlo, pero de repente me acuerdo: tiene novia. Alguna fuerza maligna se apodera de mi cerebro y me hace repasar mentalmente la conversación que tuve con Meredith anoche. Toca cambiar de tema.

—¿Y cuál es tu verdadero nombre? Ayer te presentaste como...

—St. Clair es mi apellido. El nombre de pila es Étienne.

—Étienne St. Clair.

Intento pronunciarlo como él: extranjero y elegante.

—Es terrible, ¿verdad?

Ahora soy yo quien se ríe.

—Étienne es bonito. ¿Por qué tus amigos no te llaman así?

—«Étienne es bonito», dice. Qué amable.

Alguien más se pone en la cola, detrás de nosotros. Un chico bajito, de piel morena marcada por el acné, y una buena mata de pelo negro y grueso. Se alegra de ver a Étienne y él le corresponde.

—¡Hola, Nikhil! ¿Cómo han ido las vacaciones?

Es la misma pregunta que le ha hecho a Amanda, pero esta vez es sincero. Y es lo único que necesita el otro chico para narrar con todo lujo de detalles su viaje a Delhi: los mercados, los templos, el monzón (por lo visto hizo una excursión al Taj Mahal, mientras yo estaba en Panama City Beach con medio estado de Georgia). Aparece un tercer chico; éste es delgado y pálido y lleva el pelo levantado y fijado con gel. Nikhil se olvida de nosotros y saluda a su amigo con el mismo entusiasmo.

St. Clair —me propongo firmemente llamarlo así para no arriesgarme a hacer el ridículo— se vuelve para hablarme.

—Nikhil es el hermano de Rashmi. Ha empezado este año. También tiene una hermana pequeña, Sanjita, que está un curso por debajo del nuestro, y una hermana mayor, Leela, que se graduó hace dos años.

—¿Tú tienes hermanos?

—No. ¿Y tú?

—Un hermano, pero está en casa. En Atlanta. En el estado de Georgia. En el sur, ¿sabes dónde está, más o menos?

Levanta una ceja.

—Sé dónde está Atlanta.

—Oh, claro.

Entrego mi tarjeta del comedor al encargado de la caja. Lleva un sombrero de chef y un uniforme blanco como el de Monsieur Boutin, y también un bigote en forma de «u» invertida. No sabía que por aquí se estilaban. Chef Bigote pasa mi tarjeta por la máquina y me la devuelve con un *merci* rápido.

«Gracias.» Otra palabra que ya conocía. Excelente.

Mientras volvemos a la mesa, Amanda observa a St. Clair junto a su grupito de Pijos Fabulosos. No me sorprende ver al chico surfero de la entrada entre ellos. St. Clair habla de las clases —qué puedo esperar de mi primer día, quiénes son mis profesores—, pero hace rato que he dejado de escucharlo. Lo único que me interesa es su sonrisa y su forma de andar.

Soy tan tonta como todas las demás.

capítulo cuatro

*L*a fila de la H a al P se mueve despacio. El chico que tengo delante lleva un buen rato discutiendo con la consejera de estudios. Echo un vistazo a la fila de la A a la G y veo que Meredith (Chevalier) y Rashmi (Devi) ya tienen sus horarios de clase y están comparándolos.

—Pero yo no quería hacer Teatro, yo me preinscribí en Informática.

La consejera rellenita tiene mucha paciencia:

—Lo sé, pero Informática no encajaba en tu horario, y tu segunda opción sí. Podrás hacer Informática más adelante.

—Mi segunda opción era Programación —la interrumpe el chico.

Un momento. Centro toda mi atención en la conversación. ¿Estamos obligados a hacer las asignaturas que ellos dicen, aunque no las pidiéramos? Me MORIRÉ si tengo que hacer otro año de Educación física.

—De hecho, David —dice la consejera mirando los papeles—, no pusiste absolutamente nada en la casilla de segunda opción, así que hemos escogido por ti. Pero seguro que…

El chico le arranca violentamente el horario de las manos y se va. Qué genio, ni que fuera culpa de la consejera. Avanzo hacia el mostrador y digo mi nombre con toda la educación del mundo para compensar el carácter del chico que acaba de irse. Cuando la mujer sonríe, se le forman hoyuelos.

—Ya me acuerdo de ti, cielo.

Me entrega media hoja de papel amarillo.

Aguanto la respiración mientras compruebo que todo está correcto. Uf, no hay ninguna sorpresa desagradable. Lengua inglesa, Cálculo, Francés para principiantes, Física, Historia de Europa y una asignatura de nombre exótico, *La Vie*.

Cuando me matriculé, la consejera describió «La Vida» como una asignatura para alumnos del último curso en la que estudiaremos y repasaremos, y además vendrán conferenciantes a explicarnos cómo cuadrar las cuentas, cómo buscar y alquilar un piso o cómo preparar *quiches*. O algo así. Me alegro de que mamá me dejara matricularme. Una de las cosas buenas de esta escuela es que las Mates, la Ciencia y la Historia no son obligatorias en el último curso, pero mi madre es muy clásica en ese sentido y me obligó a sufrirlas un año más.

—Nunca irás a una buena universidad si haces Cerámica.

Gracias, mamá. Me envía a una ciudad conocida, precisamente, por el arte, y me hace pasar por el calvario de las Mates. Me acerco a Meredith y Rashmi, sintiéndome en parte como una intrusa, pero con esperanzas de poder ir a alguna clase con ellas. Tengo suerte.

—¡Tres conmigo y cuatro con Rash! —exclama Meredith alegremente mientras me devuelve el horario. Los anillos de sus manos chocan los unos con los otros.

Rash. Qué poca gracia tiene este mote.[6] Se ponen a hablar de gente que no conozco y yo aprovecho para desconectar y observar a la muchedumbre del patio. St. Clair todavía está en la cola de la Q a la Z junto a Josh. Me pregunto si coincidiré con él en alguna clase.

Con ellos. Si coincidiré con ellos en alguna clase.

Ha parado de llover y Josh pega una patada a un charco en dirección a St. Clair. Él se ríe y dice algo que les provoca carcajadas. De repente me doy cuenta de que St. Clair es más bajo que Josh. Bastante más. Lo raro es que no me haya fijado antes. Seguramente esto se debe a que no se comporta como un chico bajito. La mayoría son tímidos o se ponen a la defensiva, o una extraña mezcla de ambas cosas. Pero St. Clair rebosa confianza y...

—Tía, que vas a gastarlo de tanto mirarlo.

—¿Qué?

Giro la cabeza y me doy cuenta de que Rashmi no me hablaba a mí. Se lo decía a Meredith, que parece tan avergonzada como yo.

—No sé qué le ves a St. Clair. No es nada atractivo.

—Cállate —le espeta Meredith, pero me sonríe y se encoge de hombros.

---

6. *Rash* significa «sarpullido» en inglés. (*N. de la T.*)

Bueno. Eso deja las cosas claras del todo, aunque tampoco es que me hicieran falta más motivos para no fijarme en él. El Chico Maravilla está oficialmente fuera de mi alcance.

—No le digas nada —me pide—. Por favor.

—Claro que no —contesto.

—Obviamente, sólo somos amigos.

—Por supuesto.

Pululamos por ahí hasta que la directora llega para pronunciar el discurso inaugural. Tiene el cuello largo y lleva el pelo blanco inmaculado recogido en un moño que, en vez de hacerla parecer más vieja de lo que es, le da un toque de distinción. Da la impresión de que es parisina, aunque en la carta de aceptación ponía que es de Chicago.

Nos mira a todos y cada uno de los cien alumnos, que ha escogido individualmente.

—Bienvenidos a este nuevo curso de la School of America de París. Me alegro de ver a tantas caras conocidas, y todavía más de ver caras nuevas.

Ni siquiera en Francia los discursos escolares son mejores.

—A los alumnos que ya estuvisteis aquí el curso pasado, os pido que deis un fuerte aplauso de bienvenida a los nuevos alumnos, tanto de primer año como del resto de los cursos.

Aplauden por compromiso, pero al volverme para buscar a St. Clair lo encuentro mirándome y aplaudiendo en dirección a mí. Me pongo roja y aparto la mirada. La directora todavía está hablando. Concéntrate, Anna, concéntrate. Pero noto los ojos de St. Clair posados en mí como si fueran rayos de sol que me queman la piel. Empiezo a sudar. Me escondo bajo uno de los árboles perfectamente podados. ¿Por qué me mira? ¿Todavía me está mirando? Creo que sí. ¿Por qué, por qué, por qué? ¿Es una mirada positiva o negativa o indiferente? No puedo mirar…

Y cuando finalmente decido hacerlo, él ya no me mira. Se está mordiendo la uña del meñique.

La directora termina su discurso y Rashmi se va con los chicos mientras Meredith me acompaña a la clase de Lengua. La *professeure* todavía no ha llegado y nos sentamos en la última fila. La clase es más pequeña de lo que esperaba. Las ventanas son altas, estilizadas y muy luminosas. Parecen puertas. Sin embargo, tanto los pupitres como la pizarra son iguales que en Atlanta. Me concentro en los elementos parecidos para no ponerme más nerviosa.

—La Professeure Cole te gustará —dice Meredith—. Es divertida y sus lecturas obligatorias son muy interesantes.

—Mi padre es novelista —suelto sin pensarlo. Me arrepiento al instante.

—¿De verdad? ¿Quién es?

—James Ashley.

En realidad es un seudónimo. Supongo que Oliphant no es el apellido más romántico del mundo.

—No sé quién es.

Me siento doblemente humillada.

—¿Te suenan *La decisión* o *Las puertas del amor*? Hicieron películas basadas en estos dos libros. Da igual, todas tienen nombres así de poco…

—¡Ah, a mi madre le encantó *Las puertas del amor*! —exclama emocionada.

Arrugo la nariz.

—No están tan mal. Vi *Las puertas del amor* con ella una vez y lloré como una magdalena cuando la chica se moría de leucemia.

—¿Quién murió de leucemia?

Rashmi deja su mochila en el pupitre de mi lado. St. Clair va con ella y se sienta delante de Meredith.

—El padre de Anna es el autor de *Las puertas del amor* —les cuenta Meredith.

Toso incómoda.

—No es algo de lo que esté particularmente orgullosa.

—Perdón, pero ¿qué es esto de *Las puertas del amor*? —pregunta Rashmi.

—Es una película sobre un niño que ayuda a una chica a dar a luz en un ascensor, y luego él y la hija crecen juntos y acaban enamorándose. —Meredith hace un resumen mientras St. Clair se dedica a inspeccionar su horario—. Pero justo el día después de comprometerse, a ella le diagnostican leucemia.

—Su padre la lleva al altar en silla de ruedas —continúo—. Y después muere durante la luna de miel.

—Uf —dicen Rashmi y St. Clair a la vez.

Basta de exponer mis vergüenzas.

—¿Dónde está Josh? —pregunto.

—Está un curso por debajo del nuestro —explica Rashmi. Su tono indica que ya debería saberlo—. Lo hemos dejado en clase de Cálculo I.

—Ah.

La conversación llega a un punto muerto. Es fantástico.

—Vamos a tres clases juntos, Mer. ¿A ver el tuyo? —dice St. Clair y coge la media hoja con mi horario—. Uuuh, Francés para principiantes.

—Te lo dije.

—No es tan grave —asegura, y me devuelve el horario—. Pronto podrás leer el menú mejor que yo.

Si es así, será mejor que no aprenda francés.

¡Ah! ¡Los chicos hacen que las chicas nos portemos como verdaderas idiotas!

—*Bonjour à tous.*

Una mujer que lleva un vestido turquesa extremado entra en la clase con decisión y deja su taza sobre la mesa con un golpe seco. Es joven y tiene el pelo de un color rubio que nunca había visto en una profesora.

—Para la...

Echa una ojeada a la clase y se detiene cuando me ve. ¿Qué? ¿Qué he hecho?

—Para la única persona que todavía no me conoce, *je m'appelle Professeure Cole.*

Hace una reverencia exagerada y mis compañeros se ríen. La mayoría se vuelven para mirarme.

—Hola —digo con un hilo de voz.

Se confirman mis sospechas: de las veinticinco personas de la clase —todo el curso superior—, soy la única alumna nueva. Eso supone una desventaja respecto al resto, porque ellos ya conocen a los profesores. La escuela es tan pequeña que a lo largo de los cuatro años siempre tenemos al mismo profesor por asignatura.

Me pregunto qué clase de persona era el alumno que

dejó la plaza vacante para mí. Seguramente alguien más enrollado que yo. Alguien con rastas y tatuajes y contactos en la industria de la música.

—Veo que los encargados de la limpieza han ignorado mis deseos una vez más —dice la Professeure Cole—. Venga, todos de pie. Ya sabéis qué hay que hacer.

Yo no, pero imito a mis compañeros, que ponen los pupitres en círculo. Me resulta raro ver a toda la clase junta. Aprovecho para observarlos. Creo que no destaco, aunque su ropa, sus mochilas y sus zapatos son más caros que los míos. Parecen más limpios, más brillantes.

No me sorprende. Mi madre es profesora de Biología en un instituto, lo que significa que no nos sobra el dinero a fin de mes. Papá paga la hipoteca y algunas facturas, y mamá es demasiado orgullosa para pedirle más dinero. Dice que, de todas formas, él no se lo daría, que seguramente preferiría invertirlo en otra bicicleta estática.

Puede que tenga razón.

El resto del día pasa volando. Me gusta la Professeure Cole. El profesor de Matemáticas, el Professeur Babineaux, también es bastante simpático. Es parisino y mueve mucho las cejas y escupe un poco cuando habla. Sinceramente, no creo que lo de escupir sea algo específico de los franceses. Creo que es porque cecea, pero no estoy segura porque tiene un acento muy marcado.

Después de Mates tengo clase de Francés. La Professeure Gillet también es parisina. Siempre contratan a profesores nativos para impartir las clases de lengua extranjera. Mis profesores de español se pasaban el día poniendo los ojos en blanco y exclamaban «¡ay, Dios mío!» cada vez que levantaba la mano. Les frustraba que no captara cosas que para ellos eran evidentes.

Y dejé de levantar la mano.

Como suponía, en la clase de Francés son todos alumnos de primero. Y yo. Oh, y un chico de tercero, el tipo que discutía con la consejera esta mañana. Se presenta como Dave y sé que está aliviado de no ser el único de otro curso.

A lo mejor Dave es buena gente, al fin y al cabo.

A mediodía me limito a seguir la estampida de gente que se dirige a la cafetería. Evito la cola del *self-service* y me acerco a la mesa de la fruta y el pan, a pesar de que la pasta huele de maravilla. Soy una cobardica: antes me moriría de hambre que atreverme a pedir la comida en francés. Empezaría a decir «*oui, oui*» señalando las palabras de la pizarra y el Chef Bigotes me serviría algo asqueroso y tendría que aceptarlo para no pasar más vergüenza. «¡Por supuesto que quería paloma asada! Hum, como la que hace mi abuela.»

Meredith y sus amigos están en la misma mesa de esta mañana. Inspiro profundamente y me siento con ellos. Por suerte, nadie parece sorprendido. Meredith le pregunta a St. Clair si ya ha visto a su novia. Él se acomoda en su silla.

—No, pero la veré esta noche.

—¿No la viste durante el verano? ¿Ya ha empezado las clases? ¿Qué hace este semestre?

Meredith lo acribilla a preguntas sobre Ellie y él contesta con apenas monosílabos. Josh y Rashmi se están pegando el lote (de hecho, se ven perfectamente sus lenguas), así que centro toda la atención en mi pan y mis uvas. Una imagen casi bíblica.

No estoy acostumbrada a comer uvas tan pequeñas. Además, la piel tiene unas manchas diminutas. ¿Están sucias o es que son así? Mojo una servilleta con agua y froto los racimos uno por uno. Parece que sirve de algo, pero todavía no están limpias del todo. St. Clair y Meredith dejan de hablar. Cuando levanto la cabeza veo que se divierten observándome.

—¿Qué?

—Nada —dice él—. Sigue con tu baño de uvas.

—Están sucias.

—¿Las has probado? —pregunta Meredith.

—No, estas manchitas de barro no acaban de irse.

Cojo una para que lo vean. St. Clair me la arrebata de entre los dedos y se la mete en la boca. Sus labios y su garganta al tragar me tienen hipnotizada.

Me asaltan las dudas. ¿Prefiero que mi comida esté limpia o que él me dé su opinión al respecto?

Coge otra uva y sonríe.

—Abre la boca.

Yo la abro.

La uva acaricia mi labio inferior cuando St. Clair me la introduce en la boca. La fruta explota y el jugo que sale me sobresalta tanto que estoy a punto de escupirlo. El sabor es intenso, más parecido a un caramelo de uvas, que a la fruta en sí. Mentiría si dijera que he probado algo así antes. Meredith y St. Clair se ríen.

—Espera a probarlas transformadas en vino —dice ella.

St. Clair mezcla la pasta con el tenedor.

—¿Cómo ha ido tu primera clase de francés?

El repentino cambio de tema me provoca un escalofrío.

—Me da miedo la Professeure Gillet. Toda ella es un ceño fruncido.

Cojo un trozo de mi *baguette*. La corteza cruje, pero descubro que por dentro es suave y esponjosa. Vaya. Me meto otro trozo en la boca.

—Al principio intimida, pero cuando la conoces te das cuenta de que es simpática —dice Meredith.

—Mer es su alumna favorita —asegura St. Clair.

Rashmi se separa de Josh, que parece mareado al respirar aire fresco.

—Está en el nivel alto de francés y de español —añade.

—Podrías ser mi profesora particular —le digo a Meredith—. Soy un desastre con las lenguas extranjeras. Sé que hicieron la vista gorda con mis notas de español porque a la directora le gustan las noveluchas de mi padre.

—¿Cómo lo sabes? —pregunta ella.

Pongo los ojos en blanco.

—Lo mencionó un par de veces durante la entrevista telefónica.

De hecho, no paró de preguntar qué actores saldrían en la adaptación de *El faro*. Como si mi padre fuera el responsable de *casting*. O como si a mí me importara lo más mínimo. No se dio cuenta de que mis gustos cinematográficos son un poco más refinados.

—A mí me gustaría aprender italiano —dice Meredith—. Pero aquí no lo imparten. Quiero estudiar en la universidad de Roma el año que viene. O tal vez en Londres. También podría estudiar allí.

—¿Para aprender italiano no será mejor Roma? —pregunto.

—Bueno, claro —dice mirando a St. Clair—. Pero siempre me ha gustado mucho Londres.

Pobre Mer. Está totalmente pillada.

—¿Y tú qué quieres hacer? —le pregunto a St. Clair—. ¿Adónde quieres ir?

Se encoge de hombros por respuesta. Es un movimiento lento y con todo el cuerpo, sorprendentemente afrancesado. El mismo gesto que el camarero hizo anoche cuando le pregunté si servían pizza.

—No lo sé. Depende, aunque me gustaría estudiar Historia. —Se me acerca un poco como si quisiera contarme algo subido de tono en secreto—. Siempre he querido ser como esos tipos a los que entrevistan en los reportajes de la BBC. ¿Sabes a quiénes me refiero? A ésos que tienen las cejas despeinadas y llevan parches en los codos de las americanas.

¡Como yo! Más o menos.

—Yo quiero trabajar para el canal de cine clásico y participar en tertulias sobre Hitchcock y Capra junto a Robert Osborne. La mayoría las modera él. Ya sé que es viejo y tal, pero me gusta. Lo sabe todo sobre el mundo del cine.

—¿En serio?

Parece interesado de verdad.

—St. Clair siempre tiene la nariz pegada a unos tochos sobre historia así de grandes —interrumpe Meredith—. Es difícil hacerlo salir al mundo exterior cuando se pone a leer.

—Eso es porque Ellie está con él, no por los libros —espeta Rashmi.

—Mira quién habla. —St. Clair señala a Josh—. No olvidemos a Henri.

—¡Henri! —exclama Meredith, y ella y St. Clair se echan a reír.

—Fue una sola vez. ¿Me lo vais a recordar toda la vida?

Rashmi echa una ojeada a Josh, que clava su tenedor en la pasta.

—¿Quién es Henri? —Se me traba la lengua al pronunciar el nombre: *en-rí*.

—Fue nuestro guía cuando fuimos de excursión a Versalles en segundo —explica St. Clair—. Un capullo integral, pero Rashmi nos abandonó en la Galería de los Espejos y se le lanzó al cuello.

—¡No es verdad!

Meredith niega con la cabeza.

—Se pasaron la tarde pegándose el lote en público para goce y disfrute de todo aquel que quisiera mirar.

—Hicieron esperar a toda la escuela en el autobús dos horas porque no se acordaba de la hora a la que teníamos que volver —añade él.

—No fueron dos horas.

Meredith continúa:

—Al final, el Professeur Hansen la encontró detrás de unos arbustos en el patio. Tenía chupetones por todo el cuello.

—¡Chupetones! —St. Clair suelta una risotada. Rashmi está que echa humo.

—Cállate, Lengua Inglesa.

—¿Eh?

—Lengua Inglesa —repite Rashmi—. Es el mote que te pusimos después del increíble espectáculo que disteis Ellie y tú en la feria de primavera.

St. Clair intenta protestar, pero no puede parar de reír. Meredith y Rashmi siguen sacando trapos sucios, pero yo... vuelvo a estar totalmente perdida. Me pregunto si ahora que ha podido practicar más, Matt besa mejor. Seguro que lo hacía mal por mi culpa.

Oh, no. No sé besar bien. Debe de ser eso, seguro que es eso.

Algún día me darán un premio, una estatuilla con forma de labios, y en la placa pondrá AL PEOR BESO DEL MUNDO. Y Matt pronunciará un discurso y contará que salió conmigo porque estaba muy salido, pero que yo no quise ni quitarme la camiseta. Dirá que nuestra relación fue una gran pérdida de tiempo, porque, además, Cherrie Milliken iba detrás de él desde hacía meses y ella estaba dispuesta a quitarse lo que hiciera falta. Todo el mundo lo sabe.

Dios mío. ¿Pensará Toph que no sé besar?

Sólo nos besamos una vez. Fue en mi última noche en el trabajo, la noche antes de volar hacia Francia. Fue un beso lento y estuvimos solos en el vestíbulo del cine casi toda la tarde. Tal vez ocurrió porque era mi último día, porque no volveríamos a vernos hasta dentro de cuatro meses, porque parecía la última oportunidad que teníamos. En cualquier caso, fuimos temerarios. Fuimos valientes. Nos pasamos la noche tirándonos los tejos y a la hora de volver a casa no podíamos separarnos. Simplemente alargamos la conversación.

Y, finalmente, dijo que me echaría de menos.

Y, finalmente, me besó.

Y yo me fui.

—Anna, ¿estás bien? —me pregunta alguien.

Todos los de la mesa están mirándome.

No llores. No llores. No llores.

—¿Dónde está el baño? —pregunto. El baño es mi excusa favorita para escapar de cualquier situación embarazosa. Nadie te hace más preguntas.

—Está al fondo del pasillo —dice St. Clair. Su mirada refleja preocupación genuina, pero no se atreve a preguntar. Seguramente teme que me ponga a hablar sobre la maravillosa tecnología absorbente de los tampones o incluso que mencione esa horrible palabra que empieza por erre.

Me paso el resto de la hora del almuerzo encerrada en el baño. Echo tanto de menos mi casa que mis emociones se convierten en dolor físico. Parece que la cabeza me va a explotar, siento náuseas... Todo me parece injusto. Yo no quería venir aquí. En casa tenía a mis amigos y nuestras propias bromas y mis besos robados. Ojalá mis padres me hubieran dejado elegir: «¿Quieres pasar el último curso en Atlanta o en París?».

¿Quién sabe? Tal vez hubiera decidido ir a París.

Pero mis padres no me dejaron escoger.

capítulo cinco

Para: Anna Oliphant <bananaelephant@femmefilmfreak.net>
De: Bridgette Saunderwich <bridgesandwich@freebiemail.com>
Asunto: No lo mires ahora, pero…

… te has dejado un trozo de cama sin hacer. ¡JA! Te he hecho
mirar. Pero no hace falta que lo arregles ahora.

¿Cómo va Le Academe du Fraunch? ¿Hay algún tío bueno
digno de mención? Por cierto, ¿sabes quién va conmigo a
clase de Cálculo? ¡Drew! Se ha teñido el pelo de negro y se ha
puesto un aro en el labio. ¡Y tiene unas posaderas perfectas!
(Búscalo, pedazo de vaga.) A la hora del almuerzo me siento
con los de siempre, pero sin ti no es lo mismo. Ah, hoy se nos
ha acoplado la pija de Cherrie. No paraba de jugar con su
pelo y te juro que me ha parecido oírte tararear la canción del
anuncio de TRESemmé. Acabaré arrancándole los ojos con el
muñequito de Darth Maul de Sean si se sienta con nosotros

todos los días. Ah, por cierto: tu madre me ha contratado para hacerle de canguro a Sean después de las clases, así que tengo que dejarte. No quiero que se muera durante mi guardia.

¡Vuelve a casa, guarra!
Bridge

P.D.: Mañana van a anunciar quiénes serán los jefes de sección de la banda. Deséame suerte. Si le dan mi plaza a Kevin Quiggley serán sus ojos los que arranque con Darth Maul.

Posaderas significa nalgas. Muy buena, Bridge.

Mi mejor amiga es una amante de las palabras. Su más preciado tesoro es el *Oxford English Dictionary*, que compró en un mercadillo de segunda mano hace dos años. El *OED* es una obra de veintidós tomos que no sólo define las palabras, también informa de su etimología. A Bridge le gusta usar palabras grandilocuentes porque le encanta ver cómo la gente se pone en evidencia al fingir que sabe lo que significan. Yo misma aprendí hace mucho tiempo a no ocultar mi ignorancia. Siempre me llamaba la atención.

Así que Bridgette no sólo colecciona palabras, ahora también se dedica a ocupar mi lugar.

No puedo creer que mamá la haya contratado para hacerle de canguro a Sean. Sé que es la mejor opción porque siempre lo vigilábamos juntas, pero me resulta raro que esté ahí sin mí. Como también me resulta raro que charle con mi madre mientras yo estoy atrapada al otro lado del charco. La próxima vez me dirá que ha conseguido un segundo trabajo en el cine.

Hablando del tema, hace dos días que Toph no me manda ningún e-mail. No es que espere que me escriba todos los días, ni siquiera cada semana, pero... Había algo innegable entre nosotros. Bueno, nos besamos. Ahora que estoy aquí, ¿se va a acabar ese «algo», sea lo que sea?

En realidad se llama Christopher, pero no le gusta que lo llamen Chris; prefiere Toph. Tiene unos ojos verdes de infarto y lleva patillas de chico malo. Ambos somos zurdos, a los dos nos gusta el queso fundido de los nachos del puesto de comida del cine y los dos detestamos a Cuba Gooding Jr. He estado encaprichada de Toph desde mi primer día de trabajo. Chupó directamente del grifo de la máquina de granizados sólo para hacerme reír y se le quedó la boca del color azulado del granizado de frambuesa durante el resto del turno. A poca gente le queda bien tener los dientes azules, pero creedme: a Toph, sí.

Actualizo la bandeja de entrada (por si acaso). No tengo mensajes nuevos. Llevo horas pegada al ordenador, esperando a que Bridge salga de la escuela. Me alegro de que me haya enviado un e-mail. Por algún motivo, deseaba que me escribiera ella primero. Seguramente para que pensara que estoy tan contenta y ocupada que no tengo tiempo para hablar con ella, cuando en realidad estoy triste y sola.

Y hambrienta. Mi mininevera está vacía.

He cenado en la cafetería. He vuelto a evitar el *self-service* y me he atiborrado de pan, aunque sólo me ha llenado durante un rato.

A lo mejor St. Clair vuelve a pedir el desayuno por mí. O Meredith; seguro que lo hará ella.

Escribo a Bridgette y le cuento cómo son mis nuevos amigos —por llamarlos de algún modo—, lo buena que es la comida de la cafetería y lo gigantesco que es el Panthéon. Soy un poco reticente a hablarle de St. Clair, pero finalmente le explico que en clase de Física él se ha inclinado hacia mí para pedirme prestado un lápiz justo en el momento en que el Professeur Wakefield nos asignaba los compañeros de prácticas de laboratorio y, aunque él estaba más cerca de Meredith, el profesor ha pensado que nos sentábamos juntos. Y ahora St. Clair va a ser mi compañero de laboratorio durante TODO EL CURSO.

Esto es lo mejor que me ha pasado hoy.

También le explico a Bridge cómo es la misteriosa asignatura de La Vida, *La Vie*, porque nos pasamos el verano especulando.

YO: Seguro que vamos a debatir sobre el Big Bang y el Sentido de la Vida.

ELLA: Tía, fijo que os enseñan técnicas de respiración y cómo transformar la comida en energía.

Y, al final, lo único que hemos hecho hoy ha sido repasar en silencio y avanzar los deberes.

Qué lástima.

Me he pasado la hora leyendo la primera lectura obligatoria de la clase de Lengua. Y, caramba, si todavía no me había dado cuenta de que estoy en Francia, ahora lo he hecho de golpe. En *Como agua para chocolate* hay sexo. MUCHO sexo. Incluso hay una escena en la que la pasión de una mujer literalmente prende fuego a una casa. Después, un soldado se la lleva a caballo, totalmente desnuda, y hacen el amor mientras se alejan al galope. En el Cinturón Bíblico[7] nunca nos habrían permitido leer algo así en clase. Lo más sexual que nos recomendaron fue *La letra escarlata*.

Tengo que hablarle a Bridge de este libro.

Es casi medianoche cuando acabo de escribir el e-mail, pero todavía se oye ruido en el pasillo. Los de tercero y cuarto tenemos mucha libertad, ya que se supone que somos lo suficientemente maduros para saber comportarnos. Yo sí lo soy, pero no estoy segura de que mis compañeros lo sean. El chico de la habitación de enfrente ha hecho una pirámide de botellas de cerveza en su puerta, porque en París los jóvenes pueden beber cerveza y vino a partir de los dieciséis años, aunque hasta los dieciocho no pueden tomar licores. Teóricamente. También he visto licores por aquí.

Me pregunto si, antes de enviarme a este país, mi madre sabía que en Francia es legal que me emborrache. Cuando nos lo dijeron en los Seminarios de Supervivencia, pareció que se sorprendía, y esa noche, durante la cena, me dio un largo sermón sobre la responsabilidad. No tengo intención de beber alcohol. Siempre me ha parecido que la cerveza apesta a pis.

La mayoría de los recepcionistas trabajan a media jornada. El único responsable de la Résidence que vive aquí

7. Sobrenombre que recibe una amplia zona del sureste de Estados Unidos en la que predomina la moral cristiana conservadora. *(N. de la T.)*

es Nate, cuya habitación está en el primer piso. Estudia un posgrado en una universidad cercana y seguro que la SOAP le paga un pastón para que viva con nosotros.

Nate tiene veintipocos años, es bajo y lleva la cabeza rapada. Aunque suene un poco raro, es bastante atractivo. Habla con voz suave y parece el tipo de persona que sabe escuchar, pese a que en su tono hay un toque de responsabilidad y una advertencia de que es mejor no tocarle mucho las narices. A mis padres les encantó. También tiene un cuenco lleno de condones junto a la puerta de su habitación.

Me pregunto si mis padres se fijaron en ese detalle.

Los alumnos de primero y segundo están en otra residencia. Tienen habitaciones compartidas, y los chicos y las chicas ocupan plantas diferentes. El control es mucho mayor, incluso deben respetar un toque de queda bastante estricto.

Nosotros no. Lo único que tenemos que hacer es firmar en el registro al entrar y al salir para que Nate sepa que estamos vivos. Seguro que nadie se aprovecha nunca de este altísimo nivel de seguridad.

Me arrastro hasta el final del pasillo para ir al baño. Me pongo en la cola (siempre hay cola) detrás de Amanda, la chica que ha atacado a St. Clair a la hora del desayuno. Sonríe con desprecio al ver mis vaqueros desteñidos y mi vieja camiseta de Orange Crush.

No sabía que estamos en el mismo piso. Genial.

No nos decimos nada. Recorro con los dedos el diseño floral del papel pintado de la pared. La Résidence Lambert es una mezcla peculiar de refinamiento parisino y pragmatismo adolescente. Las lámparas de cristal iluminan los pasillos con un resplandor dorado, mientras que en las habitaciones tenemos fluorescentes ruidosos. El suelo es de un parqué brillante y está cubierto por alfombras de tamaño industrial. El vestíbulo está decorado con flores frescas y lámparas de Tiffany, aunque para sentarse sólo hay unos sofás andrajosos y en las mesas han tallado todo tipo de iniciales y palabrotas.

—Así que tú eres la nueva Brandon —dice Amanda.

—¿Perdón?

—Brandon. El número 25. Lo expulsaron de la escuela el curso pasado. Uno de los profesores encontró *coca* en su mochila.

Vuelve a mirarme y frunce el ceño.

—¿Y de dónde dices que eres?

En realidad lo que quiere saber es por qué me escogieron precisamente a mí para llenar la vacante.

—De Atlanta.

—Oh —dice. Como si eso explicara que sea pueblerina. Que le den. Es una de las ciudades más grandes de Estados Unidos.

—St. Clair y tú parecíais muy íntimos durante el desayuno.

—Hum...

¿Se siente amenazada?

—Yo que tú no me haría ilusiones —sigue—. Ni siquiera *tú* estás lo suficientemente buena para robárselo a su novia. Llevan *toda* la vida juntos.

¿Eso ha sido un cumplido? ¿O no? Me pone de los nervios que enfatice las palabras. (De los *nervios*.)

Amanda finge un bostezo.

—Qué mecha *tan* interesante.

Me la toco inconscientemente.

—Gracias. Me tiñó una amiga.

Bridge añadió una gruesa mecha rubia a mi pelo castaño hace una semana. Normalmente la escondo detrás de la oreja, pero ahora llevo el pelo recogido en una coleta.

—¿Y te gusta? —me pregunta.

Eso, en el lenguaje universal de las zorras, significa «es horrible». Quito la mano de mi pelo.

—Por eso me la hice.

—Yo que tú no me recogería el pelo así. Pareces una *mofeta*.

—Por lo menos no apesta como una.

Rashmi aparece detrás de mí. Viene de visitar a Meredith; podía oírlas hablar desde mi habitación.

—Me encanta tu perfume, Amanda. La próxima vez ponte un poco más, que en Londres todavía no lo huelen —suelta Rashmi.

—Bonitas gafas. —Amanda gruñe.

—Muy buena —contesta Rashmi con cara de póquer, aunque se las ajusta de todos modos. Lleva las uñas del mismo azul eléctrico que la montura. Se vuelve para hablar conmigo—. Vivo dos pisos más arriba, habitación 601, por si necesitas algo. Nos vemos en el desayuno.

¡Así que no le caigo mal! O tal vez es que Amanda le cae todavía peor. En cualquier caso, estoy agradecida y grito «adiós» a su silueta, que se aleja por el pasillo. Ella responde levantando una mano antes de desaparecer por las escaleras al mismo tiempo que Nate aparece en el rellano. Se acerca a nosotras amigablemente, como siempre hace.

—¿Preparándose para ir a la cama, señoritas?

Amanda sonríe dulcemente.

—Por supuesto.

—Genial. ¿Ha ido bien tu primer día, Anna?

Encuentro gracioso que todo el mundo sepa mi nombre.

—Sí, gracias, Nate.

Asiente con la cabeza como si hubiera dicho algo trascendental y nos da las buenas noches antes de dirigirse a los chicos del otro lado del pasillo.

—*Odio* que haga eso —dice Amanda.

—¿Que haga qué?

—Controlarnos. Vaya *capullo*.

La puerta del baño se abre y una chica pequeña y pelirroja tiene que rodear a Amanda para salir, como si ésta fuera la Reina del Umbral. Debe de ser de tercero porque no la reconozco de la clase de Lengua.

—Por Dios, ¿se te ha tragado el váter? —le espeta Amanda.

La piel pálida de la pelirroja se pone como un tomate.

—Sólo usaba el baño —digo yo.

Amanda se pavonea y pisa fuerte al andar. Las suelas de sus cursis chancletas moradas golpean sus talones.

—¿Tengo cara de que me importe, Chica Mofeta?

capítulo seis

Una semana en la escuela y ya estoy plenamente integrada en la Educación Internacional Refinada.

Con la Professeure Cole nos centramos en obras traducidas en vez de en los clásicos de Shakespeare y Steinbeck. Todas las mañanas hablamos sobre *Como agua para chocolate*, como si la clase de Lengua fuera un club de lectura y no una asignatura obligatoria y aburrida.

Lengua inglesa es excelente.

Por otro lado, mi profesora de Francés es, claramente, analfabeta. ¿Cómo se explica, si no, que, a pesar del nombre del libro de texto (*Francés, nivel uno*), insista en hablarnos sólo en francés? Además, me llama la atención unas diez veces al día. Nunca sé las respuestas.

Dave la llama Madame Guillotine. Este mote también me parece excelente.

Él ya ha hecho esta asignatura, pero no creo que eso pueda servirme de ayuda, porque el curso pasado no aprobó ni un examen. Dave siempre va despeinado, tiene los labios carnosos y muchísimas pecas, a pesar de tener la piel morena. Hay varias chicas que van tras él. También vamos juntos a clase de Historia. Yo voy con los de tercero porque los de mi curso estudian organización política y eso ya lo hice en Atlanta. Me siento entre Dave y Josh.

En clase, Josh es tranquilo y reservado, pero fuera tiene un sentido del humor parecido al de St. Clair. Es fácil entender por qué son tan buenos amigos. Meredith dice que sienten admiración el uno por el otro: Josh, por el carisma innato de St. Clair; y St. Clair, por el talento que tiene Josh como artista. Raramente se separa de su pluma de dibujo y su cuaderno. Sus obras son una pasada: aunque los trazos son gruesos, consigue un montón de detalles. Pocas veces le he visto los dedos sin manchas de tinta.

Pero lo más destacable de mi educación tiene lugar fuera de las aulas. Es algo que no mencionan en los panfletos de papel satinado. Y es que ir a un internado es como vivir en el instituto. No puedo huir. Incluso cuando estoy en mi habitación, la banda sonora de fondo consiste en música pop, golpes a las máquinas expendedoras y borrachos que bailan en las escaleras. Meredith dice que el ambiente se calmará cuando deje de ser una novedad para los de tercero, pero yo no pondría la mano en el fuego.

En fin...

Es viernes por la noche y la Résidence Lambert está desierta. Mis compañeros se han ido de copas y por fin tengo un poco de tranquilidad. Si cierro los ojos casi puedo imaginarme que estoy en casa. Pero no lo consigo porque la Diva de la Ópera canta casi todas las noches en el restaurante de enfrente, y hoy no es una excepción. Para tener ese vozarrón, es sorprendentemente pequeña. Es una de esas personas que se depilan las cejas y luego se las pintan con un lápiz de ojos. Parece un extra de *The Rocky Horror Picture Show*.

Bridge me llama mientras veo *Academia Rushmore* cómodamente en mi cama. Es la película que catapultó a Wes Anderson a la fama. Wes es increíble, un verdadero *auteur* que se involucra en todos los detalles de la producción y tiene un sello personal fácil de reconocer en cualquier escena: nostálgico y extravagante, inexpresivo y oscuro. La película va de un tipo llamado Max Fischer que está obsesionado, entre otras cosas, con la academia privada de la que fue expulsado. ¿Cómo sería mi vida si la SOAP me apasionara tanto como la Academia Rushmore a Max? Para empezar, no estaría sola en mi habitación con una mascarilla antigranos.

—¡Annaaaaaaa! —dice Bridge—. ¡Los odiooooooooooo!

No la han nombrado jefa de la sección de percusión en la banda. Eso ha sido una mala decisión, porque todo el mundo sabe que es la mejor batería de la escuela. Pero el profesor de percusión ha escogido a Kevin Quiggley porque cree que los chicos no respetarían a Bridge como líder por el simple hecho de ser una chica.

Vaya imbécil.

Así que ahora Bridge odia a la banda y odia al profesor y odia a Kevin, que es un papanatas con un ego desproporcionado.

—Tú espera —le digo—. Pronto serás la nueva Meg White o Sheila E., y Kevin Quiggley se jactará de que te conocía cuando todavía no eras famosa. Y luego, cuando se te acerque después de un concierto importante, esperando que le des un trato preferente y un pase para el *backstage*, podrás pasar por su lado con la cabeza bien alta y pasar de él como si ni siquiera lo hubieras visto.

En su voz se escucha una sonrisa cansada.

—¿Me recuerdas por qué te has ido, Banana?

—Porque mi padre es un mierda.

—De la buena, tía.

Hablamos hasta las tres de la madrugada, por lo que al día siguiente me levanto tarde. Me visto rápidamente para bajar antes de que cierren la cafetería. Los sábados y los domingos sólo la abren para el *brunch*, una combinación de desayuno y almuerzo. Cuando llego hay poca gente, pero veo que Rashmi, Josh y St. Clair están en la mesa de siempre.

Y ya empezamos. Se han pasado la semana tomándome el pelo porque he evitado comer cualquier cosa que requiera un acto de comunicación. Me he inventado todo tipo de excusas («Soy alérgica a la carne de ternera», «Nada sabe mejor que el pan», «Los ravioli están sobrevalorados»), pero no puedo seguir así mucho tiempo. Monsieur Boutin vuelve a estar en el *self-service*. Cojo una bandeja e inspiro profundamente.

—*Bonjour.* Eh... ¿sopa? *Supa? S'il vous plaît?*

«Hola» y «por favor». Las primeras palabras que he aprendido son las de cortesía con la esperanza de que los franceses me perdonen por descuartizar su lengua. Señalo una sopa de color naranja. Creo que es de calabaza. Huele de maravilla, a salvia y a otoño. Estamos a principios de septiembre y todavía hace calor. ¿Cuándo empieza el otoño en París?

—¡Ah! *Soupe* —me corrige amablemente.

—Sí, *soupe*. O sea, *oui. Oui!* —Las mejillas me arden—. Y, eh... esta, eh... ensalada de pollo y judías o lo que sea.

Monsieur Boutin se ríe. Tiene risa de Papá Noel, alegre y colorida como un cuenco de gominolas.

—Pollo y *haricots verts*, *oui*. Puedes hablarme en inglés, lo entiendo bastante bien —me dice con su marcado acento francés.

Todavía me sonrojo más. Por supuesto que habla inglés si trabaja en una escuela americana. Y pensar que he vivido a base de peras y pan durante cinco días... Me da un cuenco de sopa y un platito de ensalada de pollo y mi estómago ruge al ver comida caliente.

—*Merci* —le digo.

—*De rien*. De nada. ¡Y espero que dejes de saltarte las comidas sólo para evitarme!

Se lleva una mano al corazón como si se lo hubiera roto. Sonrío y niego con la cabeza. Puedo hacerlo. Puedo hacerlo. Puedo hacer...

—¿VES COMO NO ERA TAN DIFÍCIL, ANNA? —grita St. Clair desde el otro lado de la cafetería.

Me vuelvo y le enseño el dedo corazón por debajo de la bandeja para que Monsieur Boutin no lo vea. St. Clair sonríe y me devuelve el gesto al estilo británico: una V con los dedos índice y corazón. Monsieur Boutin chasquea la lengua, aunque sin mala intención. Pago mi comida y me siento al lado de St. Clair.

—Gracias. Había olvidado cómo se enseña el dedo a los británicos. La próxima vez haré el gesto correcto.

—Es un placer enseñarte cosas nuevas.

Lleva la misma ropa que ayer: vaqueros y una camiseta raída con la silueta de Napoleón. Cuando le pregunté por ello, me dijo que Napoleón es su ídolo.

—Aunque no porque fuera un tipo decente. En realidad fue un cabrón, pero era un cabrón bajito, como yo —me dijo sonriente.

Me pregunto si ha dormido con Ellie. Probablemente por eso no se ha cambiado de ropa. Cada noche va en metro hasta la universidad donde ella estudia y salen por ahí. Rashmi y Mer están mosqueadas porque es como si Ellie pensara que no son lo suficientemente buenas para ella.

—En realidad, Anna —me informa Rashmi—, la mayoría de los parisinos entienden el inglés. No tienes que ser tan tímida.

Vaya, gracias por decirlo ahora.

Josh se lleva las manos a la nuca y se apoya en la silla. Las mangas de la camiseta se le suben y revelan el tatuaje de la calavera pirata, con los dos huesos cruzados, que se hizo en el brazo derecho. Se nota que lo diseñó él por las características líneas gruesas. La tinta negra contrasta con su piel pálida. Es una pasada de tatuaje, aunque queda un poco raro en un brazo tan largo y delgado.

—Es verdad —dice—. Yo apenas hablo francés y me espabilo.

—No es algo de lo que estar orgulloso. —Rashmi arruga la nariz y Josh se inclina hacia delante para besársela.

—Madre del amor hermoso, ya empiezan otra vez —dice St. Clair. Se rasca la nariz y aparta la mirada.

—¿Siempre han sido así de empalagosos? —pregunto en voz baja.

—No, el curso pasado era todavía peor.

—¡Uf! ¿Llevan mucho tiempo juntos?

—Desde el invierno pasado, creo.

—Eso es bastante tiempo.

Él se encoge de hombros y yo callo mientras reflexiono si realmente quiero saber la respuesta a mi próxima pregunta. Seguramente no, pero igualmente la hago.

—¿Y hace mucho que sales con Ellie?

St. Clair piensa unos segundos.

—Pues supongo que ya hace un año.

Sorbe su taza de café (parece que aquí todo el mundo toma café) y la deja sobre la mesa con un escandaloso CLONG que sobresalta a Rashmi y Josh.

—Oh, lo siento —dice—. ¿Os ha molestado?

Se vuelve para mirarme y abre sus enormes ojos castaños en señal de exasperación. Aguanto la respiración. Incluso cuando se enfada es guapo. No puedo compararlo con Toph. St. Clair tiene un atractivo diferente, pertenece a una especie de chicos distinta.

—Cambiando de tema —me señala—, pensaba que todas las chicas sureñas teníais acento sureño.

—Sólo cuando hablo con mi madre. Entonces sí me sale porque ella tiene mucho acento, pero la mayoría de la gente de Atlanta habla la lengua estándar. Aunque muchos jóvenes hablan al estilo *gangsta* —explico.

—Ya te digo, hermano —responde con la cortesía inherente de su acento británico.

Escupo la sopa por encima de la mesa, porque me estoy riendo tanto que me duele el estómago. St. Clair también se echa a reír, sorprendido. Me limpia la barbilla con una servilleta.

—Ya te digo, hermano —repite con solemnidad.

Tos, tos.

—Por favor, nunca dejes de decirlo. Me he —suspiro— emocionado.

—No tendrías que habérmelo dicho. Ahora tengo que guardármelo para ocasiones especiales.

—Cumplo años en febrero. —Toso, me atraganto, me ahogo—. No lo olvides, por favor.

—Y el mío fue ayer —dice.

—No es verdad.

—Sí. Fue ayer.

Limpia los restos de mi sopa de encima de la mesa. Intento coger las servilletas para hacerlo yo, pero me aparta la mano.

—Es verdad —dice Josh—. Se me olvidó, tío. Feliz cumpleaños con retraso.

—No fue tu cumpleaños en realidad, ¿no? Habrías avisado —insisto.

—Lo digo en serio. Ayer cumplí los dieciocho. —Se encoge de hombros y tira las servilletas sucias en su bandeja vacía—. A mi familia no le gusta el rollo de las tartas de cumpleaños y los sombreritos.

—Pero tienes que comer tarta por tu cumpleaños —digo—. Son las normas. ¡Es lo mejor de la celebración!

Me acuerdo de la tarta de *La guerra de las galaxias* que mamá, Bridge y yo le hicimos a Seany el verano pasado. Era verde lima y tenía la forma de la cabeza de Yoda. Bridge incluso compró algodón de azúcar para hacer el pelo de las orejas.

—Precisamente por eso nunca lo menciono.

—Pero hiciste algo especial anoche, ¿no? Es decir, saliste con Ellie, ¿no?

Coge su taza de café y vuelve a dejarla, pero no ha bebido.

—Mi cumpleaños es un día como cualquier otro. Y no pasa nada. Y no necesito ninguna tarta.

—Está bien, está bien —digo, y levanto las manos en señal de rendición—. No te desearé un feliz cumpleaños. Ni siquiera un feliz viernes con retraso.

—Oh, sí puedes desearme un feliz viernes. —Sonríe—. No tengo nada en contra de los viernes.

—Ahora que lo mencionas —me dice Rashmi—, ¿por qué no saliste con nosotros anoche?

—Tenía planes. Con mi amiga Bridgette.

Los tres me miran, esperando más detalles.

—Hablamos por teléfono.

—Pero ¿has salido esta semana? —pregunta St. Clair—. Quiero decir, ¿has salido del campus?

—Claro.

Realmente lo he hecho. Para ir a otras partes del campus. St. Clair levanta las cejas.

—Eres una mentirosa.

—A ver si lo entiendo —dice Josh, y pone las manos como si fuera a rezar. Sus dedos son igual de delgados que el resto de su cuerpo y tiene una mancha de tinta en el dedo índice de la mano izquierda—. ¿Llevas toda una semana en París y todavía no has visto la ciudad? ¿Absolutamente nada?

—Vi algunas cosas con mis padres la semana pasada. La torre Eiffel, por ejemplo.

Aunque sólo de lejos.

—Con tus padres, muy bien. ¿Y qué planes tienes para esta noche? —pregunta St. Clair—. ¿Hacer la colada, tal vez? ¿Fregar el suelo de la ducha?

—Eh, fregar está infravalorado.

—¿Y qué vas a comer? La cafetería estará cerrada. —Rashmi frunce el ceño.

Aprecio que se preocupe por mí, pero no me está invitando a comer con ella y con Josh. Aunque tampoco habría ido con ellos. En cuanto a la cena, ya había planeado atacar la máquina expendedora de la residencia. No tiene un gran surtido, pero me las apañaré.

—Me lo imaginaba —dice St. Clair al ver que no contesto. Niega con la cabeza. Hoy se le han formado algunos rizos en el pelo. Es bastante impresionante. Si hubiera una categoría para el pelo en los Juegos Olímpicos, St. Clair ganaría sin ningún tipo de duda. Diez-coma-cero-puntos. Medalla de oro.

Me encojo de hombros y digo:

—Sólo ha sido una semana, no hay para tanto.

—Repasemos las variables otra vez —dice Josh—. Es tu primer fin de semana fuera de casa.

—Sí.

—Tu primer fin de semana sin que tus padres te controlen.

—Sí.

—Tu primer fin de semana sola, sin padres, en París. ¿Y tu plan es pasártelo en tu habitación? ¿Sola?

Él y Rashmi intercambian miradas de lástima. Miro a St. Clair para que me ayude, pero está observándome con la cabeza ladeada.

—¿Qué? —pregunto irritada—. ¿Todavía tengo sopa en la barbilla? ¿O un trozo de judía entre los dientes?

St. Clair sonríe para sí mismo.

—Me gusta tu mecha —dice, finalmente. Estira el brazo y me la acaricia suavemente—. Tienes un pelo precioso.

capítulo siete

*L*os fiesteros se han ido de la residencia. Yo me quedo en mi habitación comiendo las porquerías de la máquina expendedora y actualizando mi página web. De momento ya he probado las Bounty, que resulta que son unas barritas de chocolate rellenas de crema de coco, y unas magdalenas con forma de concha que estaban pasadas y me han dado sed. Ya he metido suficiente azúcar en mi cuerpo para poder trabajar toda la noche.

Pero como no tengo nada nuevo que reseñar en *Femme Film Freak* (donde trato lo más bueno y puro y maravilloso de Estados Unidos: el cine), me dedico a cambiar el formato. Creo un *banner* nuevo. Edito una de las críticas. Al atardecer, Bridge me envía un e-mail.

Anoche fui con Matt y Cherrie M (de meretriz) al cine. Y ¿a que no sabes quién me preguntó por ti? ¡Toph! Le dije que lo estás

77

pasando en grande, pero que te mueres de ganas de volver en diciembre. Creo que pilló la indirecta. Hablamos de su banda un rato (todavía no tienen ningún bolo programado, por supuesto), pero Matt no paraba de poner caras raras y tuvimos que irnos. Ya sabes qué piensa de Toph. ¡AH! Y Cherrie intentó arrastrarnos a ver el último dramón lacrimógeno de tu padre. LO SÉ.

Vuelve de una vez, pedazo de guarra.
Bridge

«Meretriz.» Prostituta, ramera, mujer pública. Qué forma tan poética tiene Bridge de insultar. Sólo espero que Toph no pensara que estoy desesperada, aunque me muero de ganas de que me envíe un e-mail. Y no puedo creer que Matt todavía se sienta incómodo cuando lo ve; ya no estamos juntos. A todo el mundo le gusta Toph. Bueno, a veces los jefes se enfadan con él, pero es porque a menudo se le olvida que tiene que trabajar y llama para decir que está enfermo.

Vuelvo a leer el e-mail de Bridge esperando que aparezcan las palabras «Toph dice que está locamente enamorado de ti y que te esperará toda la eternidad», pero no hay suerte. Así que me voy a mi foro favorito para ver qué dicen de la película de mi padre. A pesar de los buenos resultados en la taquilla, las críticas que recibe *La decisión* son más bien negativas. Un usuario que comenta habitualmente, naranjamecanica88, dice lo siguiente: «Es mala, terriblemente mala. Tan mala que hasta hace llorar a las cebollas».

Supongo que tiene razón.

Al cabo de un rato me aburro y me pongo a buscar información sobre *Como agua para chocolate*. Quiero asegurarme de que no he olvidado mencionar ningún tema importante antes de empezar a redactar mi trabajo. No debo entregarlo hasta dentro de dos semanas, pero ahora mismo tengo mucho tiempo libre. Toda la noche, de hecho.

Bla, bla, bla. Nada interesante. Estoy a punto de mirar la bandeja de entrada por enésima vez cuando me encuentro con este párrafo: «A lo largo de la novela, el calor es el símbolo del deseo sexual. Tita puede controlar el nivel de calor en la cocina, pero con el fuego de su propio cuerpo sucede algo distinto; es un elemento de fuerza y destrucción al mismo tiempo».

—¿Anna?

Alguien llama a mi puerta y me hace levantar sobresaltada de la cama.

No, no es un alguien cualquiera. Es St. Clair.

Llevo una vieja camiseta de Mayfield Dairy con el logo amarillo y marrón en forma de vaca, y unos pantalones de pijama de franela con estampado de fresas gigantes de color rosa fucsia. Ni siquiera llevo sujetador.

—Anna, sé que estás ahí. Veo la luz de tu habitación.

—¡Un segundo! —grito—. ¡Enseguida salgo!

Me pongo una sudadera negra por encima y cierro la cremallera para tapar el dibujo de la vaca antes de abrir la puerta.

—*Disculpaelretraso*. Pasa.

Abro la puerta del todo y él se queda un momento de pie en la puerta, mirándome. No puedo descifrar la expresión de su cara. Y justo entonces se le dibuja una sonrisa pícara en los labios.

—Bonitos fresones.

—Cállate.

—Lo digo en serio. Son monos.

Y, aunque sé que no hay ningún mensaje entre líneas que diga «quiero dejar a mi novia y empezar a salir contigo» escondido en la palabra «monos», algo se remueve dentro de mí. Tal vez sea el «elemento de fuerza y destrucción al mismo tiempo» que Tita de la Garza conocía tan bien. St. Clair se queda de pie en una esquina de mi habitación. Se rasca la cabeza y se le levanta la camiseta, con lo que puedo ver un poco sus abdominales.

Fuum. Mi fuego interno se enciende.

—Está todo… muy… limpio —dice.

Fssh. Llamarada apagada.

—¿Tú crees?

Sé que mi habitación está ordenada, pero todavía no he comprado un buen limpiacristales. La persona que limpió las ventanas no tenía ni idea de cómo utilizar ese tipo de producto. El secreto está en usar sólo un poco varias veces. Mucha gente empapa los cristales y el líquido se escurre hasta las esquinas de la ventana, y eso cuesta mucho de secar sin que deje marcas.

—Sí, es alarmante.

St. Clair pasea por la habitación, cogiendo cosas y examinándolas igual que hice yo en el cuarto de Meredith. Inspecciona la colección de figuritas de plátanos y de elefantes que coloqué encima del tocador. Me enseña un elefante de cristal que tiene entre los dedos y levanta las cejas, interrogante.

—Es mi apodo.

—¿Elefante? —Niega con la cabeza—. Lo siento, pero no lo entiendo.

—Anna Oliphant. Banana Elephant. Mi mejor amiga los consigue para mí y yo le compro puentes en miniatura y bocadillos. Se llama Bridgette Saunderwick.[8]

St. Clair deja el elefante donde estaba y se dirige hacia mi escritorio.

—¿Así que puedo llamarte Elefante?

—Es Banana Elephant, tienes que decirlo en inglés. Y no, ni hablar.

—Lo siento —dice—. Pero no por esto.

—¿Qué? ¿Por qué?

—Estás colocando bien todo lo que he tocado. —Hace un gesto con la cabeza señalando mis manos, que están dejando el elefante de cristal en el sitio que le corresponde—. Ha sido poco caballeroso por mi parte entrar y empezar a tocar todas tus cosas.

—Ah, tranquilo —digo rápidamente, y suelto la figurita—. Puedes tocar mis cosas tanto como quieras.

Se queda helado y me mira un poco raro justo cuando me doy cuenta de lo que he dicho. No quería darle ese doble sentido.

Aunque tampoco me importaría.

8. *Bridge* significa «puente» en inglés, mientras que Saunderwick tiene cierta similitud fonética con *sandwich*, «bocadillo». *(N. de la T.)*

Pero me gusta Toph y St. Clair tiene novia. E incluso si la situación fuera diferente, Mer estaba antes que yo. Nunca le haría algo así con lo bien que se portó conmigo el primer día. Y el segundo, y cada día desde que estoy aquí.

Además, St. Clair sólo es un tío bueno. No debería esperar nada de él. Las calles de Europa están repletas de tíos buenos, ¿no? Chicos con cortes de pelo perfectos y un estilo de vestir inmejorable. Aunque, en realidad, todavía no he visto a ninguno que sea tan guapo como Monsieur Étienne St. Clair...

Aparta la mirada de mí. ¿Son imaginaciones mías o se siente avergonzado? ¿Y de qué tiene vergüenza? Soy yo, la bocazas.

—¿Es tu novio? —Señala mi ordenador. De fondo de escritorio tengo la foto en la que mis compañeros de trabajo del cine y yo estamos haciendo el tonto. La sacamos la noche del estreno de la adaptación cinematográfica de una novela de fantasía. La mayoría íbamos vestidos de elfos o de magos—. ¿Este con los ojos cerrados?

—¿¡QUÉ!?

¿Realmente cree que saldría con un tipo como Hércules? Hércules es el ayudante del jefe. Tiene diez años más que yo y sí, ése es su nombre real. Y, aunque es majo y sabe más que nadie en el mundo de películas de terror japonesas, lleva coleta.

Coleta.

—Es broma, Anna. Éste, el patillas. —Señala a Toph, el motivo por el cual me gusta tanto esta foto. Nos estamos mirando y sonreímos como si compartiéramos un secreto o una especie de broma privada.

—Oh. Bueno… no, en realidad no. O sea, Toph es mi casinovio, pero me mudé aquí antes de… —callo porque no sé cómo seguir—, antes de que pudiera pasar algo serio.

St. Clair no responde. Después de otro silencio incómodo, se pone las manos en los bolsillos y se mece sobre los talones.

—Proveer a todos.

—¿Qué? —Me sobresalto.

—*Tout pourvoir.*

Señala la almohada que tengo sobre la cama. Las palabras están (grabadas) encima del dibujo de un unicornio. Es el blasón con el lema del clan Oliphant y también un regalo de mis abuelos. Hace muchos años, mi abuelo viajó hasta Estados Unidos para casarse con mi abuela, pero todavía siente devoción por todo lo escocés. Siempre nos compra a Seany y a mí cosas con los colores del clan (cuadros azules y verdes, entre líneas blancas y negras). Por ejemplo, mi colcha.

—Sí, ya sé lo que significa, pero ¿cómo lo has sabido?

—*Tout pourvoir.* Es francés.

Genial. Resulta que el lema del clan Oliphant, que me metieron en la cabeza de muy pequeña, está EN FRANCÉS y yo no tenía ni idea. Gracias, abuelo, porque todavía no parecía lo suficientemente estúpida. Pero ¿cómo podía saber que el lema de una familia escocesa está en francés? Pensaba que odiaban a los franceses. ¿O son sólo los ingleses?

Arg, no lo sé. Siempre había dado por supuesto que era latín o alguna lengua muerta de ésas.

—¿Es tu hermano? —St. Clair señala la única foto que he colgado. La tengo encima de la cama. Seany sonríe a la cámara y señala una de las tortugas que mi madre estudia. El animal está levantando la cabeza y amenaza con comerse el dedo de mi hermanito.

Mamá está haciendo un estudio sobre las costumbres reproductivas de las tortugas caimán y se desplaza hasta el río Chattahoochee varias veces al mes para hacerles una visita. A mi hermano le encanta ir, pero yo prefiero la seguridad de nuestra casa. Las tortugas caimán tienen muy mala leche.

—Sí, ése es Sean.

—¿No es un nombre demasiado irlandés para una familia que borda su blasón en colchas de tartán?

Sonrío.

—Has metido el dedo en la llaga. A mi madre le encantaba el nombre, pero el abuelo (el padre de mi padre) prácticamente se muere cuando lo escuchó la primera vez. Esperaba que lo llamaran Malcolm o Ewan o Dougal.

St. Clair se ríe.

—¿Y cuántos años tiene?

—Siete. Está en segundo.

—Os lleváis muchos años.

—Bueno, si no fue un accidente, seguro que fue un intento de salvar un matrimonio fallido. Nunca me he atrevido a preguntar qué fue exactamente.

Guau. No puedo creer que lo haya soltado. Él se sienta en el borde de mi cama.

—¿Tus padres están divorciados?

Me apoyo en el escritorio porque no me atrevo a sentarme a su lado. A lo mejor, cuando me acostumbre a su presencia, seré capaz de superarlo, pero todavía no.

—Sí. Mi padre nos dejó seis meses después de que Sean naciera.

—Lo siento. —Y por el tono de su voz sé que lo dice en serio—. Los míos están separados.

Tengo un escalofrío y cruzo los brazos para calentarme las manos.

—Yo también lo siento. Es una mierda.

—No pasa nada. Mi padre es un hijo de puta.

—El mío también. Es decir, está claro que lo es si nos abandonó justo cuando Seany todavía era un bebé. Pero lo hizo. Y también es culpa suya que yo esté aquí atrapada. En París.

—Lo sé.

¿Lo sabe?

—Me lo contó Mer. Pero te aseguro que mi padre es mucho, mucho peor. Además, él vive en París, mientras que mi madre está sola a miles de kilómetros de aquí.

—¿Tu padre vive en París?

Estoy sorprendida. Sé que su padre es francés, pero no entiendo por qué alguien envía a su hijo a un internado viviendo en la misma ciudad. No tiene sentido.

—Tiene una galería de arte aquí y otra en Londres. Viaja constantemente entre las dos ciudades.

—¿Y lo ves a menudo?

—Si puedo, evito verlo.

St. Clair se vuelve hosco y de repente me doy cuenta de que no tengo ni idea de por qué está aquí, en mi habitación. Se lo pregunto.

—¿No te lo he dicho? —Se levanta—. Oh. Bueno, sabía que

si no venía alguien a arrastrarte literalmente a la calle, tú sola no lo habrías hecho. Así que vamos a salir.

Una extraña mezcla de emoción y de nervios se me forma en el estómago.

—¿Esta noche?

—Esta noche.

—Ya veo. —Hago una pausa—. ¿Y Ellie?

Se deja caer y se tumba en mi cama.

—Ha habido un cambio de planes —dice, y hace un gesto vago con la mano, que me indica que no debería hacer más preguntas.

Señalo los pantalones de pijama que llevo puestos.

—No voy vestida para la ocasión.

—Venga ya, Anna. ¿En serio tenemos que volver a pasar por esto?

Le dedico una mirada llena de dudas y él me lanza la almohada con el unicornio a la cabeza. La evito y se la devuelvo, y St. Clair sonríe, sale de la cama y me golpea con ella con todas sus fuerzas. Levanto los brazos para coger la almohada. Fallo y él me pega un par de veces más antes de dejarse ganar. Se dobla sobre sí mismo de tanto reírse y yo le doy en la espalda. Intenta quitarme la almohada, pero yo no la suelto y luchamos por ella hasta que él, finalmente, cede. El impulso me hace caer encima de la cama, mareada y sudada.

St. Clair se tumba a mi lado, con la respiración agitada. Está tan cerca de mí que su pelo me hace cosquillas en la mejilla. Mi brazo casi roza el suyo. Casi. Intento exhalar, pero ya no sé respirar. Y entonces me acuerdo de que no llevo sujetador.

Estoy obsesionada.

—Vale. —Jadea—. Éste es —jadeo, jadeo— el plan.

No quiero sentirme así cuando estoy con él. Quiero que las cosas sean normales. Quiero ser su amiga, no otra chica estúpida que se hace ilusiones por algo que nunca va a pasar. Me obligo a levantarme. Estoy despeinada y tengo el pelo empapado de sudor por la guerra de almohadas, así que cojo una goma de pelo de mi tocador para recogérmelo.

—Ponte pantalones —dice— y te enseñaré París.

—¿Y ya está? ¿Ése es el plan?

—Éste es todo el tinglado.

—Guau. Qué estilo.

St. Clair resopla y me tira la almohada. En ese momento suena el teléfono. Seguro que es mi madre: llama todas las noches. Cojo con desgana el móvil y estoy a punto de colgar, pero el corazón me da un vuelco al ver el nombre que aparece en la pantalla.

Toph.

capítulo ocho

—Espero que ya lleves boina.

Así es como me saluda Toph. Ya me estoy riendo. ¡Ha llamado! ¡Toph me ha llamado!

—Todavía no. —Camino por mi pequeña habitación—. Pero puedo escoger una para ti, si quieres. Y hacer que le borden tu nombre. Puedes ponértela para trabajar, en vez de la tarjeta identificatoria.

—Me quedaría superbien.

Hay una sonrisa en su voz.

—Ni siquiera a ti te dejarían utilizar una boina en el trabajo.

St. Clair todavía está tumbado en mi cama. Levanta la cabeza para mirarme. Sonrío y señalo la foto del portátil. Articulo el nombre de Toph para que sepa con quién hablo.

St. Clair niega con la cabeza.

—Patillas —dice él.

—Tu hermana vino ayer —continúa Toph. Siempre se refiere a Bridge como mi hermana. Somos igual de altas y de esbeltas, las dos tenemos el pelo largo y liso, aunque ella es rubia y yo soy morena. Y, como pasamos muchísimo tiempo juntas, hablamos igual, aunque ella utiliza palabras grandilocuentes y tiene los brazos musculados de tocar la batería. Dicho de otro modo, es como yo pero más guapa, más lista y con más talento—. No sabía que tocaba la batería —dice—. ¿Es buena?

—Es la mejor.

—¿Me lo dices porque es tu amiga o porque realmente es decente?

—Es la mejor —repito. Por el rabillo del ojo veo que St. Clair tiene la mirada clavada en el reloj del tocador.

—Mi batería ha abandonado el barco. ¿Crees que podría interesarle?

El verano pasado, Toph formó una banda de punk. Se llaman The Penny Dreadfuls. Han cambiado varias veces de miembros y ha habido muchas discusiones por las letras de las canciones, pero todavía no han actuado en público. Es una lástima. Seguro que Toph está muy guapo con una guitarra en las manos.

—De hecho —digo—, creo que sí. El imbécil del director de la banda no le ha dado el puesto de jefa de percusionistas y necesitará canalizar su rabia.

Le doy su teléfono. Toph lo repite al mismo tiempo que St. Clair da golpes a un reloj imaginario en su muñeca. Son sólo las nueve, no sé a qué viene tanta prisa. Incluso yo sé que es temprano para París. St. Clair carraspea escandalosamente.

—Ey, tengo que colgar. Lo siento —digo.

—¿Estás con alguien?

—Eh, sí. Con un amigo. Vamos a salir esta noche.

Un latido.

—¿Un amigo?

—Sí, sólo somos amigos. —Le doy la espalda a St. Clair—. Tiene novia.

Cierro los ojos. ¿Debería haber dicho eso?

—¿Así que no vas a olvidarte de lo nuestro? Quiero decir... —Hace una pausa—. ¿Lo nuestro, aquí en Atlanta? ¿Vas a tirarlo todo por la borda por un franchute y te vas a quedar allí?

Me da un vuelco el corazón.

—Claro que no. Volveré por Navidad.

—Bien. Bueno, Annabel Lee, tengo que volver al trabajo. Seguro que Hércules está que echa humo porque no estoy vigilando la entrada. *Ciao.*

—En francés se dice *au revoir* —lo corrijo.

—Lo que tú digas. —Se ríe y cuelga.

St. Clair se levanta de mi cama.

—¿Novio celoso?

—Ya te lo he dicho, no es mi novio.

—Pero te gusta.

Me sonrojo.

—Bueno... sí.

No puedo descifrar la expresión de St. Clair. Tal vez esté molesto... Hace un gesto con la cabeza en dirección a la puerta.

—¿Todavía quieres salir?

—¿Qué? —Estoy confundida—. Sí, claro. Deja que me cambie primero.

Espero a que salga y cinco minutos después nos dirigimos hacia el norte de la ciudad. Me he puesto mi camisa favorita —que encontré en una tienda de segunda mano y que resalta las partes adecuadas de mi cuerpo—, tejanos y unas deportivas de tela negra. Ya sé que las deportivas no son muy francesas: debería llevar botas de punta o tacones de aguja. Pero por lo menos no son blancas. Es cierto lo que dicen de las deportivas blancas: sólo los turistas norteamericanos llevan esas cosas grandes y feas, pensadas para cortar el césped o pintar casas.

Hace una noche preciosa. Las luces de París son amarillas y verdes y naranjas. El aire cálido se arremolina entre las conversaciones de los transeúntes y el sonido de las copas de cristal de los restaurantes. St. Clair vuelve a estar animado y me da una clase magistral sobre los aspectos más morbosos de la biografía de Rasputín que ha acabado de escribir esta tarde.

—Total, que los rusos le ponen una dosis de cianuro lo suficientemente letal como para matar a cinco hombres, ¿no? Pero no funciona, así que pasan al plan B: le disparan por la espalda con un revólver. Y aun así no consiguen cargárselo y le pegan tres tiros más. ¡Y, sin embargo, el tío todavía lucha para levantarse! Así que lo revientan a puñetazos, lo envuelven en una sábana y lo tiran al río. Y ahora viene lo mejor del caso…

Le brillan los ojos del mismo modo que a mamá cuando habla de sus tortugas, o que a Bridge cuando habla de música.

—Durante la autopsia, descubrieron que la causa real de su muerte fue una hipotermia. ¡Del río! No murió por envenenamiento ni por culpa de los disparos. Fue la Madre Naturaleza. Y no sólo eso. Resulta que tenía los brazos levantados, como si hubiera intentado romper el hielo desde el agua.

—¿Qué? ¡No es posible!

Un grupo de turistas alemanes está posando para hacerse una foto delante de un escaparate con letras doradas medio desconchadas. Pasamos alrededor de ellos para no molestar.

—Pues todavía hay más —dice—. Cuando incineraron su cadáver, el cuerpo se levantó y se quedó sentado. ¡En serio! Seguramente fue porque el tipo que preparó el cuerpo olvidó cortar los tendones y se encogieron por el calor del fuego.

Hago un gesto afirmativo con la cabeza.

—Es asqueroso, pero continúa.

—Pues eso hizo que sus piernas y su cuerpo se doblaran. —St. Clair sonríe triunfante—. La gente enloqueció al verlo.

—¿Quién dice que la historia es aburrida? —Le devuelvo la sonrisa.

Todo es perfecto. O casi, porque en este preciso instante atravesamos las puertas de la SOAP y es lo más lejos que he estado jamás de la escuela. Mi sonrisa titubea y vuelvo a mi estado natural: nerviosa y rara.

—Tengo que darte las gracias. Los otros siempre me hacen callar mucho antes de... —Interrumpe su discurso al notar el cambio en mi expresión—. ¿Estás bien?

—Estoy bien.

—¿Nadie te ha dicho que no sabes mentir? Eres terriblemente mala, la peor mentirosa del mundo.

—Es sólo que... —Dudo, avergonzada.

—¿Síííí?

—París es tan... extraño. —Busco la palabra adecuada—. Me intimida.

—Qué va —contesta él rápidamente.

—Para ti es fácil.

Pasamos al lado de un señor que se ha agachado para limpiar los regalitos de su perro, un basset hound con el estómago caído. El abuelo me avisó de que las calles de París están plagadas de cacas de perro, pero de momento no he tenido ninguna sorpresa desagradable.

—Conoces París de toda la vida —continúo—. Hablas francés con fluidez, te vistes como un europeo...

—¿Perdón?

—Ya me entiendes. Ropa bonita, zapatos bonitos.

Levanta su pie izquierdo para mostrarme su calzado, unas botas toscas y hechas polvo.

—¿Éstos?

—Bueno, no. Pero no llevas deportivas. Yo doy la nota completamente. Y no hablo francés y me da miedo el *métro* y debería llevar tacones así de altos, pero odio los zapatos de tacón y...

—Me alegro de que no lleves zapatos de tacón —me interrupe St. Clair—. Entonces serías más alta que yo.

—Ya soy más alta que tú.

—Sólo un poco.

—Venga ya, te paso más de cinco centímetros. Y eso que llevas botas.

Me da un golpecito con el hombro y consigue que sonría.

—Relájate —dice—. Estás conmigo. Y yo soy prácticamente francés.

—Eres británico.

—Soy estadounidense. —Sonríe.

—Norteamericano con acento británico. ¿Eso no es motivo doble para que los franceses te odien?

St. Clair pone los ojos en blanco.

—Tendrías que abandonar tus ideas preconcebidas y empezar a formarte tu propia opinión.

—No tengo ideas preconcebidas.

—¿En serio? Entonces, explícame —dice señalando los pies de una chica que camina delante de nosotros. Está hablando en francés por el móvil—. ¿Qué es, exactamente, eso que lleva en los pies?

—Zapatillas deportivas —murmuro.

—Interesante. Ahora observa a esos señores de allí, al otro lado de la acera. ¿Serías tan amable de describir qué lleva el de la izquierda? ¿Esos artilugios tan extraños pegados a sus pies?

Son deportivas, está claro.

—Pero, oye, ¿ves a ese de ahí? —insisto, y señalo a un hombre que lleva pantalones cortos y una camiseta de Budweiser—. ¿Yo también soy así de exagerada?

St. Clair lo mira con los ojos entrecerrados.

—¿Exagerada? ¿Exageradamente qué? ¿Calva? ¿Obesa? ¿Carente de buen gusto?

—Americana.

Suspira melodramáticamente.

—En serio, Anna. Supéralo de una vez.

—Es que no quiero ofender a nadie. Me han dicho que se ofenden fácilmente.

—Al único al que estás ofendiendo ahora mismo es a mí.

—¿Y qué me dices de ella? —Señalo con el dedo a una mujer de mediana edad que lleva unos pantalones cortos de color caqui y una camiseta de punto con la bandera de Estados Unidos estampada. Tiene una cámara de fotos colgada del cinturón y discute con un hombre que lleva un sombrero de tela. Debe de ser su marido.

—Totalmente ofensiva.

—Eso es lo que quería decir. ¿Soy tan obviamente americana como ella?

—Teniendo en cuenta que se ha puesto la bandera de Estados Unidos, esta vez me atreveré a decir que no. —Se muerde la uña del pulgar—. Escucha, creo que tengo la solución a tu problema, pero tendrás que esperar. Prométeme que vas a dejar de pedirme que te compare con cincuentonas y me ocuparé de todo.

—¿Cómo? ¿Con qué? ¿Con un pasaporte francés?

Se le escapa la risa.

—No he dicho que te convertiría en francesa —me corta al ver que abro la boca para protestar—. ¿Trato hecho?

—Trato hecho —digo, un poco incómoda. No me gustan las sorpresas—. Pero más vale que sea algo bueno.

—Oh, lo es.

Y St. Clair se da tales aires de suficiencia que estoy a punto de mandarlo a freír espárragos, pero en ese momento me doy cuenta de que ya no se puede ver la escuela.

No puedo creerlo. Él me ha distraído por completo.

Me cuesta reconocer los síntomas, pero mis talones están inquietos y mi estómago se está revolviendo. ¡Por fin estoy contenta de haber salido!

—¿Y adónde dices que vamos? —No consigo erradicar la emoción de mi voz—. ¿Al Sena? Sé que está por ahí, en alguna parte. ¿Vamos a sentarnos en la orilla del río?

—No voy a decírtelo. Sigue andando.

Ésta se la perdono. ¿Qué diablos me pasa? Es la segunda vez en menos de un minuto que le permito que me deje a medias.

—¡Oh, tienes que ver esto!

Me coge del brazo y me arrastra hasta el otro lado de la calle. Un motorista hace sonar el claxon enfurecido. Empiezo a reír.

—Espera, ¿adónde...?

Y me quedo sin palabras de repente.

Estamos delante de una catedral enorme. Cuatro pilares gruesos sostienen una fachada de estilo gótico presidida por gárgolas y rosetones. La delgada torre del campanario parece estirarse en dirección a la oscuridad absoluta del cielo nocturno.

—¿Qué es? —murmuro—. ¿Es famosa? ¿Debería conocerla?

—Es mi iglesia.

—¿Vienes aquí a menudo?

Estoy sorprendida. No parece el tipo de chico que va a la iglesia con frecuencia.

—No —contesta, y me hace un gesto para que lea la inscripción tallada en piedra.

—Saint-Étienne-du-Mont. ¡Eh! ¡Saint Étienne!

Sonríe.

—Siempre he sentido que, de algún modo, me pertenece. Mi madre me traía aquí cuando era pequeño. Solíamos hacer un picnic en las escaleras. A veces se traía un cuaderno y dibujaba las palomas y los taxis.

—¿Tu madre es artista?

—Pintora. Tiene obras expuestas en el MoMA de Nueva York.

Se nota que está orgulloso de ella y recuerdo lo que me dijo Meredith: St. Clair admira a Josh por lo bien que dibuja. Y que el padre de St. Clair tiene dos galerías de arte. Y que St. Clair está en la clase de dibujo artístico este semestre. Le pregunto si él también es artista, pero se encoge de hombros.

—En realidad no. Ojalá lo fuera. No heredé el talento de mi madre, sólo el buen gusto para el arte. Josh es mucho mejor que yo. Y Rashmi también, de hecho.

—Te llevas bien con ella, ¿no? Con tu madre...

—Quiero muchísimo a mi madre.

Lo dice sin ningún rastro de la típica vergüenza adolescente.

Estamos de pie delante de las puertas dobles de la catedral y miramos hacia arriba, arriba y más arriba. Me imagino a mi madre, delante del ordenador, transcribiendo sus apuntes sobre las tortugas. Es lo que suele hacer por la noche. Pero en Atlanta todavía no es de noche. A lo mejor está haciendo la compra. O metiéndose en el río Chattahoochee. O viendo *El imperio contraataca* junto a Sean. No tengo ni idea, y me molesta.

Finalmente, St. Clair rompe el silencio:

—Venga, vámonos. Todavía queda mucho que ver.

A medida que nos adentramos en la ciudad, las calles están cada vez más llenas de gente. St. Clair me explica que su madre prepara tortitas con chocolate para cenar y pasta con atún para desayunar. Que pintó cada habitación de su piso con los diferentes colores del arco iris. Que le gusta apuntarse las veces que escriben mal su nombre en el correo basura. En ningún momento habla de su padre.

Pasamos cerca de otra estructura enorme, esta vez las ruinas de un castillo medieval.

—Dios mío, se respira historia por todas partes —digo—. ¿Qué es ese lugar? ¿Podemos entrar?

—Es un museo, y sí, podemos ir. Pero ahora no. —Y añade—: Está cerrado.

—Oh. Claro, por supuesto. —Intento que mi decepción no se note en el tono de la voz.

Parece que eso divierte a St. Clair.

—Es sólo la primera semana de clases. Tenemos todo el tiempo del mundo para visitar tu museo.

«Tenemos.» Por algún motivo, algo se retuerce en mis entrañas. St. Clair y yo. Yo y St. Clair.

Al cabo de un rato nos adentramos en una zona todavía más turística que nuestro barrio. Está repleta de restaurantes bulliciosos, tiendas y hoteles. Los vendedores ambulantes gritan en inglés: *Couscous! You like couscous?*, y las calles son tan estrechas que está prohibido circular en coche. Caminamos por el medio de la calle entre el gentío. Parece una fiesta de carnaval.

—¿Dónde estamos?

Ojalá no tuviera que hacer tantas preguntas.

—Entre la rue St. Michel y la rue St. Jacques.

Le lanzo una mirada fulminante.

—*Rue* significa «calle».Y no hemos salido del *Quartier Latin* —especifica.

—¿Todavía no? Si hemos andado...

—¿Diez minutos? ¿Quince? —me chincha.

Hum. Está claro que los londinenses o los parisinos o lo que quiera que sea no están acostumbrados a la maravilla de tener un coche. Echo de menos el mío, a pesar de que le cuesta arrancar y de que no tiene aire acondicionado. Y de que uno de los altavoces no funciona. Se lo digo y sonríe.

—Aunque lo hubieras traído, aquí no te serviría de nada. No puedes conducir hasta los dieciocho.

—Tú podrías conducir —le digo.

—No. No podría.

—¡Dijiste que ya tienes dieciocho! Sabía que estabas tomándome el pelo, nadie...

—No es por eso. —St. Clair se ríe—. Es que no sé conducir.

—¿En serio? —No puedo evitar que se me forme una sonrisa maléfica en los labios—. ¿Me estás diciendo que hay algo que yo sé hacer y tú no?

—Sorprendente, ¿verdad? —Me devuelve la sonrisa—. Pero nunca me ha hecho falta. El transporte público de París, igual que el de Londres y el de San Francisco, es suficiente.

—Es suficiente —repito.

—Cállate. —Vuelve a reírse—. ¡Ah! ¿Sabes por qué este barrio se llama *Quartier Latin*?

Levanto una ceja.

—Hace siglos, las clases de La Sorbonne, que está por ahí detrás... —Señala en dirección a la universidad con la mano—. Es una de las universidades más antiguas del mundo. Bueno, el caso es que las clases eran en latín, y los estudiantes se comunicaban en latín entre ellos. Y se le quedó el nombre al barrio.

Unos segundos de silencio expectante.

—¿Y ya está? ¿Ésa era toda la historia?

—Sí. Tienes razón, ha sido *une crotte*.

Evito otro vendedor ambulante de cuscús.

—¿Una qué?

—Una mierda. Caca. Porquería.

Qué tierno. Me encanta que reniegue en francés.

Al girar la esquina, por fin lo vemos: el río Sena. Las luces de la ciudad se reflejan en las ondas del agua. Inspiro profundamente. Es precioso. Las parejas pasean por la orilla del río y los vendedores de libros tienen miles de cajas de cartón llenas de novelas y revistas viejas para que les eches un vistazo. Un hombre de barba pelirroja toca la guitarra y canta una canción triste. Lo escuchamos un rato y, cuando termina, St. Clair deja unos euros en la funda.

Y justo cuando vuelvo a centrar la atención en el río, la veo: Notre-Dame.

La reconozco de las fotos, claro está. Pero si Saint-Étienne es una catedral, al lado de Notre-Dame no es nada, NADA. El edificio parece un gran barco que flota encima del río. Enorme. Monstruosa. Majestuosa. Está iluminada de tal manera que me recuerda absurdamente a Disney World, pero tiene mucha más magia que cualquier cosa que pudiera salir de la mente de Walt Disney. Las enredaderas crecen por las paredes en dirección al río, como en un cuento de hadas.

—Es precioso —exhalo, por fin.

St. Clair está mirándome.

—Jamás había visto algo así.

No sé qué más decir.

Tenemos que cruzar el río para llegar a la catedral. No me había dado cuenta de que está construida en una isla. St. Clair me explica que ahora estamos en la *Île de la Cité*, la Isla de la Ciudad, y que es el distrito más antiguo de París. El Sena brilla bajo nuestros pies, profundo y verde, y un largo barco iluminado pasa por debajo del puente. Me asomo para mirar.

—¡Mira! Ese tío está como una cuba, va a caerse del barco...

Al volverme para hablar con St. Clair me doy cuenta de que está a varios metros de mí, lejos del borde del puente.

Por un momento estoy confundida. Y entonces me doy cuenta.

—¿Qué? ¿Te dan miedo las alturas?

St. Clair no deja de mirar al horizonte, en dirección a la silueta iluminada de Notre-Dame.

—Simplemente no comprendo por qué alguien querría pasar tan cerca de la barandilla del puente habiendo tanto espacio libre para circular.

—Ah, o sea, que es un problema de espacio para circular.

—Déjalo o te haré una ronda de preguntas sobre Rasputín. O sobre la conjugación de los verbos en francés.

Me apoyo en la barandilla y finjo que resbalo. St. Clair se pone blanco como el papel.

—¡No! ¡No lo hagas!

Estira los brazos como si fuera a salvarme, pero finalmente se abraza el estómago, como si estuviera a punto de
vomitar.

—¡Perdón! —Me aparto de la barandilla—. Lo siento, no
sabía que era tan grave.

Sacude una mano, pidiéndome que no diga nada más. Con
la otra mano todavía se coge el estómago.

—Lo siento —repito tras un instante de silencio.

—Vamos. —St. Clair suena fastidiado, como si fuera yo la
que nos retiene allí. Señala Notre-Dame—. Eso no es lo que
quería enseñarte.

No puedo imaginar qué podría ser mejor que Notre-
Dame.

—¿No vamos a entrar?

—Está cerrada. Pero ya tendremos tiempo, ¿recuerdas?

Se adelanta para guiarme a través de un parque y aprovecho la oportunidad para admirar sus posaderas perfectas.
Es cierto: hay algo mejor que Notre-Dame.

—Es aquí —dice.

Tenemos una vista perfecta de la entrada, en la que hay
centenares de figuras talladas en los tres enormes arcos de
piedra. Las esculturas parecen muñecos. Todas tienen su personalidad individual.

—Son increíbles —murmuro.

—Eso no. Esto —señala mis pies.

Bajo la mirada y me sorprendo al descubrir que estoy de
pie dentro de un pequeño círculo de piedra. En el centro,
justo entre mis pies, hay un octágono de color bronce con

una estrella. En la piedra están grabadas las palabras: POINT ZÉRO DES ROUTES DE FRANCE.

—Mademoiselle Oliphant, esto se traduce como «punto cero de las carreteras de Francia». En otras palabras, es el punto a partir del cual se miden las distancias con el resto del país —St. Clair se aclara la garganta—. Es el principio de todo.

Levanto la vista para mirarlo. Está sonriendo.

—Bienvenida a París, Anna. Me alegro de que estés aquí.

capítulo nueve

$\mathscr{S}$t. Clair mete las puntas de los dedos en los bolsillos y patea los adoquines con el extremo de los zapatos.

—¿Y bien? —pregunta finalmente.

—Gracias. —Estoy atónita—. Te agradezco de verdad que me hayas traído aquí.

—Ah, bueno. —Se yergue y se encoge de hombros (de ese modo afrancesado, con todo el cuerpo, que le sale tan bien) y retorna a su forma de ser habitual, seguro de sí mismo—. Tenía que empezar por alguna parte. Ahora pide un deseo.

—¿Eh?

Tengo un verdadero don con las palabras. Podría escribir poesía épica o canciones para anuncios de comida de gato.

Él sonríe.

—Ponte encima de la estrella y pide un deseo.

—Oh. Ah, vale. —Procuro ponerme a pies juntillas en el centro exacto del círculo—. Deseo...

—¡No lo digas en voz alta! —St. Clair se inclina hacia delante, como si quisiera detener mis palabras con el cuerpo, y mi estómago da un vuelco violento—. ¿No sabes nada sobre los deseos? Sólo tienes un número limitado de oportunidades en la vida para pedir uno: estrellas fugaces, pestañas, dientes de león...

—Velas de cumpleaños.

Hace caso omiso de la indirecta.

—Exacto, así que tienes que aprovechar cuando se presenta la ocasión. Y los supersticiosos dicen que si pides un deseo a esta estrella concreta, se hará realidad. —Hace una pausa antes de continuar—. Me gusta más esta versión que la otra que he oído.

—¿Que sufriré una muerte lenta y dolorosa después de que me envenenen, me disparen, me peguen una paliza y me tiren al río para que me ahogue?

—Fue por hipotermia. —Se ríe. Tiene una risa preciosa, de niño—. Pero no. He oído que quien se pone de pie aquí está destinado a volver a París algún día. Pero, para ti, un año ya es demasiado tiempo, ¿no?

Cierro los ojos. Visualizo a mamá y a Seany. Bridge. Toph. Hago un gesto afirmativo con la cabeza.

—Muy bien. No abras los ojos y pide un deseo.

Inspiro profundamente. La fresca humedad de los árboles vecinos me llena los pulmones. ¿Qué quiero? Es una pregunta difícil.

Quiero volver a casa, pero lo cierto es que esta noche me lo he pasado bien. ¿Y si ésta es la única vez en mi vida que visito París? Sé que acabo de decirle a St. Clair que no quiero estar aquí, pero hay una pequeña parte de mí (muy pequeña, diminuta) que siente curiosidad. Si mi padre me llamara mañana para decirme que tengo que volver a casa, a lo mejor me sentiría decepcionada. Todavía no he visto la *Mona Lisa*. Ni he estado en lo alto de la torre Eiffel. Ni pasado por debajo del Arc de Triomphe.

¿Y qué más quiero?

Quiero volver a sentir los labios de Toph. Quiero que me espere. Pero hay otra parte de mí, una parte que realmente odio, que sabe que, aunque superemos la distancia, el año que viene tendré que volver a irme para empezar la universidad. Así que lo vería por Navidad, durante las vacaciones de verano... Y luego, ¿se acabaría ahí?

Y, finalmente, hay la otra cosa.

La cosa que estoy tratando de ignorar. La cosa que no debería querer, la cosa que no puedo tener.

Y la tengo delante en este preciso momento.

Así pues, ¿qué deseo? ¿Algo que no sé si quiero? ¿A alguien que no sé si me conviene? ¿A alguien que sé que no puedo tener?

A la mierda. Que lo decida la suerte.

«Deseo lo que sea mejor para mí.»

Toma generalización. Abro los ojos y el viento sopla con más intensidad. St. Clair se aparta un mechón de pelo de los ojos.

—Debe de haber sido un buen deseo —dice.

A la vuelta, paramos para cenar algo en un puesto de comida de la calle. Se me hace la boca agua con el olor a levadura y

mi estómago ruge, expectante. Pedimos *paninis,* unos bocadillos que se ponen en una plancha caliente. El de St. Clair
es de salmón ahumado, ricota y cebollino. Yo lo he pedido
de *prosciutto di Parma,* queso Fontina y salvia. Él lo llama «comida rápida», pero lo que me han dado no tiene nada que
ver con los bocadillos raquíticos del Subway.

St. Clair me ayuda a aclararme con los euros. Por suerte, son fáciles de entender. Los billetes y los céntimos son
prácticos. Pagamos y damos un paseo, disfrutando de la noche. Saboreando la corteza crujiente. Dejando que el cálido queso fundido se deslice por la barbilla. Gimo de placer.

—¿Acabas de tener un orgasmo gastronómico? —me pregunta mientras se limpia los labios de ricota.

—¿Dónde has estado toda mi vida? —le pregunto al delicioso *panini*—. ¿Cómo es posible que no hubiera probado
antes un bocadillo como éste?

St. Clair da un mordisco al suyo y, sonriendo y con la
boca llena, me contesta:

—Mmmf grmfa mrrfa.

Lo cual deduzco que se traduce por «porque la comida
americana es una porquería».

—Mmmf mrga grmfa mmrg —contesto. Eso significaba
«ya, pero nuestras hamburguesas no están nada mal».

Lamemos el papel con el que venían envueltos los *paninis*
antes de tirarlo a la basura. Felicidad absoluta. Ya casi hemos
llegado a la residencia. St. Clair me cuenta que una vez lo
castigaron junto a Josh por lanzar chicles al techo (por lo visto querían darle un tercer pezón a una de las ninfas) cuando
de repente mi cerebro empieza a procesar algo. Algo raro.

En una sola manzana he visto tres cines.

Es cierto que son cines pequeños, la mayoría de sala única. Pero ¡tres! ¿Cómo no me he dado cuenta antes?

Ah, claro. El Chico Guapo.

—¿Alguna de ésas está en inglés? —interrumpo.

—¿Disculpa? —St. Clair parece confundido.

—Los cines. ¿Hay salas de versión original por aquí?

Él levanta una ceja.

—No me digas que no lo sabes.

—¿Qué? ¿Qué es lo que no sé?

Se alegra de saber algo que yo ignoro. Lo cual no deja de ser molesto, teniendo en cuenta que ambos somos conscientes de que él lo sabe todo sobre el estilo de vida parisino, mientras que yo tengo la perspicacia de un cruasán de chocolate.

—Y yo que te tenía por una especie de adicta al cine.

—¿Qué? ¿De qué hablas?

Con el brazo, St. Clair dibuja un círculo exagerado a nuestro alrededor. Clarísimamente, disfruta de esto.

—París es la capital… mundial… del amor por el cine.

—Estás de broma.

—No. En ninguna otra ciudad del mundo aman tanto el cine como aquí. Hay cientos, tal vez miles de cines.

Mi corazón se desboca. Estoy mareada. No puede ser verdad.

—Sólo en nuestro barrio hay por lo menos una docena.

—¿¡Qué!?

—¿En serio no te habías dado cuenta?

—¡No, no me había dado cuenta! ¿Por qué nadie me lo había dicho?

A ver, es algo que deberían haber mencionado el primer día de los Seminarios de Supervivencia. ¡Es una información muy importante, si vives en París! Seguimos andando y no paro de volver la cabeza para todos lados para leer los carteles y las marquesinas.

«Por favor, que estén en inglés, que estén en inglés, que estén en inglés.»

—Pensaba que lo sabías. —St. Clair pide perdón con la mirada—. Lo consideran una forma de arte. Hay muchos cines en los que estrenan películas recientes, pero también un montón de... ¿cómo se llaman?, salas de cine de repertorio. Ponen películas clásicas y dedican ciclos a directores o géneros concretos o a actrices brasileñas desconocidas o cosas por el estilo.

Respira, Anna, respira.

—¿Y las emiten en inglés?

—Supongo que por lo menos un tercio de ellas son en versión original.

¡Un tercio! ¡De centenares (o incluso miles) de cines!

—Doblan al francés algunas películas norteamericanas, pero principalmente son para el público infantil. Muchas prefieren dejarlas en versión original y subtitularlas. Espera. —St. Clair coge una revista, llamada *Pariscope*, de un quiosco y paga al dependiente, un señor bonachón de nariz aguileña. Me enseña la revista—. Los estrenos son los miércoles. «VO» significa *version originale*, mientras que «VF» es *version française*, lo que quiere decir que están dobladas, así que cíñete al «VO». La cartelera también está en internet —añade.

Hojeo la revista y se me ponen los ojos como platos. Nunca había visto una cartelera tan extensa.

—Vaya, si llego a saber que esto es todo lo que hace falta para hacerte feliz, no me habría molestado con todo lo demás.

—Amo París —digo.

—Y estoy seguro de que París te ama.

Todavía está hablando, pero hace rato que he dejado de escucharle. Hay un maratón de Buster Keaton esta semana. Y otro de películas de terror para adolescentes. Y un ciclo entero dedicado a las persecuciones de coches de los años setenta.

—¿Qué?

Me doy cuenta de que St. Clair espera una respuesta a una pregunta que no he oído. Al ver que no dice nada más, levanto la vista de la cartelera. Su mirada está fija en una figura que acaba de salir de la residencia.

La chica es más o menos de mi estatura. Tiene el pelo largo y despeinado, lo que le da un aire muy parisino. Lleva un vestido corto plateado que brilla bajo la luz de las farolas, y una chaqueta roja. Las suelas de sus botas de cuero hacen ruido al chocar contra la acera. Mira la Résidence Lambert por encima del hombro y con el ceño medio fruncido; pero, al volverse y ver a St. Clair, todo su ser se ilumina.

La revista tiembla en mis manos. Sólo puede ser una persona.

La chica echa a correr y salta a los brazos de St. Clair. Se besan y ella le pasa los dedos por el pelo. Se me hace un nudo en el estómago y aparto la mirada del espectáculo.

Se separan y la chica empieza a hablar. Tiene una voz sorprendentemente grave, sensual, pero habla deprisa.

—Ya sé que no íbamos a vernos hoy, pero estaba en la zona y he pensado que querrías ir a esa disco de la que te hablé, la que nos recomendó Matthieu. Pero no estabas, así que he encontrado a Mer y hemos estado charlando una hora entera. ¿Dónde estabas? Te he llamado tres veces al móvil y me salía directamente el contestador.

St. Clair parece desorientado.

—Eh, Ellie, ésta es Anna. No había salido de la residencia en toda la semana y he decidido enseñarle...

Para mi asombro, Ellie me dedica una sonrisa de oreja a oreja. Curiosamente, en este preciso instante me doy cuenta de que, a pesar de su voz ronca y su atuendo parisino, es bastante... poco agraciada. Aunque parece simpática.

Pero eso no significa que me caiga bien.

—¡Anna! De Atlanta, ¿verdad? ¿Por dónde habéis estado?

¿Sabe quién soy? St. Clair le describe la velada mientras yo analizo el extraño desarrollo de los acontecimientos. ¿St. Clair le ha hablado de mí o ha sido Mer? Espero que haya sido él, pero igualmente ella no parece preocupada de que yo haya pasado las tres últimas horas en compañía de su muy atractivo novio. Sola.

Debe de estar bien tener ese tipo de confianza.

—Muy bien, cielo —lo interrumpe—, puedes contarme el resto luego. ¿Estás listo para irnos?

¿Ha dicho que iría con ella? No lo recuerdo, pero él hace un gesto afirmativo con la cabeza.

—Sí, sí. Déjame ir a por mi, esto...

Se queda mirándome un segundo y aparta la vista hacia la entrada de la residencia.

—¿Qué? Ya vas bien para salir. Estás guapísimo. Venga. —Lo coge por el brazo—. Un placer conocerte, Anna.

Encuentro la voz.

—Sí, igualmente.

Miro a St. Clair, pero él no me devuelve la mirada. Bien. Como quiera. Le lanzo mi mejor sonrisa de me-da-igual-que-tengas-novia y les digo adiós alegremente.

Él no reacciona. Vale, es hora de irse. Camino rápidamente hacia la puerta de la residencia y saco la llave. Pero cuando estoy abriendo la puerta no puedo evitar mirar atrás. St. Clair y Ellie se alejan en la oscuridad, cogidos del brazo. Ella todavía habla.

En ese preciso instante, St. Clair vuelve la cabeza en dirección a mí. Sólo un segundo.

capítulo diez

Es mejor así. Lo es.

A medida que pasan los días me doy cuenta de que me alegro de haber conocido a su novia. De hecho, es un alivio. Hay pocas cosas peores que estar enamorado de quien no debes y no me gusta hacia dónde se dirigían mis pensamientos últimamente. Y me niego a ser otra Amanda Spitterton-Watts.

St. Clair sólo es simpático. A toda la escuela le cae bien: los *professeurs*, los populares, los no populares... Y es normal, porque es listo, divertido y educado. Y, sí, exageradamente atractivo. Aunque, pese a gustar tanto a la gente, no se junta con todo el mundo. Sólo va con nuestro grupito. Y como a su mejor amigo suele distraerlo Rashmi, no le queda más remedio que juntarse... bueno, conmigo.

Desde la noche que salimos, siempre se sienta a mi lado a la hora de comer. Se mete con mis deportivas, me pregunta por mis gustos cinematográficos y me ayuda con los deberes de francés. Y me defiende. Como la semana pasada en clase de Física, cuando Amanda me llamó *la moufette* para insultarme y se tapó la nariz cuando pasé cerca de su pupitre. St. Clair le dijo que se largara y se pasó la clase tirándole bolitas de papel al pelo.

Luego busqué la palabra en el diccionario, y significa mofeta. Qué original...

Pero justo cuando empiezo a sentir esas punzadas, él se esfuma. Me quedo mirando por la ventana después de cenar, observando cómo los basureros limpian la calle con sus uniformes verde claro, y en ese instante él sale de la residencia y desaparece en dirección al *métro*.

En dirección a Ellie.

La mayoría de las noches estoy estudiando en el vestíbulo con el resto de nuestros amigos cuando él regresa. Se limita a dejarse caer a mi lado y a hacer chistes sobre algún alumno de tercero que intenta ligar con la chica de la recepción. (Todas las noches hay algún alumno de tercero que intenta ligar con la chica de la recepción.) Y ¿soy yo o va más despeinado que de costumbre?

La idea de St. Clair y Ellie haciendo «eso» me pone más celosa de lo que puedo admitir. Toph y yo seguimos enviándonos e-mails, pero los mensajes nunca han pasado de amistosos. No sé si eso significa que todavía le intereso o no, pero sé que enviarse e-mails no es lo mismo que besarse. Ni que hacer «eso».

La única que entiende mi situación es Mer, y no puedo decirle nada del tema. A veces me preocupa que ella esté celosa de mí. La he pillado alguna vez mirándonos durante el almuerzo, y cuando le pido que me pase una servilleta, casi parece que me la tire. Y cuando St. Clair dibuja plátanos y elefantes en el margen de sus apuntes, ella se queda rígida y callada.

A lo mejor estoy haciéndole un favor. Soy más fuerte que ella porque no hace tanto tiempo que lo conozco. Porque St. Clair siempre ha estado fuera de su alcance. Pobre Mer. Toda chica que se enfrente a la atención diaria de un tío bueno con un acento encantador y pelo perfecto las pasa canutas para no enamorarse perdida y dolorosamente de él.

Pero no es lo que me pasa a mí.

Como ya he dicho, es un alivio saber que es imposible. Hace las cosas más fáciles. La mayoría de las chicas se ríen escandalosamente con sus chistes y encuentran excusas para poder rozar su brazo. Para poder tocarlo. En cambio, yo discuto con él y pongo los ojos en blanco y me quedo indiferente.

Y cuando le toco el brazo, lo aparto. Porque eso es lo que hacen los amigos.

Además, tengo cosas más importantes en las que pensar: el cine.

Llevo un mes en Francia y, aunque ya he tomado el ascensor a la cima de la torre Eiffel (Mer subió conmigo mientras St. Clair y Rashmi nos esperaban en el césped, St. Clair, porque tiene miedo de caer, y Rashmi, porque se niega a hacer «cosas de turistas»), y aunque ya he estado en el mirador del Arc de Triomphe (Mer fue conmigo otra vez, por supuesto, mientras St. Clair nos esperaba y amenazaba con empujar a

Josh y Rashmi entre los coches que conducen como locos alrededor del monumento), todavía no he ido al cine.

De hecho, todavía no he conseguido salir sola del campus. Es vergonzoso.

Pero tengo un plan. Primero, convenceré a alguien para
que vaya al cine conmigo. No debería ser muy difícil, a todo
el mundo le gusta ver películas. Y luego anotaré lo que dicen y lo que hacen y entonces me sentiré más segura de mí
misma si voy sola.

—Rashmi, ¿qué haces esta noche?

Estamos esperando que empiece la clase de *La Vie*. La semana pasada nos hablaron de la importancia de comer productos del país y, antes de eso, de cómo redactar la solicitud de ingreso en la universidad. ¿Quién sabe con qué nos
saldrán hoy? Meredith y Josh son los únicos que no están
con nosotros. Josh todavía está en tercero y Mer tiene una
clase extra de español avanzado. Y lo hace por diversión.
Qué locura.

Rashmi da golpecitos a su libreta con el boli. Lleva dos
semanas trabajando en su solicitud para la Universidad de
Brown. Es una de las pocas universidades que ofrece la es-
pecialidad en Egiptología y la única a la que quiere asistir.

—No lo entiendes —me dijo cuando le pregunté por qué
todavía no la había terminado—. Brown descarta el ochenta
por ciento de las solicitudes.

Pero no creo que tenga problemas para entrar. Sólo ha
sacado sobresalientes en lo que llevamos de curso, casi
siempre le ponen un diez. Yo ya he enviado mis solicitudes
para la universidad. No sabré nada hasta dentro de unos

meses, pero no me preocupa. No son universidades de la Liga Ivy.[9]

Intento ser amigable con Rashmi, pero es difícil. Anoche, mientras acariciaba a su conejita, Isis, me recordó dos veces que no debo hablarle a nadie de ella porque no está permitido tener mascotas en la residencia. Como si fuera a chivarme. Además, la presencia de Isis no es precisamente un secreto. Es imposible confundir el olor a pis de conejo que se cuela a través de su puerta.

—Nada, supongo —dice en respuesta a mi pregunta sobre sus planes para hoy.

Respiro profundamente para calmar mis nervios. Es ridículo lo difícil que puede ser hacer una pregunta cuando la respuesta tiene tanta importancia.

—¿Quieres ir al cine? Esta noche dan *Sucedió una noche* en Le Champo.

Que no haya salido de la residencia no significa que no haya estudiado detenidamente la maravillosa *Pariscope*.

—¿Que dan qué? Y no te diré cómo has mancillado el nombre del cine con tu pésima pronunciación.

—*Sucedió una noche*. Con Clark Gable y Claudette Colbert. Ganó cinco Oscars. Fue un gran éxito.

—¿En qué siglo?

—Ja, ja. En serio, te gustará. Dicen que es muy buena.

---

9. Nombre que recibe un grupo de ocho universidades privadas del noreste de Estados Unidos. Se trata de ocho de las universidades más antiguas y prestigiosas del país, los criterios de admisión son muy estrictos y tienden al elitismo. *(N. de la T.)*

Rashmi se masajea las sienes.

—No sé. No me gustan mucho las películas antiguas. Actúan en plan «eh, amigo, pongámonos sombreros y tengamos un gran malentendido».

—Oh, venga ya. —St. Clair levanta la nariz de su libro sobre la Revolución americana. Se sienta a mi lado. Resulta extraño pensar que sabe más de la historia de Estados Unidos que yo—. ¿No está ahí, precisamente, el encanto de esas películas, en los sombreros y los malentendidos?

—Entonces ¿por qué no vas tú con ella? —pregunta Rashmi.

—Porque ha quedado con Ellie —contesto yo.

—¿Cómo sabes lo que voy a hacer esta noche? —dice él.

—Por favor —le ruego a Rashmi—. Porfa, porfa… Te gustará, te lo prometo, y a Josh y a Mer también.

Rashmi abre la boca para protestar en el preciso instante en que entra el profesor. Cada semana es alguien diferente: a veces son los mismos *professeurs*, a veces es el personal administrativo. Me sorprende ver a Nate esta vez. Supongo que todo el personal está obligado a hacer un turno. Se rasca la cabeza rapada y sonríe amablemente a la clase.

—¿Cómo sabes lo que voy a hacer esta noche? —repite St. Clair.

—Porfaaaa —le digo a Rashmi. Ella sonríe, resignada.

—Vale, pero escojo yo la película.

¡Bien!

Nate se aclara la garganta y Rashmi y St. Clair levantan la cabeza. Si hay algo que me gusta de mis nuevos amigos es que respetan a los profesores. Me vuelve loca que los alumnos les hablen mal o pasen de ellos, porque mi madre es profesora y no me gustaría que fueran maleducados con ella.

—Bien, clase, basta ya. Amanda, basta ya.

Consigue callarla con su tono suave pero firme. Ella se toca el pelo y suspira clavando la mirada en St. Clair.

Él la ignora. ¡Ja!

—Tengo una sorpresa para vosotros —dice Nate—. Como está cambiando el tiempo y no quedan muchos días cálidos, he pedido que esta semana nos dejen hacer las clases fuera del aula.

Vamos a hacer una actividad puntuable en la calle. ¡Me encanta París!

—He preparado una búsqueda del tesoro. —Nate tiene un montón de papeles en la mano—. En esta lista hay doscientos objetos. Los encontraréis todos en el barrio, pero podéis pedir ayuda a la gente.

Oh, mierda, no.

—Vais a hacer fotos de los objetos y os dividiréis en dos equipos.

¡Uf! No tendré que hablar con los parisinos.

—El equipo que más objetos recolecte será el ganador, pero todos los miembros del equipo tienen que hacer una foto si queréis puntos extra.

¡NOOOOOOOOOOOOOOOOO!

—Y hay un premio. —Nate sonríe de nuevo, pues vuelve a tener la atención de la clase—. El equipo que haya encontrado más objetos al final de la clase del jueves… tiene permiso para saltarse la clase del viernes.

Eso sí que vale la pena. La clase estalla en aplausos y silbidos. Nate escoge a dos capitanes, los que más han gritado para conseguirlo. Steve Carver (el tipo con el pelo de surfero) y la mejor amiga de Amanda, Nicole, son los elegidos. Rashmi y yo gruñimos en un raro momento de compañerismo. Steve levanta un puño en el aire. Vaya idiota.

Empieza la selección y Amanda es la primera en salir escogida. Por supuesto. Y luego el mejor amigo de Steve. Por supuesto. Rashmi me da un codazo.

—Apuesto cinco euros a que soy la última que escogen.

—Acepto, porque ésa voy a ser yo.

En su pupitre, Amanda se vuelve en dirección a mí y baja la voz para decir:

—Eso es una apuesta segura, Chica Mofeta. *¿Quién* te querría en su equipo?

Aprieto la mandíbula.

—¡St. Clair! —La voz de Steve me sobresalta. Era de prever que escogerían a St. Clair entre los primeros. Todo el mundo se vuelve en dirección a él, pero St. Clair tiene la mirada fija en Amanda.

—Yo —dice, respondiendo a su pregunta—. Yo quiero que Anna esté en mi equipo, y tú tendrías suerte si fuera al tuyo.

Ella se ruboriza y se da la vuelta rápidamente, no sin antes lanzarme otra mirada amenazante. ¿Qué diablos le habré hecho?

Dicen más nombres, nombres que NO son el mío. St. Clair intenta que le preste atención, pero yo finjo que no me he dado cuenta. No me atrevo a mirarlo. Me siento demasiado humillada. La selección se reduce rápidamente a

Rashmi, un chico delgado al que, por alguna razón que desconozco, llaman Cheeseburger, y yo. Cheeseburger siempre tiene cara de sorprendido, como si alguien lo hubiera llamado y él no supiera de dónde sale la voz.

—Rashmi —dice Nicole sin dudarlo.

Mi corazón se encoge. Ahora sólo quedamos alguien llamado Cheeseburger y yo. Centro la atención en un dibujo que me ha hecho Josh en clase de Historia. Voy vestida de campesina medieval (estamos estudiando la peste negra) y tengo el ceño fruncido agresivamente y una rata muerta en la mano.

Amanda le dice algo a la oreja a Steve. Noto que me sonríe con aires de suficiencia y me arde la cara.

Steve se aclara la garganta:

—Cheeseburger.

capítulo once

—Me debes cinco pavos —digo.

—Te compraré la entrada del cine. —Rashmi sonríe.

Por lo menos hoy hemos estado en el mismo equipo. Nicole hizo una repartición de la lista de objetos de Nate, y Rashmi y yo hemos ido por nuestra cuenta. Esta semana no tendría que ser tan mala. Gracias a Rashmi, conseguiré puntos extra. Me ha dejado hacer algunas de las fotos (la estatua de un tipo llamado Budé y un grupo de niños que jugaban al fútbol en la calle), aunque ha sido ella la que ha encontrado ambas cosas.

—Echo de menos el fútbol. —Meredith hace un puchero cuando se lo contamos. Incluso sus rizos elásticos parecen caídos y tristes esta noche.

Sopla una brisa fresca por la ancha avenida, así que nos cerramos las chaquetas y temblamos. Pequeños trozos de hojas secas crujen bajo nuestros pies. El otoño se está instalando en París.

—¿No tienen ninguna liga femenina o algo así en la que puedas jugar? —pregunta Josh, y pasa un brazo alrededor de Rashmi. Ella se arropa en él—. Siempre veo mucha gente jugando.

—¡Bu!

Una cabeza despeinada aparece de repente entre Mer y yo, y ambas saltamos como gatos sobresaltados.

—¡Caray! —dice Mer—. Un poco más y me da un ataque al corazón. ¿Qué haces aquí?

—*Sucedió una noche* —dice St. Clair—. Le Champo, ¿no?

—¿No has quedado con Ellie? —pregunta Rashmi.

—¿No estoy invitado? —Se hace un sitio entre Meredith y yo.

—Claro que estás invitado —responde Mer—. Pero hemos dado por supuesto que estabas ocupado.

—Siempre estás ocupado —dice Rashmi.

—No siempre lo estoy.

—Sí lo estás —replica ella—. ¿Y sabes qué es lo más raro? Mer es la única que ha conseguido ver a Ellen este curso. ¿Ahora es demasiado importante para nosotros?

—Venga, no empecemos otra vez con eso.

Ella se encoge de hombros.

—Yo sólo digo lo que hay.

St. Clair mueve la cabeza, aunque todos notamos que tampoco lo niega. Puede que Ellie sea simpática en un primer momento, pero está claro que ya no necesita a sus amigos de la SOAP. Incluso yo me he dado cuenta.

—Pero ¿qué hacéis todas las noches? —Las palabras salen de mi boca sin que pueda detenerlas.

—Eso —contesta Rashmi—. Lo hacen. Nos da plantón para ir a follar.

St. Clair se pone rojo.

—Rash, ¿sabes que eres tan ordinaria como esos estúpidos de tercero que viven en mi piso? Dave como-se-llame y Mike Reynard. Dios, vaya par de imbéciles.

Mike Reynard es el mejor amigo de Dave-de-la-clase-de-francés-y-de-historia. No sabía que eran sus vecinos.

—Ten cuidado con lo que dices, St. Clair —le advierte Josh. Suena enfadado, algo raro en él, normalmente tranquilo.

Rashmi le pega una bofetada a St. Clair.

—¿Me estás llamando idiota?

—No, pero si no haces el jodido favor de apartarte a lo mejor sí.

Hay tensión en sus cuerpos, como si fueran a luchar con los cuernos como los ciervos de los documentales. Josh intenta separarla de él, pero ella se suelta.

—¡Por el amor de Dios, St. Clair, no puedes estar en plan colega con nosotros todo el día y luego dejarnos plantados todas las noches! No puedes volver cuando te da la gana y hacer como que no pasa nada —exclama Rashmi.

Mer intenta cortar la discusión:

—Eh, eh...

—¡Todo está bien!... ¿Qué diablos te pasa?

—¡EY! —Mer aprovecha su altura y su fuerza para intervenir. Para mi sorpresa, empieza a suplicarle a Rashmi—. Ya sé que echas de menos a Ellie. Sé que era tu mejor amiga y que es una mierda que siga con su vida, pero todavía nos tienes a nosotros. Y St. Clair... Rashmi tiene razón. Nos duele no verte más. Quiero decir, fuera de la escuela. —Parece que esté a punto de llorar—. Antes siempre estábamos juntos.

Josh la rodea con un brazo y ella lo abraza con fuerza. Josh le lanza una mirada a St. Clair a través de los rizos de Mer. «Esto es por tu culpa. Arréglalo.»

St. Clair se desinfla:

—Sí. Está bien. Tienes razón.

No es exactamente una disculpa, pero Rashmi hace un gesto afirmativo con la cabeza. Mer exhala, aliviada. Josh se aparta de ella con delicadeza para ponerse al lado de su novia otra vez. Volvemos a caminar, sumidos en un silencio incómodo. Así que Rashmi y Ellie eran amigas íntimas. Ya me resulta bastante difícil estar temporalmente separada de Bridge, pero no puedo llegar a imaginarme cómo sería si me dejara tirada del todo. Me siento culpable. No me extraña que Rashmi esté resentida.

—Lo siento, Anna —me dice St. Clair después de una manzana sin hablar—. Sé que te hacía mucha ilusión esta película.

—No pasa nada. No es de mi incumbencia. Mis amigos también se pelean. Quiero decir... mis amigos de Atlanta. No es que no os considere mis amigos. Es decir... todos los amigos se pelean.

Aj, qué situación más desagradable.

La melancolía se cierne sobre nosotros como una niebla densa. Volvemos al silencio absoluto y me asaltan miles de pensamientos. Ojalá Bridge estuviera aquí. Ojalá St. Clair no saliera con Ellie, ojalá Ellie no hubiera hecho daño a Rashmi y Rashmi se pareciera más a Bridge. Ojalá Bridge estuviera aquí.

—Eh, chicos —dice Josh—. Mirad.

Y en ese momento la oscuridad cede su lugar a las luces de neón blancas. Una tipografía estilo art déco que brilla en la noche nos indica que hemos llegado al CINÉMA LE CHAMPO. Las letras me sobrecogen. *Cinéma*. ¿Existe otra palabra más bonita en el mundo? Mi corazón remonta el vuelo cuando cruzamos las relucientes puertas de cristal. El vestíbulo es más pequeño de lo que estoy acostumbrada y, aunque no huele a palomitas de mantequilla, hay algo en el aire que reconozco, algo anticuado y reconfortante al mismo tiempo.

Fiel a su palabra, Rashmi paga mi entrada. Aprovecho la oportunidad para sacar un papel y un boli que había escondido en mi chaqueta con esta finalidad. Mer es la siguiente en la cola y transcribo fonéticamente lo que dice.

St. Clair se apoya en mi hombro y me dice:

—Lo has escrito mal.

Levanto la cabeza avergonzada, pero él sonríe. Dejo caer mi cabeza para que el pelo escude mis mejillas, que se han sonrojado por su sonrisa más que por otra cosa.

Seguimos las luces azules del suelo del pasillo hasta la sala. Me pregunto si en todos los cines son azules en vez de doradas, como las de los cines de Estados Unidos. Mi corazón late más deprisa. Todo lo demás es igual. Por primera vez en París, me siento como en casa.

Sonrío a mis amigos, pero Mer, Rashmi y Josh están distraídos. Discuten sobre algo que ha pasado durante la cena. St. Clair me ve y me devuelve la sonrisa.

—¿Todo bien?

Asiento con la cabeza. Él parece complacido y me sigue

por la fila de butacas buscando su asiento. Siempre me siento cuatro filas por encima del centro y esta noche tenemos los asientos perfectos. Las butacas son del clásico color rojo. La película empieza y aparece el título.

—Uf. ¿Tenemos que tragarnos los créditos? —pregunta Rashmi. Salen al principio, como en todas las películas antiguas.

Los leo, feliz. Me encantan los créditos. Me encanta todo lo que tenga que ver con el cine.

La sala está completamente oscura. La única luz procede del blanco, el negro y el gris de la pantalla. Clark Gable finge que duerme y pone una mano en el centro de un asiento vacío de autobús. Tras un momento de irritación, Claudette Colbert se la aparta con cautela y se sienta. Gable sonríe para sí mismo y St. Clair se ríe.

Sé que es raro, pero me distrae con sus dientes blancos en la oscuridad del cine. Con un mechón ondulado que se le riza para un lado. Con el suave aroma del suavizante de su ropa. Me da un golpecito para ofrecerme en silencio el reposabrazos, pero lo rechazo y él lo ocupa. Su brazo está cerca del mío, un poco más elevado. Observo sus manos. Las mías son pequeñísimas en comparación con las suyas, masculinas y grandes.

Y, de repente, me muero de ganas de tocarlo.

No quiero darle un empujón, ni un golpecito en el brazo, ni siquiera un abrazo amistoso. Quiero sentir los pliegues de su piel, conectar sus pecas con líneas invisibles, acariciar con los dedos su muñeca. Él se acomoda en su asiento. Tengo la extraña sensación de que él también se está fijando en mí.

Los personajes de la pantalla están hablando, pero no tengo ni la más remota idea de qué dicen. ¿Cuánto rato hace que no estoy prestando atención?

St. Clair tose y vuelve a moverse para sentarse bien. Su pierna roza la mía. Se queda ahí. Estoy paralizada. Debería apartarla; esto no es normal. ¿Cómo puede no notar que su pierna toca la mía? Por el rabillo del ojo veo el perfil de su nariz, de su barbilla y (oh, Dios mío) de sus labios.

Ups. Me ha mirado. Sé que lo ha hecho.

Fijo los ojos en la pantalla, intentando mostrar lo mejor que puedo el Gran Interés que tengo por esta película. St. Clair se tensa, pero no aparta la pierna. ¿Está conteniendo la respiración? Creo que sí. Yo contengo la mía. Exhalo y dejo que mi cuerpo resbale por la butaca, en un acto ruidoso y poco natural.

Otra vez. Otra mirada. Esta vez me vuelvo automáticamente, justo en el momento en que él mira de nuevo la pantalla. Es como una danza. Uno de los dos debe decir algo. Céntrate, Anna, céntrate.

—¿Te gusta? —le susurro.

Él hace una pausa antes de contestar:

—¿La película?

Me alegro de que la oscuridad oculte lo sonrojada que estoy.

—Me gusta mucho —responde.

Me arriesgo a mirarlo y él me mira también. Es una mirada profunda. Nunca me había mirado así. Me vuelvo primero y noto cómo él me imita unos latidos después.

Sé que está sonriendo, y mi corazón va a toda velocidad.

capítulo doce

Para: Anna Oliphant <bananaelephant@femmefilmfreak.net>
De: James Ashley <james@jamesashley.com>
Asunto: Amable recordatorio

Hola, cariño. Hace tiempo que no hablamos. ¿Has escuchado
el mensaje que te dejé en el contestador? Te he llamado
varias veces, pero supongo que estás ocupada explorando
Paggí. Bueno, esto es sólo un amable recordatorio para
que llames al viejo de tu padre y le cuentes cómo te van los
estudios. ¿Ya dominas el francés? ¿Has probado el *foie gras*?
¿Qué emocionantes museos has visto? Hablando de cosas
emocionantes, estoy seguro de que ya te han llegado las
buenas noticias. ¡*El incidente* ha debutado en el número uno
en el *NY Times*! Parece que todavía tengo magia con la pluma.
Me voy de gira por el sureste la semana que viene, así que
pronto veré a tu hermano y le daré recuerdos de tu parte. Sigue

concentrándote férreamente en las clases, y NOS VEMOS por Navidad.

Josh apoya su cuerpo larguirucho en mi hombro y mira la pantalla de mi portátil.

—¿Soy yo o ese «NOS VEMOS» suena a amenaza?

—No. No sólo significa «NOS VEMOS» —confirmo.

—Pensaba que tu padre era escritor. ¿Qué es eso de «férreamente»? ¿Y el «amable recordatorio»?

—Mi padre habla fluidamente el idioma de los clichés. Está claro que no has leído ninguna de sus novelas. —Hago una pausa—. No puedo creer que tenga la jeta de decir que le dará recuerdos a Seany de mi parte.

Josh niega con la cabeza, indignado. Mis amigos y yo estamos pasando el fin de semana en la sala de estar porque vuelve a llover. Nadie recuerda mencionar esto, pero resulta que en París llueve tanto como en Londres. Según St. Clair, claro está, que es la única ausencia del grupo. Ha ido a ver una exposición de fotografía en la universidad de Ellie. De hecho, se supone que ya debería estar de vuelta.

Llega tarde, como de costumbre.

Mer y Rashmi están acurrucadas en uno de los sofás de la sala de estar y leen la nueva lectura obligatoria de la clase de Lengua, *Balzac y la joven costurera china*. Vuelvo a centrarme en el e-mail de mi padre.

Amable recordatorio... Tu vida es una mierda.

Mi cabeza se inunda de recuerdos de hace unos días, de cuando St. Clair se sentó a mi lado en el cine, de su pierna contra la mía, de la mirada que cruzamos. Y me siento terriblemente avergonzada. Cuanto más pienso en ello, más me autoconvenzo de que no pasó nada.

Porque realmente NO pasó nada.

Cuando salimos del cine, Rashmi anunció:

—El final es demasiado brusco. La película no vale la pena.

Y cuando terminé de abogar por la película, ya habíamos llegado a la residencia. Quería hablar con St. Clair, tener una señal de que algo había cambiado entre nosotros, pero Mer se interpuso y le dio un abrazo de buenas noches. Y como yo no podía abrazarlo sin poner en evidencia el ritmo frenético de mi corazón, la seguí en dirección a las habitaciones.

Y nos dijimos adiós con la mano de la forma más ridícula posible.

Y me metí en la cama más confundida que nunca.

¿Qué pasó? Aunque fue emocionante, seguro que en mi cabeza exageré las cosas, porque su actitud no cambió a la mañana siguiente durante el desayuno. Tuvimos una charla agradable. Además, él sale con Ellie. No me necesita. Lo único que puedo deducir es que estoy proyectando en St. Clair mis sentimientos frustrados por Toph.

Josh me está observando cuidadosamente. Decido hacerle una pregunta antes de que lo haga él primero.

—¿Cómo va tu trabajo?

Sorprendentemente, mi equipo en *La Vie* ganó (no gracias a mí), así que Rashmi y yo no tuvimos clase el viernes. Josh se saltó la suya para pasar esa hora con nosotras, pero lo castigaron por ello con una hora extra y un trabajo.

—Pse... —Se deja caer en una silla a mi lado y coge su cuaderno de dibujo—. Tengo cosas mejores que hacer.

—Pero... ¿no vas a meterte en problemas si no lo terminas?

Nunca me he saltado clases, así que no entiendo cómo puede limitarse a encogerse de hombros y pasar de todo.

—Seguramente. —Josh abre y cierra la mano y se estremece. Yo frunzo el ceño.

—¿Qué pasa?

—Un calambre —dice—. De dibujar. No es grave, siempre me pasa.

Qué raro. Nunca había pensado que alguien puede lesionarse dibujando.

—Tienes mucho talento. ¿Quieres dedicarte a esto? Profesionalmente, quiero decir.

—Estoy trabajando en una novela gráfica.

—¿Ah, sí? ¡Qué guay! —Aparto mi portátil—. ¿De qué va?

Las comisuras de sus labios le dibujan una sonrisa astuta.

—De un chico al que obligan a ir a un internado elitista porque sus padres no lo quieren en casa.

Resoplo.

—Esa historia ya la conozco. ¿A qué se dedican tus padres?

—Mi padre es político. Ahora está en plena campaña electoral. No he hablado con el senador Wasserstein desde que empezó el curso.

—¿Senador? Es decir, ¿senador, del Senado?

—Senador del Senado. Por desgracia.

Otra vez. ¿En qué diablos estaba pensando mi padre cuando decidió enviarme a una escuela a la que van los hijos de los senadores de Estados Unidos?

—¿Aquí todo el mundo tiene un padre terrible? —pregunto—. ¿Es un requisito de acceso?

Josh señala a Mer y Rashmi con la cabeza.

—Ellas no. Pero el padre de St. Clair es una auténtica obra de arte.

—Eso me han dicho. —La curiosidad puede conmigo y bajo la voz para preguntarle—: ¿Qué hace?

Josh se encoge de hombros.

—Es sólo un capullo. Tiene a St. Clair y a su madre muy controlados, pero luego es simpático con el resto de las personas. Y eso hace peores las cosas.

De repente me distrae un gorro rojo y morado tejido a mano que acaba de entrar en la sala de estar. Josh se vuelve para ver qué estoy mirando. Meredith y Rashmi se dan cuenta de su movimiento y dejan de leer.

—Oh, no —dice Rashmi—. Lleva El Sombrero.

—A mí me gusta El Sombrero —comenta Mer.

—Claro que te gusta —dice Josh.

Meredith le dedica una mirada asesina. Me giro para observar mejor El Sombrero y me sobresalto al darme cuenta de que lo tengo justo detrás. Y está colocado en la cabeza de St. Clair.

—Así que El Sombrero ha vuelto —dice Rashmi.

—Sí —contesta él—. Sé que lo echabais de menos.

—¿Hay alguna historia sobre El Sombrero? —pregunto, desconcertada.

—Es sólo que su madre se lo tejió el invierno pasado y por unanimidad lo declaramos el accesorio más feo de todo París —me explica Rashmi.

—¿Ah, sí? —St. Clair se lo quita y lo pone a la fuerza en la cabeza de Rashmi. La forma en que sus dos gruesas trenzas negras sobresalen tiene un efecto cómico—. Te queda genial. Te favorece.

Ella frunce el ceño, se lo lanza y se arregla el pelo. St. Clair vuelve a ponérselo encima del pelo despeinado y tengo que darle la razón a Mer. Es bastante mono, en realidad. Parece calentito y suave, como un osito de peluche.

—¿Qué tal la exposición? —pregunta Mer.

Él se encoge de hombros.

—Nada espectacular. ¿Qué estabais haciendo?

—Anna nos enseñaba el «amable recordatorio» de su padre —dice Josh.

St. Clair pone cara de asco.

—Preferiría no volver a ese tema, gracias. —Cierro mi portátil.

—Pues si ya estás, tengo algo para ti —dice St. Clair.

—¿Qué? ¿Quién, yo?

—¿Recuerdas que te prometí que te haría sentir menos americana?

Sonrío.

—¿Tienes mi pasaporte francés?

Yo no había olvidado su promesa, pero supuse que él sí porque tuvimos esa conversación hace muchas semanas. Me sorprende y me halaga que sí se acuerde.

—Mejor todavía. Me llegó ayer por correo. Ven, está en mi habitación.

Y a continuación se pone las manos en los bolsillos del abrigo y sale de la sala hacia las escaleras.

Meto mi portátil en mi mochila y me encojo de hombros ante mis amigos. Mer parece dolida y por un momento me siento culpable. Pero no se lo estoy robando. Yo también soy su amiga. Lo atrapo dos pisos más arriba. El Sombrero aparece ante mí. Llegamos a su piso y me guía por el pasillo. Estoy nerviosa y emocionada. Nunca he estado en su habitación. Siempre nos encontramos en el vestíbulo o en mi planta.

—Hogar, dulce hogar. —Saca un llavero con el lema «Dejé mi ♥ en San Francisco». Otro regalo de su madre, supongo. En su puerta tiene pegado un dibujo de él con el sombrero de Napoleón. Obra de Josh.

—¡Eh, la 508! Tu habitación está justo encima de la mía. Nunca me lo habías dicho.

St. Clair sonríe.

—Tal vez es porque no quiero que me eches la bronca por no dejarte dormir por culpa del ruido de mis botas.

—En realidad sí haces ruido.

—Lo sé. Lo siento.

Se ríe y abre la puerta de su habitación. Es más bonita de lo que esperaba. Siempre me he imaginado las habitaciones de los chicos como sitios desagradables: montones de calzoncillos sin lavar y camisetas manchadas de sudor, camas sin hacer con sábanas que hace semanas que no visitan la lavadora, pósters de botellas de cerveza y de mujeres en bikinis de colores escandalosos, latas de refresco vacías y bolsas de patatas fritas y piezas de maquetas de aviones y videojuegos desperdigados.

Así era la habitación de Matt. Siempre me daba asco. Nunca sabía cuándo estaba a punto de sentarme sobre una bolsa de salsa de Taco Bell.

Pero la habitación de St. Clair está ordenada. La cama está hecha y sólo hay un pequeño montón de ropa en el suelo. No tiene pósters horteras, sólo un antiguo mapa del mundo colgado encima del escritorio y dos pinturas al óleo de colores vivos encima de la cama. Y libros. Nunca había visto tantos libros en una misma habitación. Están apilados contra la pared como pequeñas torres: gruesos tomos de historia y libros de bolsillo y... un *Oxford English Dictionary*. Como el de Bridge.

—No puedo creer que ya conozca a dos personas lo suficientemente locas para comprarse el *OED*.

—¿Ah, sí? ¿Quién es la otra?

—Bridge. Guau, ¿el tuyo es nuevo?

Los lomos son duros y brillantes. La edición que tiene Bridgette tiene unas cuantas décadas y los lomos están rotos y pelados.

St. Clair parece avergonzado. Una edición nueva del *Oxford English Dictionary* cuesta unos mil pavos y, aunque nunca hemos hablado del tema, sabe que no dispongo de tanto dinero como el resto de nuestros compañeros. Queda bastante claro cuando pido el menú más barato siempre que salimos a comer fuera. Puede que mi padre quiera darme una educación refinada, pero no parece preocupado por mis gastos. Le he pedido dos veces que me suba la paga semanal, pero se niega, alegando que debo aprender a apañármelas con lo que tengo.

Lo que es difícil si no me da suficiente dinero para que me las apañe.

—¿Qué pasó con su banda? —me pregunta, cambiando de tema—. ¿Consiguió el puesto de batería?

—Sí, tienen el primer ensayo este fin de semana.

—Es el grupo de ese chico… Patillas, ¿no?

St. Clair sabe el nombre de Toph. Está intentando fastidiarme, así que lo ignoro.

—Sí. ¿Y qué es lo que tienes para mí?

—Está justo aquí. —Me da un sobre acolchado amarillo que estaba sobre su escritorio. Mi estómago baila como si fuera mi cumpleaños. Rompo el sobre al abrirlo. Un pequeño parche cae al suelo. Es la bandera de Canadá.

Lo recojo.

—Eh… ¿gracias?

Tira el sombrero sobre su cama y se rasca la cabeza. El pelo le vuela en todas direcciones.

—Es para tu mochila, para que la gente no piense que eres americana. Los europeos son más indulgentes con los canadienses.

Me río.

—En ese caso, me encanta. Gracias.

—¿No te has ofendido?

—No, es genial.

—Tuve que pedirlo por internet, por eso ha tardado tanto en llegar. No sabía dónde conseguir uno en París, lo siento. —Se pone a buscar en un cajón y saca un imperdible. Coge la bandera con la hoja de arce de mis manos y la fija con cuidado en el bolsillo de mi mochila—. Aquí tienes. Ahora eres oficialmente canadiense. Intenta no abusar de tu nuevo poder.

—Lo que tú digas. Esta noche pienso salir.

—Bien —dice, más lentamente—. Deberías.

Ambos nos quedamos quietos. Está tan cerca de mí…

Sus ojos miran fijamente los míos y mi corazón late con una fuerza dolorosa. Doy un paso atrás y aparto la mirada. Toph. Me gusta Toph, no St. Clair. ¿Por qué tengo que recordármelo constantemente? St. Clair ya tiene pareja.

—¿Los has pintado tú? —pregunto en un intento desesperado de cambiar el ambiente—. Los cuadros que hay encima de tu cama...

Me vuelvo y él todavía está mirándome. Se muerde la uña del pulgar antes de contestar. Su voz es rara.

—No. Los pintó mi madre.

—¿En serio? ¡Son buenos! Muy, muy buenos.

—Anna...

—¿Esto es París?

—No, es la calle en la que vivía. En Londres.

—Ah.

—Anna...

—¿Hum?

Le doy la espalda, intentando examinar las pinturas. Realmente son buenas. Pero no consigo concentrarme. Claro que no es París, debería haberlo sabido.

—Ese tío. Patillas. ¿Te gusta?

Mi espalda se retuerce.

—Eso ya me lo preguntaste.

—Lo que quiero decir es... —dice, nervioso—, ¿tus sentimientos por él no han cambiado desde que estás aquí?

Necesito un momento para reflexionar sobre la pregunta.

—El problema no es cómo me siento yo —contesto, finalmente—. A mí me interesa, pero... no sé si yo todavía le intereso a él.

St. Clair se acerca un poco más.

—¿Aún te llama?

—Sí. Bueno, no muy a menudo. Pero sí.

—Vale. Vale, bueno —dice, parpadeando—. Ahí tienes tu respuesta.

Aparto la mirada.

—Creo que debería irme. Seguro que tienes planes con Ellie.

—Sí. Quiero decir, no. Quiero decir… No lo sé. Si no haces nada…

Abro la puerta de su habitación.

—Nos vemos luego. Gracias por la nacionalidad canadiense. —Doy unas palmadas a mi mochila.

St. Clair parece extrañamente dolido.

—No es nada. Es un placer ser útil.

Bajo las escaleras hasta mi habitación de dos en dos. ¿Qué acaba de pasar? Estábamos bien y un instante después no sabía cómo irme de allí. Necesito salir. Tengo que salir de la residencia. Puede que no sea una estadounidense valiente, pero puedo ser una canadiense valiente. Cojo la *Pariscope* de mi habitación y salgo disparada a la calle.

Me voy a ver París. Sola.

capítulo trece

—*Une place, s'il vous plaît.*

Una entrada, por favor. Compruebo dos veces que lo pronuncio bien antes de acercarme a la taquilla y entregar mis euros. La taquillera no se inmuta, se limita a romper mi entrada y me entrega el resguardo. Lo acepto con elegancia y le doy las gracias. Una vez dentro del cine, una acomodadora comprueba mi resguardo. Lo rasga ligeramente y, al haber observado a mis amigos anteriormente, sé que ahora tengo que darle una propina porque es una tradición inútil que tienen aquí. Toco el parche canadiense para que me dé suerte, aunque no la necesito. Tampoco era tan difícil.

Lo he conseguido. ¡Lo he conseguido!

Estoy tan aliviada que ni siquiera me doy cuenta de que mis pies se dirigen solos a mi fila favorita. La sala está prácticamente vacía. Hay tres chicas más o menos de mi edad en la última fila y una pareja mayor se sienta delante de mí. Comparten una caja de caramelos. A alguna gente le da reparo ir al cine sola, pero a mí no. Porque, cuando las luces se apagan, la única relación que existe es la que yo tengo con la película.

Me hundo en la butaca mullida y me dejo llevar por los avances de películas. También hay algunos anuncios franceses intercalados. Me distraigo intentando adivinar qué anuncian antes de que enseñen el producto. Dos hombres que se persiguen por la Gran Muralla China anuncian ropa. Una mujer medio desnuda habla con un pato para vender muebles. Un ritmo techno y una silueta que baila quieren que haga... ¿qué? ¿Ir de marcha? ¿Emborracharme?

No tengo ni idea.

Y entonces empieza *Caballero sin espada*. James Stewart interpreta a un hombre ingenuo e idealista que es enviado al Senado, y todo el mundo piensa que puede aprovecharse de él. Creen que fallará y podrán echarlo, pero Stewart les pasa la mano por la cara. Es más fuerte de lo que nadie pensaba, más fuerte que ellos. Me gusta.

Pienso en Josh. Me pregunto qué clase de senador es su padre.

El diálogo está subtitulado en la parte inferior de la pantalla con letras amarillas. La sala está sumida en un respetuoso silencio hasta el primer gag. Los parisinos y yo reímos juntos. Las dos horas pasan volando y, de repente, me encuentro parpadeando bajo una farola, totalmente en las nubes, pensando en lo que veré mañana.

—¿Vas a ir al cine otra vez? —Dave mira en qué página estamos y hojea su libro de francés en busca del capítulo sobre la familia. Como siempre, me he sentado con él para hacer el ejercicio de conversación.

—Sí, *La matanza de Texas*. Para meterme de lleno en el espíritu de Halloween.

Halloween es este fin de semana, pero no hay ornamentos por ningún sitio. Debe de ser algo exclusivamente norteamericano.

—¿La original o el *remake*? —La Professeure Gillet pasa cerca de nuestros pupitres y Dave añade rápidamente—: *Je te présente ma famille. Jean-Pierre est... l'oncle.*

—Eh... ¿Qué?

—*Quoi* —me corrige la Professeure Gillet. Pienso que se quedará a escuchar, pero se va. Uf.

—La original, por supuesto. —Me sorprende que sepa que hicieron un *remake*.

—Qué gracia. No te tenía por una fan del cine de terror.

—¿Por qué no? —pregunto, enfadada—. Aprecio toda película que esté bien hecha.

—Ya, pero la mayoría de las chicas son aprensivas y no les gustan esas cosas.

—¿Qué quieres decir con eso? —Levanto demasiado la voz y Madame Guillotine se vuelve para mirarme desde el otro lado de la clase—. *Marc est mon... frère* —digo, soltando la primera palabra en francés que se me ocurre. Marc es mi hermano. Ups. Lo siento, Sean.

Dave se rasca la nariz llena de pecas.

—Bueno, ya sabes... La chica sugiere una película de miedo a su novio para poder acurrucarse con la excusa de que tiene miedo.

Gruño.

—Venga ya. He visto el mismo número de novios asustados que abandonan la sala que de novias.

—¿Y con ésta, cuántas películas has visto esta semana, Oliphant? ¿Cuatro? ¿Cinco?

De hecho, son seis. El domingo vi dos. Lo he incorporado a mi rutina diaria: clases, deberes, cena, cine. Poco a poco, cine a cine, voy conociendo la ciudad.

Me encojo de hombros porque no quiero confesarle esto a Dave.

—¿Y cuándo me invitarás, eh? A lo mejor a mí también me gustan las pelis de terror.

Finjo que estoy estudiando el árbol genealógico de mi libro. No es la primera vez que insinúa algo así. Y Dave es mono, pero no me gusta en ese sentido. Es difícil tomarse a un chico en serio cuando se apoya en las patas traseras de su silla sólo para fastidiar a la profesora.

—A lo mejor me gusta ir sola. A lo mejor así me da tiempo de pensar en la reseña que quiero hacer.

Eso es verdad, aunque me abstengo de mencionar que a veces Meredith viene conmigo, y a veces incluso Rashmi y Josh. Y, sí, St. Clair también.

—Ah, claro. Tus reseñas.

Coge mi libreta, que tengo debajo del libro de francés.

—¡Eh, devuélvemela!

—¿Cómo dijiste que se llama tu web?

Dave hojea la libreta mientras yo intento recuperarla. No suelo tomar apuntes mientras veo la película. Prefiero no escribir nada hasta que he tenido un rato para reflexionar sobre ella. Pero después me gusta apuntar mis impresiones.

—A ti te lo voy a decir. Devuélvemela.

—¿Y por qué tienes que hacerlas? ¿Por qué no vas al cine a divertirte, como la gente normal?

—A mí me divierte, y además practico. Y, por supuesto, en Atlanta no puedo ver clásicos como los que veo aquí en la gran pantalla.

Por no hablar del maravilloso silencio. En París, nadie habla durante las películas. Que Dios coja confesado al que se le ocurra ponerse a comer algo crujiente o a desenvolver caramelos del papel de celofán.

—¿Por qué necesitas práctica? No puede ser tan difícil hacer una reseña.

—¿Ah, no? Me gustaría verte escribiendo una crítica de seiscientas palabras sobre una película. «Me gustó, estuvo bien. Hay explosiones.» —Vuelvo a intentar recuperar mi libreta, pero él la levanta por encima de su cabeza. Se ríe.

—¡Cinco estrellas por las explosiones!

—De-vuél-ve-me-la. YA.

Una sombra se cierne sobre nosotros. Madame Guillotine nos mira desde arriba, esperando que continuemos. Toda la clase está mirándonos. Dave suelta la libreta y yo me encojo.

—Hum... *très bien, David* —digo.

—Cuando hayáis terminado esta fascinante discusión, por favor, seguid con el ejercicio —dice con su acento marcado, y entrecierra los ojos—. Y *deux pages* sobre *vos familles, en français, pour lundi matin.*

Asentimos con la cabeza, avergonzados, y se aleja. Sus tacones repican contra el suelo.

—*Pour lundi matin?* ¿Qué diablos significa eso? —le susurro a Dave.

Madame Guillotine no se detiene.

—Lunes por la mañana, Mademoiselle Oliphant.

A la hora del almuerzo, dejo caer mi bandeja sobre la mesa con un gran estruendo. La sopa de lentejas se derrama y mi ciruela sale rodando. St. Clair la atrapa.

—¿Qué te pasa? —pregunta.

—Francés.

—¿No va bien?

—No va bien.

Deja la ciruela en la bandeja y sonríe.

—Ya le pillarás el tranquillo.

—Para ti es fácil decirlo, Monsieur Bilingüe.

Se le borra la sonrisa de la cara.

—Perdona, tienes razón. Eso ha sido injusto. A veces se me olvida.

Remuevo las lentejas agresivamente.

—La Professeure Gillet siempre me hace sentir como una estúpida. Y no lo soy.

—Claro que no lo eres. Sería una locura esperar que ya puedas hablarlo con fluidez. Todo aprendizaje requiere tiempo, especialmente en las lenguas extranjeras.

—Estoy tan cansada de ir allí —señalo las ventanas— y sentirme inútil...

St. Clair se sorprende por mis palabras.

—No eres inútil. Sales todas las noches, a menudo sola. Es un gran cambio respecto a cuando llegaste. No seas tan dura contigo misma.

—Hum.

—Eh. —Se me acerca más—. ¿Recuerdas lo que decía la Professeure Cole sobre la falta de novelas traducidas en Estados Unidos? Dijo que es importante exponernos a otras culturas, a nuevas situaciones. Y eso es precisamente lo que estás haciendo. Sales y tanteas el terreno. Deberías sentirte orgullosa de ti misma. Que le den a la clase de francés.

Se me dibuja una sonrisa cada vez que le sale la vena británica. Hablando de traducciones...

—Ya, pero la Professeure Cole hablaba de libros, no de la vida real. Hay una gran diferencia.

—¿La hay? ¿Y qué me dices de las películas? ¿No eres tú la que siempre dice que el cine es un reflejo de la vida? ¿O fue ese otro famoso crítico de cine que conozco?

—Cállate. Eso es diferente.

St. Clair se ríe porque sabe que ya me he animado.

—¿Ves? Deberías pasar menos tiempo preocupándote por la clase de francés y dedicarle más tiempo a...

Se detiene porque algo detrás de mí ha captado su atención. Su cara refleja un asco creciente.

Me vuelvo y me encuentro a Dave, arrodillado en el suelo de la cafetería detrás de nosotros. Hace una reverencia con la cabeza y levanta un plato en el aire delante de mí.

—Acepta este pastelito en señal de mis más sinceras disculpas.

Me pongo como un tomate.

—¿Qué estás haciendo?

Dave me mira y sonríe de oreja a oreja.

—Disculparme por los deberes extra. Ha sido culpa mía.

No tengo palabras. Al no coger el postre, Dave se levanta y me lo deja en la bandeja con una gran floritura. Todo el mundo está mirándonos. Coge una silla de la mesa de detrás y se sienta entre St. Clair y yo con todo el morro del mundo.

St. Clair lo mira, incrédulo.

—Como si estuvieras en tu casa, David —dice.

Pero parece que Dave no le ha oído. Mete un dedo en el glaseado de chocolate del pastelito y lo lame. ¿Tiene las manos limpias?

—Bueno. Esta noche. *La matanza de Texas*. No creeré que no tienes miedo de las pelis de terror hasta que haya visto una contigo.

No puedo creérmelo. Dave NO puede estar pidiéndome que salga con él delante de St. Clair. St. Clair odia a Dave. Recuerdo que lo dijo antes de ver *Sucedió una noche*.

—Eh… Lo siento. —Improviso una excusa—. Pero no voy a ir. Ha habido un cambio de planes.

—Venga ya. ¿Qué puede ser tan importante un viernes por la noche?

Me pellizca el brazo y yo busco desesperadamente la mirada de St. Clair.

—El trabajo de física —interviene con los ojos clavados en la mano de Dave—. Última hora. Mucho que hacer. Somos compañeros de laboratorio.

—Tenéis todo el fin de semana para terminarlo. Venga, relájate, Oliphant. Come un poco.

—De hecho —continúa St. Clair—, parece que Anna tiene mucho trabajo extra que hacer este fin de semana. Gracias a ti.

Dave finalmente se enfrenta a St. Clair. Intercambian miradas y ceños fruncidos.

—Lo siento —digo, y es cierto. Siento rechazar su oferta, especialmente delante de todo el mundo. No es mal chico, piense lo que piense St. Clair.

Pero Dave vuelve a mirar a St. Clair.

—Está bien —dice después de unos segundos—. Ya lo pillo.

—¿Qué? —Estoy confundida.

—No me había dado cuenta. —Dave nos señala a St. Clair y a mí.

—¡No! No, no hay nada. En serio. Ya iremos al cine otro día, pero hoy estoy ocupada. Con el trabajo de física.

Dave parece molesto. Se encoge de hombros.

—No pasa nada. ¿Vas a ir a la fiesta de mañana? —me pregunta.

Nate ha organizado una fiesta de Halloween para la Résidence Lambert. No pensaba ir, pero miento para que se sienta mejor.

—Sí, ya nos veremos allí.

Él se levanta.

—Mola. Te tomo la palabra.

—Sí, claro. Gracias por el pastelito —le digo.

—De nada, preciosa.

Preciosa. ¡Me ha llamado preciosa! Un momento... Pero si no me gusta Dave.

¿O me gusta Dave?

—Gilipollas —dice St. Clair cuando Dave ya no puede oírnos.

—No seas maleducado.

Me mira con una expresión indescifrable.

—No te has quejado cuando me he inventado una excusa para ti.

Aparto el pastelito.

—Me ha puesto en un compromiso, eso es todo —le espeto.

—Deberías darme las gracias.

—Gracias —digo con sarcasmo. Soy plenamente consciente de que los demás nos están mirando. Josh carraspea y señala el pastelito.

—¿Vas a comerte eso? —pregunta.

—Todo tuyo.

St. Clair se levanta tan rápidamente que la silla hace un gran estruendo.

—¿Adónde vas? —pregunta Mer.

—A ninguna parte.

Se va, dejándonos en un silencio incómodo. Al cabo de un rato, Rashmi se inclina hacia delante. Levanta sus cejas negras.

—Josh y yo los vimos discutiendo hace un par de días, ¿sabéis? —dice Rashmi.

—¿A quiénes? ¿A St. Clair y Dave? —pregunta Mer.

—No, a St. Clair y Ellie. Eso es lo que pasa.

—¿En serio es por eso? —pregunto.

—Sí, lleva toda la semana enfadado —contesta Rashmi.

Le doy vueltas al tema.

—Sí, a veces oigo que da vueltas por la habitación. Antes no lo hacía.

No es que me dedique a escuchar, pero ahora que sé que la habitación de St. Clair está encima de la mía, no puedo evitar prestar atención siempre que viene y va.

Josh me mira con expresión extraña.

—¿Dónde los visteis? —Mer le pregunta a Rashmi.

—Delante de la parada del *métro* Cluny. Íbamos a saludarlos, pero cuando vimos las caras que ponían decidimos ir por otra calle. No era una conversación para interrumpir.

—¿De qué discutían? —pregunta Mer.

—Ni idea. No les oímos.

—Es ella. Está tan diferente...

Rashmi frunce el ceño.

—Cree que es mucho mejor que nosotros, ahora que estudia en Parsons.

—Y la forma como viste —dice Mer con su tono amargo habitual—. Se cree que es una parisina de verdad.

—Siempre fue así —resopla Rashmi.

Josh sigue callado. Juega con el pastelito, lame sus dedos y saca su cuaderno de dibujo. La forma en que se concentra, haciendo caso omiso de la conversación de Meredith y Rashmi, es... deliberada. Creo que sabe más de lo que pasa con St. Clair de lo que quiere contar. ¿Los chicos hablan de estas cosas entre ellos? ¿Podría ser?

¿St. Clair y Ellie van a romper?

capítulo catorce

—¿No es un poco típico hacer un picnic en un camposanto la noche de Halloween?

Los cinco —Mer, Rashmi, Josh, St. Clair y yo— paseamos por el Cimetière du Père-Lachaise, situado en una colina con vistas a París. Es como una ciudad en miniatura. Los anchos caminos parecen las calles de un barrio de tumbas muy elaboradas. Tienen un aire de pequeñas mansiones góticas, con sus puertas arqueadas, estatuas y ventanas con vidrieras de colores. Un muro de piedra con puertas de hierro rodea el recinto. Los viejos nogales extienden sus ramas por encima de nuestras cabezas y dejan caer las últimas hojas doradas.

Es una ciudad más tranquila que París, pero no por ello menos imponente.

—¡Tíos, Anna ya habla como yo! —exclama Josh.

—¡Dios mío, para nada!

—Sí lo has hecho —dice Rashmi. Se pone bien la mochila

y sigue a Mer por otro camino de tumbas. Me alegro de que mis amigos sepan adónde vamos, porque yo estoy totalmente perdida—. Tienes acento.

—Es un cementerio, no un camposanto —apunta St. Clair.

—¿Hay alguna diferencia? —pregunto yo, contenta por no tener que aguantar a La Parejita.

—Un cementerio es cualquier terreno utilizado para enterrar cadáveres, mientras que un camposanto está destinado exclusivamente a los muertos católicos. Aunque, claro está, actualmente nadie dice camposanto, así que, en realidad, da igual.

—Sabes muchas cosas inútiles, St. Clair —dice Josh—. Tienes suerte de ser tan guapo.

—A mí me parece interesante —dice Mer. St. Clair sonríe.

—Por lo menos, camposanto tiene más encanto. Y no me negaréis que este lugar tiene mucho encanto. Oh, lo siento —me dice—, a lo mejor preferirías estar en la fiesta de Lambert. He oído que Dave Higgenbottom va a llevar su embudo cervecero.

—Higgenbaum.

—Es lo que he dicho, Higgenbum.[10]

—Venga, déjalo en paz. Además, a la hora que cierren esto todavía tendremos tiempo para salir de fiesta.

Esta última frase me hace poner los ojos en blanco. Ninguno de nosotros tenía intención de ir, a pesar de lo que le dije a Dave ayer durante el almuerzo.

10. Juego de palabras en el que tanto *bottom* como *bum* significan «culo». *(N. de la T.)*

—Quizás estás triste porque no podrá impresionarte con sus amplios conocimientos sobre las carreras urbanas ilegales. —St. Clair me da un golpecito con el termo.

—Corta el rollo —digo riendo.

—Me han dicho que es todo un cinéfilo. Con un poco de suerte, te llevará a una sesión golfa de *Scooby-Doo 2*.

Intento pegar a St. Clair con la mochila, pero la esquiva partiéndose de la risa.

—¡Ajá! ¡Es aquí! —grita Mer, que por fin ha encontrado la parcela de césped adecuada.

Extiende una manta sobre el suelo mientras Rashmi y yo sacamos de la mochila manzanas y bocadillos de jamón y quesos malolientes. Josh y St. Clair juegan a perseguirse entre los monumentos cercanos. Me recuerdan a los niños franceses del colegio que hay en nuestro barrio. Sólo les falta llevar jerséis de lana a juego.

Mer sirve café del termo de St. Clair y yo bebo alegremente, disfrutando del agradable calor que se extiende por todo mi cuerpo. Antes no soportaba el sabor amargo del café, pero ahora, como los demás, tomo varias tazas al día. Empezamos a comer y, como por arte de magia, los chicos regresan. Josh se sienta con las piernas cruzadas junto a Rashmi, mientras que St. Clair se hace un sitio entre Mer y yo.

—Tienes hojas en el pelo. —Mer se ríe y tira de un pequeño esqueleto de hoja, seco y marrón, que se ha escondido entre los rizos de St. Clair. Él lo coge y lo estruja hasta reducirlo a polvo, y entonces lo sopla en dirección al pelo de Mer. Se ríen y algo se retuerce en mis entrañas.

—Creo que deberías ponerte El Sombrero —digo. Antes de irnos me pidió que se lo guardara. Dejo caer mi mochila encima de su regazo, tal vez con demasiada fuerza, porque St. Clair suelta un gemido y se retuerce de dolor.

—Vigila. —Josh muerde una manzana y habla con la boca llena—. Ahí abajo tiene partes que tú no tienes.

—¡Uy, partes! —digo—. Qué interesante. Cuéntame más.

Josh sonríe tristemente.

—Lo siento, información confidencial. Sólo puedo compartirla con gente que posea dichas partes.

St. Clair se sacude los restos de las hojas del pelo y se pone El Sombrero.

—¿En serio? ¿Hoy? ¿En público? —pregunta Rashmi con mala cara.

—Cada día, mientras estés conmigo —contesta él.

Ella resopla.

—¿Y qué hace Ellie esta noche? —pregunta.

—Uf. Ellie va a una fiesta de disfraces horrible.

—¿No te gustan las fiestas de disfraces? —pregunta Mer.

—Nunca me disfrazo.

—Sólo se pone sombreros —dice Rashmi.

—No sabía que fuera de la SOAP también celebran Halloween —digo yo.

—Alguna gente sí —dice Josh—. Hace unos años, las tiendas intentaron convertir Halloween en una fiesta comercial. No cuajó, pero toda universitaria que se precie aprovecha la ocasión para disfrazarse de enfermera sexy.

St. Clair lanza un trocito de queso de cabra a la cabeza de Josh y le acierta en la mejilla.

—No se disfraza de enfermera sexy, idiota.

—Entonces, ¿irá de enfermera normal? —pregunto yo inocentemente—. ¿Con vestido corto y unas tetas muy grandes?

Josh y Rashmi se parten de la risa y St. Clair se cubre los ojos con la visera de El Sombrero.

—Uf, os odio a todos.

—Eh. —Mer suena ofendida—. Yo no he dicho nada.

—Uf, os odio a todos menos a Mer.

Un grupito de turistas norteamericanos se detiene detrás de nosotros. Parecen perdidos. Un chico con barba y que aparenta unos veinte años abre la boca para hablar, pero Rashmi lo interrumpe:

—Jim Morrison está en aquella dirección.

Les señala el camino. El chico con barba sonríe aliviado, le da las gracias y el grupo se va.

—¿Cómo sabías lo que querían? —le pregunto.

—Es lo que siempre quieren.

—Cuando deberían estar buscando a Victor Noir —dice Josh.

Todos se ríen.

—¿Quién? —pregunto yo. Es frustrante que te mantengan en la ignorancia.

—Victor Noir. Fue un periodista que Pierre Bonaparte mandó fusilar —dice St. Clair, como si eso lo explicara todo. Se aparta El Sombrero de los ojos—. Se supone que la estatua de su tumba es buena para la fertilidad.

—Tiene el miembro reluciente de tanto que se lo frotan —explica Josh—. Da suerte.

—¿Por qué estamos hablando de partes otra vez? —pregunta Mer—. ¿No podemos hablar de otra cosa?

—¿En serio? —pregunto—. ¿Un miembro reluciente?

—Muy reluciente —dice St. Clair.

—Eso tengo que verlo.

Me acabo el café, me limpio las migas de pan de la boca y me levanto de un salto.

—¿Dónde está Victor?

—Permíteme.

St. Clair se pone de pie y emprende la marcha. Yo salgo corriendo tras él. Toma un atajo entre los árboles sin hojas y yo lo sigo por un bosque de ramillas. Estamos riendo cuando nos topamos con un vigilante que lleva una gorra de estilo militar. Frunce el ceño. St. Clair sonríe de forma angelical y se encoge de hombros. El guardia niega con la cabeza, pero nos deja pasar.

St. Clair siempre se sale con la suya.

Paseamos con una calma exagerada y él señala una zona llena de gente que hace fotos. Nos ponemos en la cola y esperamos nuestro turno. Un gato negro y escuálido sale disparado de detrás de un altar, sobre el que están esparcidos pétalos de rosa y botellas de vino, y desaparece entre los arbustos.

—Bueno, eso da bastante miedo. Feliz Halloween.

—¿Sabías que en este cementerio viven tres mil gatos? —me pregunta St. Clair.

—Por supuesto. Lo tengo archivado en el cerebro en la carpeta «Felinos, París».

Él se ríe. Los turistas se van a buscar otras cosas que fotografiar, y a St. Clair y a mí se nos forma una sonrisa a medida que nos acercamos a Victor Noir. Su estatua es de tamaño real y representa al periodista tumbado encima de su lápida. Tiene los ojos cerrados y su sombrero de copa al lado. Y, a pesar de que la escultura ha adquirido una capa de óxido verde grisáceo, lo cierto es que se observa un bulto en la entrepierna de un bronce perfectamente reluciente debido al roce de miles de manos.

—¿Y, si lo toco, se me concede otro deseo? —pregunto, acordándome del Point Zéro.

—No. Victor sólo se ocupa de temas de fertilidad.

—Vamos, frótalo.

St. Clair da la espalda a la tumba.

—No, gracias. —Vuelve a reírse—. No necesito ese tipo de problemas.

Se me apaga la risa en la garganta al entender lo que quiere decir. Olvídalo, Anna. No dejes que note que te molesta.

—Bueno, pues si tú no vas a tocarlo, yo sí. Estoy fuera de peligro. Además —añado en voz baja—, tengo entendido que primero tienes que tener sexo para poder quedarte embarazada.

Veo cómo la pregunta se forma inmediatamente en su cabeza. Mierda, me he precipitado con la bromita. St. Clair parece medio avergonzado, medio muerto de curiosidad.

—Así que... eh... ¿todavía eres virgen?

¡ARGH! ¡Yo y mi bocaza! Tengo la necesidad imperiosa de mentir, pero acabo diciendo la verdad.

—Todavía no he conocido a nadie que me importe tanto como para eso. Bueno, de hecho, todavía no he salido con nadie que me importe tanto. —Me pongo roja y acaricio a Victor—. Tengo mis normas.

—Explícate.

La estatua todavía está caliente por los anteriores visitantes.

—Me pregunto si, en caso de que me quedara embarazada, me avergonzaría explicarle a mi hijo quién es su padre. Si la respuesta se acerca al sí en lo más mínimo, entonces ni me lo planteo.

Asiente lentamente con la cabeza.

—Es una buena norma.

Me doy cuenta de que tengo la mano en el instrumento de Victor y le doy un apretón.

—Espera, espera. —St. Clair saca su móvil—. Otra vez, para la posteridad.

Saco la lengua y mantengo la ridícula pose mientras él hace una foto.

—Maravilloso. Esto es lo que veré cada vez que me llames.

En ese momento el teléfono suena y él se sobresalta.

—Qué miedo...

—Es el fantasma de Victor, que quiere saber por qué no lo tocas.

—Sólo es mi madre. Un segundo.

—¡Buuuuh! ¡Acaríciame, St. Clair!

Él contesta al teléfono e intenta mantener la compostura. Justo entonces nos alcanzan Meredith, Rashmi y Josh. Llevan las sobras de nuestro picnic.

—Gracias por abandonarnos —dice Rashmi.

—Como si no supierais dónde estábamos —replico.

Josh agarra las partes nobles de la estatua.

—Creo que esto son siete años de mala suerte.

—Joshua Wasserstein, ¿qué diría tu madre? —Mer suspira.

—Estaría orgullosa de que haya aprendido tan buenos modales en el Instituto de Educación Refinada.

Se inclina y lame a Victor. Mer, Rashmi y yo gritamos.

—Vas a pillar herpes bucal. —Saco mi gel antibacterias y me lo paso por las manos—. En serio, deberías ponerte un poco de esto en los labios.

Josh niega con la cabeza.

—No seas paranoica. ¿Llevas eso a todas partes?

—De hecho —interviene Rashmi—, dicen que si abusas de ese tipo de productos, destruyes tu sistema inmunológico y coges más enfermedades.

Me quedo helada.

—¿Qué?

—¡JA! —dice Josh.

—Dios mío. ¿Estás bien? —pregunta Mer con tono alarmado.

Me vuelvo.

St. Clair ha chocado con una tumba. Es el único punto de apoyo que tiene para no caerse al suelo. Los cuatro corremos hacia él. Todavía tiene el móvil en la mano, pero ya no escucha. Hablamos todos a la vez.

—¿Qué ha pasado? ¿Estás bien? ¿Qué ocurre?

No contesta. No levanta la cabeza.

Intercambiamos miradas de preocupación. No, de pánico. Algo va realmente mal. Josh y yo lo ayudamos a sentarse en el suelo antes de que se caiga. St. Clair nos mira, sorprendido de que estemos sujetándolo. Tiene la cara completamente blanca.

—Mi madre.

—¿Qué le pasa?

—Se está muriendo.

capítulo quince

St. Clair está borracho.

Tiene la cara entre mis muslos. En circunstancias normales, sería una perspectiva bastante emocionante. Teniendo en cuenta que puede ponerse a vomitar en cualquier momento, la situación es muy poco morbosa. Le aparto la cabeza para ponerlo en una posición menos incómoda y él gruñe. Es la primera vez que le toco el pelo. Es suave, como el de Seany cuando era un bebé.

Josh y St. Clair se han presentado aquí hace quince minutos apestando a tabaco y alcohol. Ninguno de los dos fuma, así que es obvio que han estado en algún bar.

—Peddona. Ha dicho que teníamos que venid aquí. —Josh ha arrastrado el cuerpo debilitado de su amigo a mi habitación—. No se ca-callaba. Caca, ja, ja.

St. Clair ha empezado a parlotear con un acento británico muy cerrado.

—Mi padre es un hijoputa. Voy a matarlo. Voy a matarlo. Estoy fataaaaal…

Y entonces su cabeza ha caído y su barbilla ha chocado violentamente contra su pecho. Asustada, lo he sentado al pie de mi cama para que se apoyara.

Josh se ha quedado mirando la foto de Seany que cuelga en la pared.

—Caca —ha repetido.

—Annaaaaaaa, es un capullo. De verdad. —Ha abierto mucho los ojos para enfatizar sus palabras.

—Ya lo sé. —Aunque no tenía ni idea—. ¡Deja de hacer eso! —le he dicho a Josh, que estaba de pie en mi cama con la nariz pegada a la foto—. ¿Está bien?

—Su madde s'está mudiendo. No creo qu'esté mu' bien. —Josh ha saltado de la cama y ha cogido mi móvil—. L'he dicho a Dashmi que la llamadía.

—Su madre no se está… ya sabes. ¿Cómo puedes decir eso? —Me vuelvo para hablar con St. Clair—. Estará bien. Tu madre está bien, ¿me oyes?

St. Clair ha eructado.

—¡Por Dios! —No estaba preparada para una situación así.

—Cáncer. —Ha dejado caer la cabeza—. No puede tener cáncer.

—Dashmi, soy yo. —Josh hablaba por teléfono—. ¿Mer? Dile a Dashmi que se ponga. Es udgente.

—¡No es urgente! —he gritado—. Sólo están borrachos.

Pocos segundos después, Meredith golpeaba mi puerta enérgicamente y la he dejado entrar.

—¿Cóm'has sabido dónde estábamos? —ha preguntado

Josh con las cejas levantadas por el asombro—. ¿Dónd'está Dashmi?

—Os he oído a través de la pared, idiota. Y me has llamado a mí, no a ella.

Ha cogido su móvil y ha llamado a Rashmi, que ha llegado a mi habitación un minuto más tarde. Ambas se han limitado a observar la escena mientras St. Clair no paraba de balbucear y Josh seguía sorprendido por su repentina aparición. Mi habitación parecía todavía más pequeña con cinco personas dentro.

Finalmente, Mer se ha arrodillado.

—¿Está bien?

Ha tocado la frente de St. Clair, pero él le ha apartado la mano con cierta agresividad. Mer parecía dolida.

—Estoy bien. Mi padre es un hijoputa, mi madre se muere y... ¡Oh, Dios! ¡Estoy fatal! —St. Clair ha vuelto a mirarme. Tenía los ojos vidriosos, como mármol negro—. Fatal, fatal, fatal.

—Sabemos que te sientes mal por lo de tu madre —le he dicho—. Está bien. Y tienes razón. Tu padre es un capullo.

¿Qué otra cosa podía decir? Acababa de enterarse de que su madre tiene cáncer.

—Quiere decir que está muy borracho —ha aclarado Mer.

Mientras tanto, La Parejita discutía.

—¿Dónde estabas? —ha preguntado Rashmi—. ¡Dijiste que volverías hace tres horas!

Josh ha puesto los ojos en blanco.

—Pod ahí, hemos salido pod ahí. Alguien tenía qu'ayudarlo...

—¿A eso llamas tú ayudar? Está como una cuba. Catatóni-co. ¡Y tú! ¡Apestas a tubo de escape y axilas…

—No podía dejadlo bebed solo.

—Se supone que tenías que cuidar de él. ¿Y si llega a pa-sarle algo?

—Cedveza. Licor. Eso es lo qu'ha pasado. No seas moji-gata, Dash.

—Que te den —ha dicho Rashmi—. En serio, Josh, que te den por culo.

Mer lo ha obligado a meterse en mi cama. El peso de su cuerpo al caer sobre el colchón ha puesto nervioso a St. Clair, cuya cabeza ha vuelto a caer hacia delante y ha gol-peado el pecho con la barbilla con otro desagradable *crash*. Rashmi ha salido disparada de la habitación. Algunos alum-nos estaban contemplando el espectáculo en el pasillo y les ha dicho un par de obscenidades al pasar entre ellos a em-pujones. Mer ha salido tras ella gritando su nombre y mi puerta se ha cerrado de golpe.

Y ése ha sido el momento en el que la cabeza de St. Clair ha aterrizado entre mis piernas.

Respira, Anna, respira.

Parece que Josh se ha quedado dormido. Bien. Un chico menos del que preocuparme.

Debería darle agua a St. Clair. ¿No es eso lo que se les tiene que dar a los borrachos, para que no se intoxiquen con el alcohol o algo así? Le aparto la cabeza de entre mis pier-nas y él me coge un pie.

—Vuelvo enseguida —digo—. Te lo prometo.

Resopla. Oh, no. ¿Va a echarse a llorar? Porque, a pesar

de lo tierno que es que un chico llore, no estoy preparada para ello. Las *girl scouts* no me enseñaron qué hacer con los chicos borrachos y emocionalmente inestables. Cojo una botella de agua de mi mininevera y me pongo de cuclillas a su lado. Le aguanto la cabeza (la segunda vez que toco su pelo) y le pongo la botella en los labios.

—Bebe.

Él niega con la cabeza.

—Si bebo más voy a vomitar.

—No es alcohol, es agua.

Inclino la botella y el agua se derrama por su boca y su barbilla. Coge la botella y la suelta. El agua se esparce por todo el suelo de mi habitación.

—Oooh, no —susurra—. Lo siento, Anna. Lo siento.

—No pasa nada. —Parece tan triste que me acomodo a su lado. Mis pantalones quedan empapados en la zona del culo porque me he sentado en pleno charco—. ¿Qué ha pasado?

St. Clair suspira profundamente, cansado.

—No me deja ver a mi madre.

—¿Qué? ¿Qué quieres decir?

—Es lo que hace mi padre, lo que siempre ha hecho. Es su forma de tenernos controlados.

—No lo ent...

—Está celoso. De que mi madre me quiera más a mí que a él. Así que no me deja visitarla.

Mi cabeza da vueltas. Eso no tiene ningún sentido.

—¿Cómo puede hacerte eso? Tu madre está enferma. Necesitará quimioterapia, necesitará que tú estés con ella.

—No quiere que vaya a verla hasta Acción de Gracias.

—Pero ¡todavía falta un mes! Podría estar...

Me interrumpo. Terminar la frase en mi mente me hace sentir fatal. Pero no puede ser. Los padres de la gente de mi edad no se mueren. Le darán quimioterapia y funcionará, por supuesto. Se pondrá bien.

—¿Y qué piensas hacer? ¿Volarás hasta San Francisco igualmente?

—Mi padre me mataría.

—¿Y? —Estoy indignada—. ¡Por lo menos la verías!

—No lo entiendes. Mi padre se enfadaría mucho, muchísimo.

La forma como remarca sus palabras me da escalofríos.

—Pero... ¿Ella no le ha pedido que vayas? Es decir, no se lo negaría, ¿no? Estando enferma...

—Ella nunca desobedece a mi padre.

Desobedecer. Como si fuera una niña. Cada vez tengo más claro por qué St. Clair nunca habla de su padre. El mío es egocéntrico, pero nunca me mantendría alejado de mamá. No me encuentro bien. Me siento culpable. Mis problemas son insignificantes en comparación con los suyos. Mi padre me envió a Francia, oh, qué tragedia.

—¿Anna?

—Dime.

Se calla.

—Da igual.

—¿Qué?

—Nada.

Pero su tono indica todo lo contrario. Lo miro. Tiene los ojos cerrados; su piel está pálida y cansada.

—¿Qué? —vuelvo a preguntar mientras me levanto.

St. Clair abre los ojos al notar que me he movido. Se esfuerza en ponerse en pie y lo ayudo. Me agarra la mano para evitar que lo suelte.

—Me gustas —dice.

Mi cuerpo se ha quedado rígido.

—Y no como amiga.

Parece que me haya tragado la lengua.

—Eh… Ah… ¿Qué pasa con…?

Aparto la mano de la suya. El peso del nombre que no quiero pronunciar queda suspendido en el aire.

—No va bien. No estamos bien desde que te conocí.

Cierra los ojos otra vez y su cuerpo se balancea.

Está borracho, sólo está borracho.

Cálmate, Anna. Está borracho y pasando por una crisis emocional. No tiene NI IDEA de lo que está diciendo ahora mismo. ¿Qué hago? Dios mío, ¿qué se supone que tengo que hacer?

—¿Te gusto? —pregunta St. Clair. Y me mira con esos grandes ojos castaños (que, sí, están un poco rojos de llorar y por el alcohol) y se me rompe el corazón.

«Sí, St. Clair, me gustas.»

Pero no puedo decirlo en voz alta porque es mi amigo. Y los amigos no dejan que sus amigos se declaren cuando están borrachos y esperan que actúen consecuentemente al día siguiente.

Aun así… Es St. Clair. Guapo, perfecto, maravilloso…

Y genial. Esto es genial.

Acaba de vomitarme encima.

capítulo dieciséis

$\mathcal{E}$stoy limpiando el vómito con una toalla cuando alguien llama a la puerta. La abro con el codo para evitar que el pomo se ensucie.

Es Ellie. La toalla se me cae de las manos.

—Oh.

Enfermera sexy. No puedo creerlo. Vestido cortísimo de botones, cruces rojas en la zona de los pezones. Pedazo de escote.

—¡Anna, lo sientoooo! —gime St. Clair detrás de mí, y ella corre a su lado.

—¡Dios mío, St. Clair! ¿Estás bien?

Su voz ronca me sobresalta de nuevo. El atuendo de enfermera contribuye a que me sienta todavía más infantil e inepta.

—Claro que no está bien —gruñe Josh desde la cama—. Acaba de vomitar sobre Anna.

¿Josh está despierto?

Ellie da un manotazo a los pies de Josh, que cuelgan en el borde de mi cama.

—Levántate. Ayúdame a llevarlo a su habitación.

—Puedo subir solo, joder. —St. Clair intenta levantarse y Ellie y yo lo agarramos para que mantenga el equilibrio. Ella me lanza una mirada y yo me aparto.

—¿Cómo has sabido que estaba aquí? —pregunto.

—Meredith me ha llamado, pero ya estaba en camino. Acababa de recibir su mensaje. Me ha llamado hace horas, pero no se lo he cogido porque me estaba arreglando para esa estúpida fiesta. —Señala su disfraz—. Debería haber estado aquí. —Aparta el pelo de la frente de St. Clair—. Está bien, cielo, ya estoy aquí.

—¿Ellie? —St. Clair parece confundido, como si acabara de darse cuenta de su presencia—. ¿Anna? ¿Qué hace Ellen aquí? No debería estar aquí.

Su novia me lanza una mirada cargada de odio y yo me encojo de hombros, avergonzada.

—Está muy, muy borracho —digo.

Ella vuelve a pegar a Josh y él se arrastra para salir de la cama.

—Ya voy, ya voy.

Sorprendentemente, se levanta y pone a St. Clair en pie. Lo cogen por los brazos entre los dos.

—Abre la puerta —dice ella, punzante.

La abro y salen tambaleándose. St. Clair echa la vista atrás.

—Anna. Anna, lo siento.

—No pasa nada, ya lo he limpiado todo. No te preocupes, no es nada.

Ellie vuelve la cabeza hacia mí, enfadada y confundida a la vez, pero me da igual. St. Clair tiene un aspecto terrible. Ojalá lo hubieran tumbado en la cama. Podría dormir en mi habitación esta noche, y yo en la de Mer. Pero ya están maniobrando para meterlo en el viejo ascensor. Cierran la reja de metal y se apretujan en la cabina. St. Clair me dirige una mirada triste mientras la puerta se cierra.

—¡Estará bien! ¡Tu madre estará bien!

No sé si me ha oído. El ascensor sube entre chirridos. Yo me quedo mirando hasta que desaparece por completo.

Domingo, primero de noviembre. Día de Todos los Santos. Me sorprende descubrir que hoy es la jornada en que los parisinos llevan flores y obsequios personales a las tumbas de sus seres queridos.

La mera idea me pone enferma. Espero que St. Clair no recuerde que hoy es festivo.

Al despertar voy a la habitación de Meredith. Ha ido a ver a St. Clair, pero él está fuera de combate o no acepta visitas. Seguramente ambas cosas a la vez.

—Será mejor que le dejemos dormir —dice Mer.

Y seguro que tiene razón, pero me mantengo alerta a los sonidos que provienen del piso de arriba. Los primeros movimientos empiezan a media tarde. Oigo cómo arrastra los pies lentamente y hace esfuerzos para ponerlos en el suelo.

No ha querido bajar a cenar. Josh, que está enfadado y tiene los ojos llorosos, dice que le ha echado un vistazo de camino a la pizzería (siempre cenamos aquí los domingos) y que St. Clair quiere estar solo. Josh y Rashmi han hecho las paces, aunque ella pone mala cara cada vez que lo mira.

Tengo emociones encontradas. Por un lado, me preocupa la madre de St. Clair; él me preocupa. Y también estoy furiosa con su padre. Pero, sobre todo, estoy obsesionada con un pensamiento: le gusto a St. Clair. Más que como amiga.

Me pareció que había algo de verdad en sus palabras, pero no puedo obviar el hecho de que estaba como una cuba. Estoy absolutamente, completamente, 110% hecha polvo. Aunque me muero de ganas de verlo, de comprobar con mis propios ojos que sigue vivo, no sé qué puedo decirle. ¿Tenemos que hablar de ello o es mejor que haga como si nunca hubiera sucedido?

Lo que ahora mismo necesita es amistad, no una relación complicada. Lo cual es un auténtico asco, porque me resulta todavía más difícil convencerme de que la atención que St. Clair me ha dedicado hasta ahora no ha sido del todo positiva.

Toph me llama hacia medianoche. Hace semanas que no hablamos por teléfono, pero, con todo lo que está pasando aquí, estoy muy ocupada. Quiero meterme en la cama. Todo es muy confuso. Demasiado confuso.

St. Clair tampoco ha bajado a desayunar y entonces pienso que hoy ni siquiera irá a clase (¿quién puede echárselo en cara?). Pero aparece de repente en clase de Lengua; llega quince minutos tarde. Me preocupa que la Professeure Cole le grite delante de todo el mundo, pero supongo que ya han avisado a los profesores de la situación, porque no le dice nada. Se limita a mirarlo con ojos apenados y continúa con la lección.

—Así pues, ¿por qué en Estados Unidos no interesa traducir novelas? ¿Por qué se publican tan pocas obras extranjeras en inglés al año?

Intento que St. Clair me mire, pero él está concentrado en su ejemplar de *Balzac y la joven costurera china*. O, más bien, tiene la mirada perdida en el libro. Está pálido, casi traslúcido.

—Bueno —continúa la profesora—. Se suele considerar que, como cultura, sólo nos interesa la gratificación inmediata. Comida rápida, cajas de autoservicio, descargas virtuales de música, libros y películas, café instantáneo, descuentos inmediatos, mensajería instantánea. ¡Pérdida inmediata de peso! ¿Sigo?

La clase ríe. St. Clair está callado. Lo observo, nerviosa. Una barba de tres días empieza a oscurecerle la cara. No me había dado cuenta de que tiene que afeitarse a menudo.

—Las novelas extranjeras no están tan orientadas a la acción. Tienen un ritmo diferente, son más reflexivas. Nos retan a buscar la historia, a encontrarla dentro de la misma. Por ejemplo, Balzac. ¿Quién es el verdadero protagonista de esta novela? ¿El narrador? ¿La costurera? ¿China?

Quiero darle la mano a St. Clair y decirle que todo irá bien. No debería estar aquí. No consigo imaginar qué haría yo en su lugar. Su padre debería haberlo sacado del colegio. Debería estar en California.

La Professeure Cole da unos golpecitos a la portada de la novela.

—Dai Sijie nació en China y vino a vivir a Francia. Escribió *Balzac* en francés, aunque situó la acción en su país de origen. Y luego la novela fue traducida al inglés. ¿A cuántos pasos estamos del original? ¿A uno, en la traducción del francés al inglés? ¿O contamos también la primera traducción, la que el autor hizo en su cabeza, del chino al francés? ¿Qué perdemos cada vez que se reinterpreta la historia?

No le estoy prestando mucha atención. Al salir de clase, Meredith, Rashmi y yo vamos en silencio con St. Clair a clase de Cálculo e intercambiamos miradas de preocupación cuando él no mira. Aunque estoy segura de que sabe que lo estamos haciendo. Eso me hace sentir todavía peor.

Mis sospechas sobre los profesores quedan confirmadas cuando el Professeur Babineaux habla con él en privado antes de empezar la clase. No logro escuchar toda la conversación, sólo oigo que el profesor le pregunta a St. Clair si prefiere pasar la hora en la enfermería. Él acepta. En el preciso instante en que desaparece, Amanda Spitterton-Watts se planta delante de mí.

—¿Qué le pasa a *St. Clair*?

—Nada.

¡A ella se lo voy a contar! Se pone a jugar con su pelo y me alegro de que un mechón se le quede pegado en el brillo de labios.

—Pues Steve dice que él y Josh estaban *totalmente* borrachos el sábado por la noche. Los vio tambalearse por la fiesta de Halloween y St. Clair hablaba de su padre como si se hubiera vuelto *loco*.

—Pues se equivoca.

—Steve dice que St. Clair quería *matar* a su padre.

—Steve no sabe qué inventarse para llamar la atención —interrumpe Rashmi—. ¿Dónde estabas tú el sábado, Amanda? ¿Tan taja ibas, que Steve tuvo que hacerte de comentarista?

Pero eso sólo consigue callarla temporalmente. A la hora del almuerzo, está claro que toda la escuela se ha enterado. No estoy segura de quién lo ha empezado (si han sido los profesores o Steve, o si alguno de sus amigotes descerebrados ha recordado algo de lo que dijo St. Clair), pero todo el alumnado murmulla. Cuando, finalmente, St. Clair llega a la cafetería, parece una escena de una película mala para adolescentes. Se instala un silencio sepulcral y las bebidas se quedan a medio camino en el trayecto hacia la boca.

St. Clair permanece parado en el umbral, evalúa la situación y da marcha atrás. Los cuatro nos marchamos corriendo tras él. Lo encontramos saliendo de la escuela, de camino al patio.

—No quiero hablar de ello.

Nos da la espalda.

—Pues no hablemos de ello —dice Josh—. Vamos a comer.

—¿Crepes? —sugiere Mer. Son la comida favorita de St. Clair.

—Eso suena genial —interviene Rashmi.

—Me muero de hambre —dice Josh—. Vamos.

Empezamos a andar con la esperanza de que nos siga. Y lo hace, y todos escondemos nuestros suspiros de alivio. Mer y Rashmi van delante y Josh se queda atrás con St. Clair. Le explica nimiedades (una pluma nueva que ha comprado para la clase de arte, un rap que se ha inventado su vecino), y parece que sirve de algo. Por lo menos, St. Clair da pequeñas señales de vida. Le murmura a Josh una respuesta.

Me quedo entre los dos grupos. Sé que es sensato por mi parte, pero también me inquieta saltarme las clases, a pesar de lo preocupada que estoy por St. Clair. No quiero meterme en problemas. Me vuelvo para mirar la SOAP, y en los ojos de Josh leo un claro mensaje: «hoy la escuela no nos pondrá problemas».

Espero que tenga razón.

Nuestra *crêperie* favorita está a pocos minutos de allí y mi temor de hacer novillos se evapora mientras observo cómo el señor que hace las crepes vierte la masa sobre la plancha. Pido el mío como lo hago siempre: señalo la foto de la crepe de plátano y Nutella y digo «por favor». El hombre esparce la cálida crema de chocolate y avellanas sobre la fina tortita y le pone un poco más de Nutella por encima después de doblarla. El toque final es una bola de helado de vainilla. Vainilla de verdad, de color tostado y con puntitos negros.

Gimo al dar el primer mordisco. Cálido y empalagoso y con mucho chocolate y perfecto.

—Tienes Nutella en la barbilla —dice Rashmi, señalándome con el tenedor.

—Hum —contesto.

—Te sienta bien —dice Josh—. Como un parche para el alma.

Meto el dedo en el chocolate y me pinto un bigote.

—¿Mejor?

—Tal vez si no te lo hubieras hecho al estilo de Hitler... —dice Rashmi.

Para mi sorpresa, St. Clair da un resoplido. Eso me anima. Cargo el dedo y me dibujo la mitad de un bigote rizado.

—Lo estás haciendo mal —dice Josh—. Ven aquí.

Se unta un dedo con crema de chocolate y añade la otra mitad con cuidado, con la firmeza de sus manos de artista, y retoca la que he hecho yo. Observo mi reflejo en el cristal del restaurante y me encuentro con un bigote rizado y poblado. Todos ríen y aplauden y Mer saca una foto.

Los hombres con corbatas bien anudadas de la mesa de al lado nos miran con cara de asco, así que finjo retorcerme la punta del bigote de Nutella. Los demás se parten de la risa y por fin, por fin, en los labios de St. Clair se dibuja una pequeña sonrisa.

Es una imagen maravillosa.

Me limpio el chocolate de la cara y le devuelvo la sonrisa. Él niega con la cabeza. Los demás se embarcan en un debate sobre el vello facial en sitios raros (Rashmi tiene un tío que una vez se depiló todo el cuerpo, excepto el pelo que crecía alrededor de su cara), y St. Clair se inclina para hablar conmigo. Su cara está muy cerca de la mía. Tiene la voz ronca.

—Sobre lo de la otra noche...

—Olvídalo, no hubo para tanto —interrumpo—. Ya está todo limpio.

—¿Qué está limpio?

Ups.

—Nada.

—¿Rompí algo? —Parece confundido.

—¡No! No rompiste nada. Sólo... ya sabes, tuviste un...

Hago el gesto con mímica. St. Clair deja caer la cabeza y gime.

—Lo siento, Anna. Sé que tienes la habitación muy limpia.

Aparto la mirada, avergonzada por lo que acaba de decir.

—No es nada, en serio.

—¿Por lo menos lo hice en el lavamanos? ¿O en la ducha?

—Fue en el suelo. Y en mis piernas. ¡Sólo un poco! —añado al ver su expresión horrorizada.

—¿Poté sobre tus piernas?

—No pasa nada. Yo habría hecho lo mismo en tu lugar.

Las palabras salen de mi boca antes de que pueda pararlas. Y yo que intentaba no tocar ese tema… Tiene una mirada de dolor, pero decide saltar a otro tema igual de atroz.

—¿Dije…? —Echa un vistazo a los demás para asegurarse de que siguen hablando de vello facial, que es el caso. Acerca su silla todavía más y baja la voz—: ¿Te dije algo raro esa noche?

Oh, oh.

—¿Raro?

—Es sólo que… Apenas recuerdo haber estado en tu habitación. Pero juraría que hablamos sobre… algo.

Mi corazón late a toda velocidad y me cuesta respirar. Se acuerda. Más o menos. ¿Qué significa eso? Por mucho que él necesite una respuesta, no estoy preparada para esta conversación. Intento ganar tiempo.

—¿Sobre qué?

Está incómodo.

—¿Dije algo raro sobre… nuestra amistad?

Ahí lo tenemos.

—¿O sobre mi novia?

Ahí lo tenemos. Me quedo mirándolo. Tiene unas ojeras muy marcadas. No se ha lavado el pelo. Los hombros parecen derrotados. Es infeliz, no parece él mismo. No quiero provocarle más tristeza, aunque me muera de ganas de saber la verdad. No puedo pedírsela. Porque, si le gusto, no está en condiciones de empezar una relación. Y si no le gusto, seguramente perdería la amistad. Las cosas se volverían muy raras.

Y lo que St. Clair necesita ahora es amistad. Intento poner cara de póquer y transmitir sinceridad a la vez.

—No. Hablamos de tu madre. Eso es todo.

Es la respuesta correcta. Parece aliviado.

capítulo diecisiete

€l suelo de la *pâtisserie* está hecho de tablas de madera que crujen con las pisadas. Del techo cuelgan arañas de cristales de topacio, que brillan como gotas de miel. Las mujeres de detrás del mostrador meten pasteles extravagantes en cajas de rayas marrones y blancas, y las atan con cintas azul turquesa y un pequeño cascabel plateado. Hay una larga cola, pero todo el mundo disfruta pacientemente del ambiente.

Mer y yo esperamos entre pasteles de varios pisos casi tan altos como nosotras. Uno es un árbol de *macarons*, unas galletitas redondas que parecen hamburguesas de colores, cuya corteza es frágil como la cáscara de los huevos, y el relleno es cremoso y sabe tan bien que se me hace la boca agua con sólo mirar. El otro es una fuente de pastelitos, *gâteaux*, con glaseado de almendra y flores de azúcar.

Estamos hablando sobre St. Clair otra vez. Es lo único de lo que hablamos últimamente.

—Me da miedo que lo expulsen de la escuela —digo.

Estoy de puntillas, intentando ver lo que hay en el recipiente de cristal del mostrador, pero lo tapa un hombre que lleva un traje de raya diplomática y un perrito inquieto en brazos. Hay varios perritos en la tienda, algo poco inusual en París.

Mer niega con la cabeza y sus rizos saltan bajo su gorro de punto. A diferencia del de St. Clair, el suyo es muy elegante, del color azul de los huevos del petirrojo.

Me gusta más el de St. Clair.

—No van a echarlo —dice—. A Josh no lo han expulsado y hace más tiempo que se salta clases. Y la directora no expulsaría a nadie cuya madre se está... ya sabes.

No le va muy bien. Cáncer cervical. Estadio 2B. Un estadio avanzado.

Terapia de radiación externa, quimioterapia. Son palabras que no quiero que se asocien con mis seres queridos. Y ahora se han convertido en parte del día a día de St. Clair. Susan, su madre, empezó a recibir el tratamiento la semana después de Halloween. El padre de St. Clair está en California y la lleva cinco veces a la semana a radioterapia, y a quimio, una vez a la semana.

St. Clair está aquí.

Quiero matar a su padre. Hace años que los padres de St. Clair están separados, pero el padre no quiere concederle el divorcio. Y tiene amantes en París y en Londres mientras Susan vive sola en San Francisco. Cada varios meses, el padre la visita y se queda con ella algunas noches. Y restablece la dominación o la amenaza con quién-sabe-qué. Y se marcha otra vez.

Pero ahora él cuida de ella mientras St. Clair está a casi diez mil kilómetros de distancia. Toda esta situación me hace sentir mal. Apenas soporto pensar en ello. Obviamente, St. Clair no ha sido él mismo estas últimas semanas. Se salta clases y sus notas están bajando en picado. Ya no viene a desayunar y siempre cena con Ellie. Aparte de en el aula y a la hora del almuerzo, cuando se sienta a mi lado fríamente, como si fuera de piedra, sólo lo veo las mañanas que lo despierto para ir a clase.

Meredith y yo nos turnamos para ello. Si no llamamos a su puerta, no se molesta en bajar.

La puerta de la *pâtisserie* se abre y entra el aire helado. La araña se balancea como si fuera gelatina.

—Me siento tan impotente... —digo—. Ojalá pudiera hacer algo.

Mer tiene un escalofrío y se frota los brazos. Los anillos que lleva hoy son de cristal fino. Parecen hechos de azúcar hilado.

—Lo sé. Yo también. Y sigo sin creerme que su padre no le deje visitarla por Acción de Gracias.

—¿Ah, no? —Estoy sorprendida—. ¿Desde cuándo no le deja?

¿Y por qué Mer lo sabe y yo no?

—Desde que su padre se enteró de que sus notas han bajado. Josh me dijo que la directora llamó a su padre porque estaba preocupada por él, y éste, en vez de dejarle volver a casa, dijo que St. Clair no podía ir a San Francisco hasta que aprendiera a «ser responsable» otra vez.

—Pero ¡no podrá concentrarse en nada hasta que la vea!

¡Y ella necesita que St. Clair esté allí, necesita su apoyo! ¡Deberían estar juntos!

—Es tan típico de su padre aprovechar una situación así en su contra...

La curiosidad que me carcome se apodera de mí.

—¿Lo has visto alguna vez? ¿A su padre?

Sé que vive cerca de la SOAP, pero nunca lo he visto. Y es evidente por qué St. Clair no tiene una foto de él enmarcada.

—Sí —dice con precaución—. Lo he visto.

—¿Y?

—Era... agradable.

—¿AGRADABLE? ¿Cómo puede ser agradable? ¡Ese hombre es un monstruo!

—Lo sé, lo sé, pero tiene unos... modales impecables, en persona. Sonríe mucho. Y es muy guapo. —De repente cambia de tema—. ¿Crees que Josh es una mala influencia para St. Clair?

—¿Josh? No. O, bueno, tal vez. No lo sé. No.

Niego con la cabeza y la fila avanza unos centímetros. El recipiente de cristal casi está en mi campo de visión. Veo lo que intuyo que son *tarte tatins* de manzana. El borde de un brillante *gâteau* de chocolate y frambuesa.

Al principio todo me parecía demasiado sofisticado, pero tres meses después de llegar a Francia entiendo por qué este país es famoso por su cocina. Aquí saborean la comida. Las cenas en los restaurantes se miden por horas, no por minutos. Es tan diferente de América... Los parisinos se pasean por los mercados diariamente para encontrar las verduras y las frutas más frescas, y frecuentan las tiendas especializadas para comprar el queso, el pescado, la carne y el vino. Y el pastel.

Las pastelerías son mis tiendas favoritas.

—Parece que Josh le haya dicho que está bien que todo le resbale —insiste Mer—. Me siento como si fuera la mala de la película: «levántate, ve a clase, haz los deberes», ¿sabes? Y Josh, en cambio, es en plan: «pasa, tío, vete».

—Sí, pero no creo que le haya dicho a St. Clair que pase de todo. Sabe que St. Clair tiene muchas cosas en la cabeza.

Pero me inquieto un poco. Me gustaría que Josh mostrara su apoyo de una forma más positiva y alentadora. Mer abre la boca para discutir pero la interrumpo.

—¿Cómo va el balonpié?

—Puedes decir fútbol —corrige ella, y se le ilumina la cara.

El mes pasado, Mer empezó a jugar en una liga femenina local y entrena casi todas las tardes. Me pone al día sobre sus últimas aventuras con la pelota hasta que llegamos al mostrador, que resplendece con varias filas de *tarte citrons* cuadrados, pastelitos esponjosos rellenos de chocolate fundido, pepitos de caramelo con forma de zapatilla de ballet y tartas de frutas rojas con fresas espolvoreadas con azúcar glasé.

Y hay más *macarons*. Botes y botes de *macarons* de todos los colores posibles: verde césped y rojo rosado y amarillo limón. Mientras Mer selecciona un pastel, yo escojo seis *macarons*.

Rosa. Grosella. Naranja. Higo. Pistacho. Violeta.

Y entonces veo pralinés de canela y avellana y quiero morirme ahí mismo. Arrastrarme hasta el mostrador y triturar la dura capa superior y lamer la crema del interior hasta quedarme sin aire. Estoy tan absorta en mis fantasías que tardo un rato en darme cuenta de que el hombre detrás de mí me está hablando.

—¿Eh?

Al volverme, me encuentro a un hombre elegante, acompañado de su basset hound. Me sonríe y señala mi cajita de rayas. Me suena. Juraría que lo he visto antes. Habla un francés rápido pero amigable.

—Eh... —Hago gestos y me encojo de hombros—. *Je ne parle pas...*

No hablo...

Él habla más despacio, pero sigo sin entenderlo.

—¿Mer? Ayúdame, Mer.

Y viene al rescate. Charlan un momento y los ojos del hombre brillan hasta que ella dice algo que le hace exclamar:

—*Ce n'est pas possible!*

No me hace falta hablar un idioma para reconocer un «¡oh, no!» cuando lo oigo. El hombre me mira tristemente y se despiden. Yo también le digo adiós. Mer y yo pagamos nuestros dulces (ella al final se ha decidido por un *millefeuille*, un pastelito de hojaldre con crema), y me guía hacia la salida de la tienda.

—¿No lo has reconocido? —Está sorprendida—. Es el propietario del cine de la rue des Écoles, ese pequeñito con las luces blancas y rojas. Siempre pasa por delante de la residencia cuando saca a Pouce a pasear.

Pasamos en medio de un grupo de palomas que se muestra indiferente al hecho de que estamos a punto de pisarlas. Arrullan y baten las alas y se dan empujones en el aire.

—¿Pouce?

—El basset hound.

Se me enciende una bombilla. Claro que los he visto antes.

—Pero ¿qué quería?

—Me ha preguntado por qué hace tiempo que no ve a tu novio. St. Clair —añade al ver mi expresión confundida. Su tono es amargo—. Supongo que habéis visto varias pelis allí.

—Vimos un ciclo retrospectivo de *spaghetti western* el mes pasado.

Estoy perpleja. ¿Pensaba que St. Clair y yo salimos juntos?

Mer no dice nada. Está celosa. Pero no tiene motivos para estarlo. No hay nada, nada, entre St. Clair y yo. Y a mí me parece bien, lo juro. St. Clair me preocupa demasiado como para verlo de esa otra manera. Necesita algo que le haga sentir como en casa, y Ellie lo hace.

Yo también he estado pensando en casa. Vuelvo a echar de menos a Toph. Echo de menos sus ojos verdes y echo de menos esas madrugadas en el cine en las que me hacía llorar de tanto reír. Bridge dice que pregunta por mí, pero hace días que no hablo con él porque está muy ocupado con el grupo. A los Penny Dreadfuls las cosas les van bien. Por fin han conseguido un bolo: será justo antes de Navidad y yo, Anna Oliphant, asistiré como público.

Un mes, no puedo esperar.

Debería poder verlo la semana que viene, pero papá cree que hacer un viaje tan largo por cuatro días es tirar el dinero, y mamá no puede permitírselo. Así que voy a pasar Acción de Gracias sola. Aunque ya no estaré tan sola.

Pienso en lo que acaba de decirme Mer. St. Clair tampoco vuelve a casa esos días, mientras que el resto de la gente, su novia incluida, viajará a Estados Unidos para celebrar Acción de Gracias. Lo que significa que los dos estaremos en París durante el puente de cuatro días. Solos.

Pensar esto me mantiene entretenida al volver a la residencia.

capítulo dieciocho

—¡Feliz, feliz Acción de Gracias! ¡St. Claircito, que Dios te bendiga! Que reine la paz en tu día…

Su puerta se abre de repente y me lanza una mirada cansada. Lleva una camiseta blanca y pantalones de pijama a rayas azules.

—Para. De. Cantar.

—¡St. Clair! ¡Qué ilusión verte! —Le dedico mi mejor sonrisa, enseñando mis dientes y sus respectivos espacios—. ¿Sabes que hoy es festivo?

Vuelve a meterse en la cama, pero deja la puerta abierta.

—Eso he oído —dice malhumorado.

Me autoinvito a entrar. Su habitación está… más desordenada que la primera vez que la vi. Hay montones de ropa y toallas sucias por todo el suelo. Y botellas de agua medio vacías. El contenido de su mochila está esparcido por debajo de la cama; papeles arrugados y hojas de ejercicios sin contestar. Tras un momento de duda, decido oler el aire. Humedad. Apesta a humedad.

—Me encanta la nueva decoración. Tiene un aire universitario muy chic.

—Si sólo vas a criticar ya puedes irte por donde has venido —masculla a través de la almohada.

—No, pero ya sabes qué pienso del desorden. Tiene tantas posibilidades.

Suspira como si sufriera.

Aparto una pila de libros de la silla de su escritorio y algunos esbozos caen de entre las páginas. Son dibujos a carboncillo de corazones anatómicos. Hasta ahora sólo había visto sus garabatos. Y aunque es cierto que Josh tiene una técnica artística mejor, los dibujos de St. Clair son bonitos. Violentos. Apasionados. Los recojo del suelo.

—Son increíbles. ¿Los has hecho tú?

Silencio.

Dejo los corazones delicadamente dentro del libro en el que estaban, tratando de no arrugarlos todavía más.

—Bueno. Hoy vamos a celebrar Acción de Gracias. Eres la única persona que conozco que queda en París.

Un gruñido.

—No hay muchos restaurantes en los que sirvan pavo relleno.

—No hace falta comer pavo; es sólo un recordatorio de que hoy es un día importante. Ahí fuera —señalo su ventana, aunque no esté mirando—, nadie tiene ni idea.

Se esconde bajo el edredón.

—Soy de Londres. Yo tampoco lo celebro.

—Por favor, el primer día me confesaste que eres americano, ¿recuerdas? No puedes cambiar de nacionalidad en función de las circunstancias. Y hoy nuestro país se está atiborrando de guisos y tarta, y tenemos que participar en la tradición.

—Hmpf...

Esto no funciona. Debo cambiar de estrategia. Me siento al borde de la cama y le sacudo un pie.

—Por favor... porfa, porfa...

Silencio.

—Venga, necesito hacer algo divertido y tú tienes que salir de esta habitación.

Silencio. Mi frustración crece por momentos.

—Hoy es una mierda de día para los dos. No eres el único que se ha quedado aquí atrapado. Daría lo que fuera por estar en casa.

Silencio. Inspiro lenta y profundamente.

—Vale. ¿Sabes lo que pasa? Que me preocupo por ti. Todos nos preocupamos por ti. Hoy estamos hablando más que nunca, y eso que sólo yo muevo la boca. Lo que ha pasado es una mierda, y es peor saber que ninguno de nosotros puede hacer ni decir nada para cambiarlo. Es decir, yo no puedo hacer nada, y me pone furiosa porque odio verte así. Pero ¿sabes qué? —Me levanto—. Creo que a tu madre no le parecería bien que te estés machacando por algo que no está en tus manos solucionar. Y pienso que querrá oír muchas cosas buenas cuando vuelvas a casa el mes que...

—Si vuelvo a casa el mes que viene.

—CUANDO vuelvas a casa el mes que viene, querrá verte feliz.

—¿Feliz? —Ahora se ha enfadado—. ¿Cómo puedo…?

—Vale, tal vez feliz no —digo rápidamente—. Pero tampoco querrá verte así. No le gustará saber que has dejado de ir a clase, que has dejado de intentarlo. Quiere ver cómo te gradúas, ¿recuerdas? Estás muy cerca, St. Clair. No lo eches a perder ahora.

Silencio.

—Vale. —No es justo ni racional que me enfade tanto con él, pero no puedo evitarlo—. Conviértete en un zombi. Abandona. Disfruta de tu mísero día en la cama. —Me dirijo a la puerta—. Tal vez no eres la persona que creía.

—¿Y quién es ése? —Me dispara una respuesta agria.

—El tipo de persona que sale de la cama incluso cuando las cosas no pueden ir a peor. El tipo de persona que llamaría a su madre para desearle feliz Acción de Gracias en vez de evitar hablar con ella porque tiene miedo de lo que pueda decir. El tipo de persona que no deja al capullo de su padre salirse con la suya. Pero supongo que me he equivocado. Esto —señalo el desorden de la habitación, aunque no me está mirando— ya debe de ser suficiente para ti. ¡Que te vaya muy bien! Felices fiestas. Yo me voy.

La puerta acaba de cerrarse cuando lo oigo:

—Espera.

St. Clair la abre de golpe. Tiene los ojos llorosos y los brazos caídos.

—No sé qué decir —dice, finalmente.

—Pues no digas nada. Dúchate, ponte ropa que abrigue y ven a buscarme. Estaré en mi habitación.

Al cabo de veinte minutos lo dejo entrar. Me alegra ver que tiene el pelo mojado. Se ha duchado.

—Ven aquí. —Lo hago sentar en el suelo, delante de mi cama, y cojo una toalla. Se la froto por el pelo oscuro—. Te vas a resfriar.

—Eso es una leyenda urbana.

Pero no me detengo. Al cabo de un par de minutos, St. Clair suspira, como si estuviera aliviado. Muevo las manos despacio, metódicamente.

—¿Y adónde vamos? —pregunta cuando termino. Todavía tiene el pelo húmedo y se le están formando algunos rizos.

—Tienes un pelo fantástico —le digo, reprimiendo las ganas de peinárselo con los dedos. Él suelta una risotada—. Lo digo en serio. Seguro que te lo dicen a menudo, tienes un pelo muy bonito.

No puedo ver la expresión de su cara, pero baja la voz:

—Gracias.

—De nada —contesto formalmente—. Y no sé exactamente adónde vamos. Pensaba salir y luego… ya lo veremos cuando lleguemos ahí.

—¿Qué? —pregunta—. ¿No hay plan? ¿Ni un itinerario que tengamos que seguir a rajatabla?

Le pego en la parte posterior de la cabeza con la toalla.

—Vigila, que igual hago uno.

—No, por favor. Lo que quieras menos eso. —Creo que lo dice en serio hasta que se vuelve y veo su media sonrisa. Le doy de nuevo con la toalla pero me alegro tanto de verlo sonreír que me pondría a llorar. Es más de lo que he visto estas últimas semanas.

Concéntrate, Anna.

—Zapatos. Necesito zapatos. —Me pongo las deportivas y cojo mi abrigo de invierno, el sombrero y los guantes—. ¿Dónde tienes el gorro?

Él me mira con los ojos entrecerrados.

—¿Mer? ¿Eres tú? ¿Necesito la bufanda? ¿Hará frío, mami?

—Vale, muere congelado si quieres. Y entonces ya verás lo que me importa.

Pero saca su sombrero de punto del bolsillo de su chaqueta y se lo pone sobre el pelo húmedo. Esta vez su sonrisa es abierta y deslumbrante y me coge desprevenida. Se me para el corazón.

Me quedo mirándolo hasta que se le borra la sonrisa y me mira interrogante.

Esta vez, soy yo la que baja la voz.

—Vamos.

capítulo diecinueve

—¡Ahí está! ¡Ése es mi plan!

St. Clair sigue mi mirada hasta la monumental cúpula. El cielo gris violáceo, el mismo cielo que ha visto París todos los días desde que la temperatura cayó en picado, le ha quitado el brillo dorado, aunque no por ello estoy menos impresionada.

—¿El Panthéon? —pregunta con cautela.

—¿Sabes?, llevo tres meses aquí y todavía no tengo ni idea de qué es.

Doy un salto hacia el paso de cebra que lleva a la gigantesca construcción. Él se encoge de hombros.

—Es un panteón.

Me detengo para contemplarlo y St. Clair me empuja para que no me atropelle un autobús turístico azul.

—Oh, claro, un panteón. ¿Cómo no se me había ocurrido antes?

St. Clair me mira de reojo y sonríe.

—Un panteón es un sitio donde se encuentran las tumbas de personas importantes para el país.

—¿Y ya está?

Estoy un poco decepcionada. Creía que se trataba de un sitio donde, como mínimo, coronaban a los reyes o algo parecido. St. Clair levanta una ceja.

—Quiero decir... Por aquí sólo hay un montón de tumbas y de monumentos. ¿Qué tiene esto de especial? —digo.

Subimos las escaleras. La altura real de las columnas, de las que estamos cada vez más cerca, es sobrecogedora. Nunca me había acercado tanto.

—No lo sé. Nada, supongo. Parece de segunda categoría.

—¿De segunda categoría? ¿Bromeas? —Ahora estoy ofendida. Me gusta el Panthéon. No, ME ENCANTA el Panthéon—. ¿Quién está enterrado aquí? —pregunto.

—Pues... Rousseau, Marie Curie, Louis Braille, Victor Hugo...

—¿El tipo de *El jorobado de Notre-Dame*?

—El mismo. Voltaire, Dumas, Zola...

—Guau. ¿Ves? No puedes decir que no es impresionante.

—Los nombres me suenan, aunque no estoy segura de qué hicieron todas esas personas.

—Yo no he dicho que no lo fuera.

Saca su cartera para pagar las entradas de ambos. Intento pararlo, ya que ha sido idea mía venir aquí, pero él insiste.

—Feliz día de Acción de Gracias —dice al entregarme la mía—. Vamos a ver gente muerta.

Incontables bóvedas, columnas y arcos nos dan la bienvenida. Todo es grande y redondo. Las paredes están cubiertas de frescos de santos, guerreros y ángeles. Atravesamos la sala de mármol en silencio, que St. Clair sólo rompe para explicarme cosas sobre personas importantes, como Juana de Arco o santa Genoveva, la santa patrona de París. Según él, santa Genoveva salvó la ciudad de la hambruna. Creo que existió en realidad, pero me da vergüenza preguntar. Cuando estoy con él me doy cuenta de lo poco que sé.

Una esfera de cobre cuelga del punto más alto de la cúpula central. Vale, ahora sí, no puedo evitarlo.

—¿Qué es eso?

St. Clair se encoge de hombros y busca el cartel explicativo.

—Increíble. Pensaba que lo sabías todo.

Por fin lo encuentra.

—El péndulo de Foucault. Ah, claro.

Levanta la cabeza y lo contempla. El cartel está en francés, así que espero una explicación que no llega.

—¿Sí?

St. Clair señala el círculo con medidas que hay en el suelo.

—Es una demostración de la rotación de la Tierra. ¿Lo ves? La base del péndulo oscila y cada hora hace una rotación. Lo curioso —dice, mirando el techo— es que no era necesario que el aparato fuera tan grande para demostrar la teoría.

—Muy francés.

Él sonríe.

—Venga, vamos a ver la cripta.

—¿Cripta? —Me quedo congelada—. ¿Una cripta, cripta?

—¿Dónde crees que están las tumbas?

Toso.

—Sí, claro. Tienes razón. La cripta. Vamos.

—A menos que te dé miedo.

—No tuve ningún problema en el cementerio, ¿no?

Se pone tenso y yo me siento totalmente avergonzada. ¿Cómo se me ha ocurrido sacar el tema de Père-Lachaise? Rápido, necesito distraerlo. Suelto lo primero que me pasa por la cabeza.

—¡Te echo una carrera!

Y empiezo a correr hacia la entrada de la cripta. Por todo el edificio se oye el eco de mis pisadas. Los turistas nos miran.

Me. Voy. A. Morir. De. La. Vergüenza.

Y en ese preciso instante, St. Clair me adelanta. La sorpresa me hace reír y acelero. Estoy a punto de alcanzarlo cuando un guardia de seguridad malhumorado se nos planta delante. Choco con St. Clair al frenar. Él se yergue mientras el guardia nos grita en francés. Me pongo como un tomate, pero St. Clair se disculpa por los dos antes de que yo pueda ni siquiera intentarlo. El guardia se relaja un poco y nos deja pasar después de llamarnos la atención.

Pues sí que vuelve a ser como en Père-Lachaise. St. Clair prácticamente pasea triunfante.

—Siempre te sales con la tuya.

Él se ríe. No lo rebate porque sabe que tengo razón. Pero le cambia totalmente la mirada cuando las escaleras aparecen ante nosotros.

La escalera de caracol que baja a la cripta es estrecha y empinada. La preocupación sustituye mi irritación al ver el pánico en sus ojos. Había olvidado que tiene miedo a las alturas.

—Pensándolo bien, creo que no tengo ganas de ver la cripta —digo.

St. Clair me lanza una mirada para que me calle. Con decisión, se apoya en la rugosa pared de piedra y empieza a bajar. Un paso, otro, otro más. La escalinata no es muy larga, pero el proceso resulta atroz. Finalmente, llegamos a la cripta y detrás de nosotros sale una horda de turistas impacientes en estampida. Empiezo a disculparme (ha sido una estupidez traerlo aquí), pero él habla a la vez que yo.

—Es más grande de lo que pensaba. La cripta. —Noto nervios y prisa en su voz. No me mira.

Un cambio de tema. Vale. Le sigo la corriente.

—Bueno —digo con cuidado—, mientras bajábamos, alguien comentaba que la cripta tiene la misma superficie que la parte de arriba. Me imaginaba unas catacumbas infinitas decoradas con huesos, pero esto tampoco está mal.

—Por lo menos no hay calaveras ni fémures. —Una risa forzada.

De hecho, la cripta está bien iluminada. Hace un frío que pela, pero está todo muy limpio. No es precisamente una mazmorra, aunque St. Clair todavía está agitado y avergonzado. Me acerco a una estatua.

—¡Eh, mira! ¿Es Voltaire?

Damos una vuelta por los pasillos. Me sorprende lo desnudo que está todo. Hay mucho espacio libre, seguramente para tumbas futuras. Después de explorar un buen rato, St. Clair vuelve a relajarse y charlamos un poco de todo: del examen de cálculo de la semana pasada, de la peculiar chaqueta de cuero que Steve lleva últimamente… Hacía semanas que no teníamos una conversación normal. Casi parece… como antes. Y entonces oímos una voz irritante detrás de nosotros. Es un turista norteamericano.

—No sigas a ése o nunca saldremos de aquí.

St. Clair se tensa.

—Que se quede en casa si le dan miedo unas escaleras de nada.

Empiezo a volverme, pero St. Clair me coge por el brazo.

—No. No vale la pena.

Me guía por otro pasillo e intento leer un nombre grabado en la pared, pero estoy tan furiosa que no lo consigo. St. Clair está rígido. Tengo que hacer algo. Me concentro para descifrar el nombre.

—Emily Zola. Es la segunda mujer que he visto por aquí abajo. ¿Por qué hay tan pocas?

Antes de que a St. Clair le dé tiempo a contestar, la voz irritante dice:

—Es Émile. —Al darnos la vuelta nos encontramos con un tipo petulante que lleva una camiseta de Euro Disney—. Émile Zola es un hombre.

Me enciendo de ira. Agarro a St. Clair por el brazo para irnos, pero ya se está encarando con él.

—Émile Zola era un hombre —corrige—. Y tú eres un capullo. ¿Por qué no te metes en tus propios putos asuntos y la dejas en paz?

«La dejas en paz, paz, paz»… El eco resuena por toda la cripta. Euro Disney, sobresaltado por el arrebato, retrocede hacia su mujer, que profiere un gañido. Todo el mundo nos mira con la boca abierta. St. Clair me coge la mano y me arrastra hasta las escaleras. Estoy nerviosa y tengo miedo de lo que pueda pasar. La adrenalina le hace subir toda una espiral sin parar, pero de repente su cuerpo se da cuenta de lo que está haciendo y frena en seco y se balancea peligrosamente hacia atrás.

Lo ayudo a incorporarse.

—Estoy aquí.

Me aprieta tanto los dedos que casi se me corta la circulación. Poco a poco lo guío hacia arriba hasta que volvemos a estar seguros bajo las columnas y las bóvedas y los arcos, en la amplitud de la planta superior. St. Clair me suelta y se deja caer en un banco cercano. Apoya la cabeza entre las manos como si se encontrara mal. Espero que diga algo, pero se queda callado.

Me siento a su lado en el banco, que conmemora a Antoine de Saint-Exupéry, el autor de *El principito*. Murió en un accidente aéreo, así que supongo que no encontraron su cuerpo y por eso no tiene una tumba en la cripta. Observo a la gente que hace fotos de los frescos y al guardia que antes nos ha echado la bronca. No miro a St. Clair.

Finalmente levanta la cabeza. Su voz suena calmada.

—¿Vamos a buscar un sitio para cenar pavo?

Tras varias horas de estudiar los menús de los restaurantes, por fin encontramos algo que nos satisface. La búsqueda ha sido un juego, una aventura, algo en lo que perdernos. Necesitamos olvidar al hombre de la cripta. Necesitamos olvidar que no estamos en casa.

Cuando descubrimos un restaurante que anuncia una «Cena Americana de Acción de Gracias», gritamos de alegría y yo hago un baile de la victoria. El *maître* se alarma ante nuestro entusiasmo, pero nos da una mesa de todos modos.

—Fantástico —dice St. Clair cuando nos sirven el plato principal. Levanta su vaso de agua con gas y sonríe—. Por nuestro éxito en la búsqueda de pavo de Acción de Gracias en París.

Le devuelvo la sonrisa.

—Por tu madre.

La suya vacila un segundo, pero rápidamente la sustituye otra más suave.

—Por mamá.

Brindamos.

—Y, esto... No tienes por qué hablar de ello si no quieres, pero ¿cómo está? —Las palabras se me escapan sin que pueda pararlas—. ¿Se cansa mucho con la radioterapia? ¿Come lo suficiente? He leído que si no te pones loción corporal todas las noches puedes quemarte, y me preguntaba si... —Me callo al ver la expresión de su cara. Parece que he dado en la llaga—. Lo siento. Me estoy metiendo donde no me llaman, mejor que me...

—No —me interrumpe—. No es eso. Es que... eres la primera persona que sabe estas cosas. ¿Cómo lo has...?

—Oh. Bueno, es sólo que estaba preocupada y por eso investigué un poco. Para... informarme, ya sabes —acabo patéticamente.

Durante un rato, permanece callado.

—Gracias.

Me quedo mirando la servilleta que tengo en el regazo.

—No es nada.

—Sí, sí es algo. Es algo importante. Cuando intento hablar del tema con Ellie, no tiene ni idea de nada. —Se calla de repente, como si hubiera hablado más de lo conveniente—. Gracias, de todos modos.

Nuestros ojos se encuentran otra vez. En los suyos hay sorpresa.

—De nada —contesto.

Nos pasamos el resto de la cena hablando de su madre. Y cuando nos vamos del restaurante, seguimos hablando de ella. Paseamos por la orilla del Sena. Hay luna llena y las farolas están encendidas, y St. Clair sigue hablando hasta que se quita de encima toda la presión.

Se detiene.

—No tenía intención de hacer esto.

Inspiro profundamente. Huelo el agradable olor del río.

—Me alegro de que lo hayas hecho.

Estamos en la calle donde normalmente giramos para volver a la residencia. Se queda mirándome, dudoso, y de repente dice:

—Vamos a ver una película. Todavía no quiero volver.

No tiene que decírmelo dos veces. Encontramos un cine en el que proyectan una comedia americana reciente, y nos quedamos para la sesión doble. No recuerdo cuándo reí tanto por última vez y, a mi lado, St. Clair se ríe todavía más. Son más de las dos de la madrugada cuando volvemos a la residencia. No hay nadie en el mostrador y la luz de Nate está apagada.

—Creo que somos los únicos en todo el edificio —dice.

—Entonces, a nadie le importará que haga esto.

Me pongo detrás del mostrador y empiezo a dar vueltas a su alrededor. St. Clair improvisa una canción y yo me muevo al son de su voz. Cuando termina, hago una reverencia exagerada.

—¡Rápido! —dice.

—¿Qué? —Salgo atropelladamente de detrás del mostrador—. ¿Está Nate aquí? ¿Nos ha visto?

Pero St. Clair corre hacia las escaleras. De repente abre la puerta y grita. Ambos nos sobresaltamos con el eco y volvemos a gritar con todas nuestras fuerzas. Es estimulante. St. Clair me persigue hasta el ascensor y lo tomamos para subir al tejado. Se ríe cuando escupo intentando darle a un anuncio de lencería. Hace un viento fuerte y no consigo apuntar, así que bajo corriendo dos pisos. La escalera es amplia y firme, así que él está a poca distancia de mí. Llegamos a su piso.

—Bueno —dice. La conversación se detiene por primera vez en horas. Desvío la mirada.

—Eh… buenas noches.

—¿Hasta mañana? ¿Desayuno en la *crêperie*?

—Estaría bien.

—A menos que… —Se queda a medias.

¿A menos que qué? Está dudando, ha cambiado de opinión. El momento pasa. Le dedico una mirada interrogante pero él se da la vuelta.

—Vale. —Es difícil que la decepción no se me note en la voz—. Nos vemos mañana.

Empiezo a bajar y me doy la vuelta. St. Clair está mirándome. Levanto una mano y lo saludo. Él está extrañamente quieto, como una estatua. Empujo la puerta del pasillo de mi habitación, negando con la cabeza. Es como si fuéramos incapaces de tener una interacción humana normal. «Olvídalo, Anna.»

La puerta de las escaleras se abre de repente.

Se me para el corazón. St. Clair parece nervioso.

—Ha sido un buen día. Ha sido el primer buen día que he tenido en muchísimo tiempo. —Camina hacia mí—. No quiero que termine. No quiero estar solo ahora mismo.

—Ah. —No puedo respirar.

Se detiene justo delante de mí y estudia mi cara.

—¿Te importa si me quedo contigo? No quiero incomodarte...

—¡No! Quiero decir... —La cabeza me da vueltas. Apenas puedo pensar con claridad—. Sí. Sí, claro, no hay problema.

St. Clair permanece quieto un momento y luego asiente con la cabeza.

Me quito el collar y meto la llave en la ranura. Él espera detrás de mí. La mano me tiembla al abrir la puerta.

capítulo veinte

St. Clair está sentado en el suelo de mi habitación. Tira las botas de cualquier manera y rebotan contra la puerta con un *plop* escandaloso. Es el primer ruido que hemos hecho alguno de los dos desde que hemos llegado.

—Ups, perdón. —Está avergonzado—. ¿Dónde puedo dejarlas?

Pero, antes de que me dé tiempo a contestar, empieza a hablar sin parar.

—Ellie cree que debería ir a San Francisco. He estado a punto de comprar el billete varias veces, pero no es lo que querría mamá. Si mi padre no lo quiere, ella tampoco. Lo único que conseguiría es estresarla más.

Me sorprende este arrebato.

—A veces me pregunto si ella, si Ellie... —Baja la voz—. Si preferiría que yo no estuviera aquí.

Nunca habla de su novia. ¿Por qué ahora? No puedo creer

213

que me toque defenderla. Coloco sus botas al lado de la puerta para evitar tener que mirarlo.

—Seguramente está cansada de verte así de deprimido. Todos lo estamos —añado—. Seguro... Seguro que sigue tan enamorada de ti como siempre.

—Hum... —Observa cómo guardo mis zapatos y el contenido de los bolsillos de mi abrigo—. ¿Y tú qué? —pregunta al cabo de un momento.

—¿Yo qué?

St. Clair observa su reloj.

—Patillas. Lo verás el mes que viene.

¿Qué es exactamente lo que intenta? ¿Delimitar una frontera? ¿Dejar claro que él está ocupado y yo tengo a alguien que me espera? Aunque, en mi caso, eso no es del todo cierto.

Pero no me atrevo a confesarlo ahora que él ha hablado de Ellie.

—Sí, me muero de ganas de volver a verlo. Es un chico gracioso, te caería bien. Voy a un concierto de su grupo en Navidad. Es un chico genial, te caería bien. Ups, eso ya lo he dicho, ¿no? Pero estoy segura de que te caería bien. Es muy... divertido.

Cállate, Anna. Cállate.

St. Clair se desata y se ata y vuelve a desatarse la correa del reloj.

—Estoy agotada —digo.

Y es verdad. Para variar, nuestra larga conversación me ha dejado exhausta. Me arrastro hasta la cama y me pregunto qué hará él. ¿Se tumbará en el suelo? ¿Volverá a su habitación? Pero deja el reloj sobre la mesa y sube a la cama. Se acurruca a mi lado, aunque él está sobre el edredón y yo ya me he metido dentro. Excepto los zapatos, todavía llevamos la ropa de calle y esta situación es muy, muy rara.

Él se levanta de un salto. Estoy segura de que ahora se irá y no sé si debería estar aliviada o decepcionada, pero… apaga la luz. La habitación está completamente a oscuras. Vuelve a ciegas hasta la cama y se da un golpe.

—Ay —dice.

—Eh, cuidado que aquí hay una cama.

—Gracias por avisar.

—No hay de qué.

—Hace mucho frío. ¿Tienes puesto un ventilador o algo parecido?

—Es el viento. La ventana no cierra del todo. Puse una toalla debajo, pero no sirve de mucho.

A tientas, busca la cama y vuelve a meterse en ella.

—Ay —dice.

—¿Sí?

—El cinturón. ¿Sería muy raro si…?

Me alegro de que no pueda ver lo roja que me he puesto.

—Claro que no.

Y oigo el sonido del cuero deslizándose contra la ropa al quitarse el cinturón. Lo deja con delicadeza en el suelo de madera.

—Eh… —dice—. ¿Sería muy raro si…?

—Sí.

—Oh, venga ya. No hablaba de los pantalones, me refería a taparme con la manta. Este airecito es terrible.

Se desliza bajo el edredón y ahora estamos el uno al lado del otro. En mi estrecha cama. Nunca habría imaginado que la primera vez que estaría en la cama con un chico nos limitaríamos a dormir.

—Lo único que nos hace falta ahora es *Dieciséis velas* y jugar a «Verdad o atrevimiento».

St. Clair tose.

—¿Qué...?

—La película, guarro. Estaba pensando que ha pasado mucho tiempo desde mi última fiesta de pijamas.

Una pausa.

—Ah.

—...

—...

—¿St. Clair?

—¿Sí?

—Tengo tu hombro clavado en la espalda.

—Mierda. Lo siento.

Se gira y vuelve a girarse varias veces hasta que encontramos una posición cómoda. Una de sus piernas está apoyada contra la mía. A pesar de las dos capas de ropa que se interponen entre nosotros, me siento desnuda y vulnerable. Vuelve a moverse y ahora tengo toda la pierna, del tobillo al muslo, apoyada en la suya. Puedo oler su pelo. Hum.

¡NO!

Trago saliva y hago demasiado ruido. Él vuelve a toser. Intento no moverme. Al cabo de lo que parecen horas, aunque estoy segura de que sólo son minutos, su respiración se vuelve más lenta y su cuerpo se relaja. Por fin consigo relajarme yo también. Quiero memorizar su olor, el tacto de su piel (uno de sus brazos roza el mío) y la solidez de su cuerpo. Independientemente de lo que pase después, recordaré esta noche durante el resto de mi vida.

Estudio su perfil. Sus labios, su nariz, sus pestañas. Es tan guapo...

El viento repiquetea contra el cristal y las luces del pasillo zumban con suavidad. St. Clair duerme profundamente. ¿Cuándo fue la última vez que pudo descansar por la noche? Noto un peso incómodo en mi corazón. ¿Por qué me importa tanto este chico, y por qué me gustaría que no fuera así? ¿Cómo es posible que una sola persona me confunda de esta manera?

¿Qué es esto? ¿Es lujuria? ¿U otra cosa completamente diferente? ¿Es posible que yo me sienta así sin que él me corresponda? Dijo que le gustaba. Lo dijo. Y, aunque estaba como una cuba, no lo habría dicho si no hubiera un mínimo de verdad en sus palabras, ¿no?

No lo sé.

Como siempre que estoy con él, no sé nada. Se acerca más a mí. Noto la calidez de su aliento en mi cuello. Y no sé nada. Es tan guapo, tan perfecto. Me pregunto si él... si yo...

Un rayo de luz me da de pleno en los ojos y los abro a medias, desorientada. Luz del día. Los números rojos de mi despertador digital marcan las 11.27. ¿Eh? ¿Tenía intención de dormir hasta tan tarde? ¿Qué día es? Y en ese momento veo el cuerpo que hay a mi lado en la cama. Y casi me muero del susto.

Así que no ha sido un sueño.

Tiene la boca abierta y se ha destapado durante la noche. Una de sus manos reposa sobre su estómago. La camiseta se le ha subido y puedo observar sus abdominales. Me quedo paralizada.

Ay, madre. He dormido con St. Clair.

capítulo veintiuno

En realidad sólo hemos dormido. Obviamente. Pero hemos estado en la misma cama.

¡He dormido con un chico! Me escondo bajo las sábanas y sonrío. Me muero de ganas de contárselo a Bridge. Pero... ¿y si se lo dice a Toph? Tampoco puedo explicárselo a Mer porque se pondría celosa, por lo que tampoco puedo confiárselo a Rashmi y a Josh. Me doy cuenta de que no puedo contárselo a nadie. ¿Significa eso que ha estado mal?

Me quedo en la cama tanto rato como me es posible, pero al final la vejiga se impone. Al volver del baño me encuentro a St. Clair mirando por la ventana. Se vuelve y se ríe.

—Tu pelo. Se ha disparado en todas direcciones.

Me encanta cómo suena su acento británico. Levanta los dedos alrededor de su cabeza como si fueran cuernos para ilustrar los pelos de loca que llevo.

—Mira quién fue a hablar.

—Ah, pero en mi caso está hecho a propósito. Tardé media vida en darme cuenta de que la mejor forma de conseguir este *look* despeinado era ignorarlo por completo.

—¿Quieres decir que a mí me queda como el culo? —Me miro en el espejo y me horrorizo al descubrir que, en efecto, parezco un monstruo con cornamenta.

—No. Me gusta. —Sonríe y recoge su cinturón del suelo—. ¿Vamos a desayunar?

Le entrego sus botas.

—Ya es mediodía.

—Gracias. ¿Almuerzo, pues?

—Antes quiero ducharme.

Nos separamos durante una hora y volvemos a encontrarnos en su habitación. Ha dejado la puerta abierta y por todo el pasillo se oye música punk francesa. Al entrar, me sorprende gratamente descubrir que lo ha ordenado todo. Ha apilado los montones de ropa y de toallas para llevarlos a la lavandería y ha tirado las botellas vacías y las bolsas de patatas.

Me mira esperanzado.

—Es un comienzo.

—Está muy bien.

Y realmente lo está. Sonrío.

Nos pasamos el día paseando otra vez. Vemos parte de un festival de cine dedicado a Danny Boyle y volvemos a dar una vuelta por el Sena. Le enseño a hacer rebotar piedras; me cuesta creer que no supiera hacerlo. Empieza a llover, así que nos metemos en una librería que hay delante de Notre-Dame. El cartel verde y amarillo indica SHAKESPEARE & COMPANY.

Una vez dentro, nos sorprende el caos. Una horda de clientes se apila en el mostrador. Estamos rodeados de libros y más libros. Esto no es como una librería normal, donde todo está bien organizado en estanterías, mesas y mostradores. Aquí los libros se tambalean como pilares inestables y caen de las sillas donde están acumulados y sobresalen de las estanterías inundadas. También hay cajas desbordantes de libros y un gato negro que descansa en las escaleras. Pero lo que más me choca es que todos los libros están en inglés.

St. Clair nota que estoy sobrecogida.

—¿Nunca habías estado aquí?

Niego con la cabeza y él me mira sorprendido.

—Es bastante famosa. Eh, mira. —Coge una copia de *Balzac y la joven costurera china*—. ¿Te suena de algo?

Paseo por la tienda como si estuviera en las nubes, medio emocionada por verme rodeada de mi lengua materna, medio temerosa de tocar algo, porque si lo hago en el lugar equivocado podría destruir toda la tienda. Podría provocar una avalancha de libros y todos nos quedaríamos enterrados bajo las páginas amarillentas.

La lluvia repiquetea contra los cristales. Consigo llegar a la sección de ficción pasando a través de un grupo de turistas. No sé por qué estoy buscándolo, pero no puedo evitarlo. Miro en orden ascendente: Christie, Cather, Caldwell, Burroughs, Brontë, Berry, Baldwin, Auster, Austen, Ashley. James Ashley.

Una fila de libros de mi padre. Hay seis. Saco un ejemplar en tapa dura de *El incidente* de la estantería. La puesta de sol de la portada, que me resulta tan familiar, me hace sentir vergüenza ajena.

—¿Qué es esto? —pregunta St. Clair. Me sobresalto. No me había dado cuenta de que estaba a mi lado.

Coge la novela de mis manos y se le ponen los ojos como platos al reconocerla. Le da la vuelta y la foto de mi padre nos sonríe. Papá está demasiado moreno, sus dientes brillan con un blanco artificial. Lleva un polo de color lavanda y el viento mueve ligeramente su pelo. St. Clair levanta las cejas.

—No parece que seáis de la misma familia. Él es mucho más guapo.

Por los nervios empiezo a balbucear, y St. Clair me da un golpecito en el brazo con el libro.

—Es peor de lo que me imaginaba. —Se ríe—. ¿Siempre lleva estas pintas?

—Sí.

Abre el libro y lee el argumento en la solapa. Observo su reacción con ansiedad. Cada vez está más perplejo. Veo que se detiene y vuelve a leer un párrafo. Levanta la cabeza y me mira.

—Trata sobre el cáncer —dice.

Oh. Dios. Mío.

—La protagonista tiene cáncer. ¿Qué le pasa?

No consigo tragar saliva.

—Mi padre es idiota. Ya te lo dije, es un completo gilipollas.

Una pausa insoportable.

—Vende muchos libros de éstos, ¿no?

Asiento con la cabeza.

—¿Y a la gente le gustan? Los encuentra entretenidos, ¿no?

—Lo siento, St. Clair.

Se me acumulan las lágrimas en los ojos. Nunca había odiado tanto a mi padre como en este momento. ¿Cómo ha podido? ¿Cómo se atreve a ganar dinero con algo tan terrible? St. Clair cierra el libro y lo devuelve a la estantería. Coge otro, *Las puertas del amor*. La novela sobre la leucemia. Mi padre lleva una camisa con los primeros botones sin abrochar. Tiene los brazos cruzados y la misma sonrisa ridícula de la otra foto.

—Es un bicho raro —digo—. Un auténtico bicho raro.

St. Clair suelta una risotada y está a punto de decir algo cuando ve que estoy llorando.

—No, Anna. Anna, lo siento.

—No, yo lo siento. No deberías haber visto esto. —Cojo el libro de un manotazo y lo meto en la estantería con rabia. Eso provoca que varias novelas se caigan al suelo. Nos agachamos para recogerlas y golpeamos la cabeza del otro sin querer.

—¡Au! —digo.

St. Clair se rasca la cabeza.

—¿Estás bien?

Agarro los libros que tiene entre las manos.

—Sí, sí, estoy bien.

Dejo los libros en la estantería de cualquier manera y me voy al otro lado de la tienda dando grandes zancadas, tan lejos de él y de mi padre como sea posible. Pero, al cabo de pocos minutos, St. Clair vuelve a estar a mi lado.

—No es culpa tuya —dice en voz baja—. Tú no decides quiénes son tus padres. Lo sé mejor que nadie, Anna.

—No quiero hablar de ello.

—Lo entiendo. —Tiene un libro de poesía en las manos. Pablo Neruda—. ¿Lo has leído?

Niego con la cabeza.

—Genial, porque acabo de comprártelo.

—¿Qué?

—Es una de nuestras lecturas obligatorias del semestre que viene. Igualmente tenías que comprártelo. Ábrelo.

Confundida, lo obedezco. Hay un sello en la primera página. SHAKESPEARE AND COMPANY, *Kilómetro Cero París*. Parpadeo.

—¿Kilómetro Cero? ¿Es lo mismo que el *Point Zéro*? —Recuerdo nuestra primera salida por la ciudad.

—Por los viejos tiempos. —Sonríe—. Mira, ha parado de llover. Vámonos.

En la calle, sigo callada. Cruzamos el mismo puente que la primera noche (como esa vez, yo voy por la parte de la barandilla y St. Clair, por la de la carretera) y él se encarga de no dejar morir la conversación.

—¿Te he contado que fui a una escuela en Estados Unidos?

—¿Qué? No.

—Pues sí, un año. En octavo. Fue terrible.

—Octavo es terrible para todo el mundo —digo.

—Bueno, para mí fue peor porque mis padres acababan de separarse y mi madre se fue a vivir a California. Yo no había estado allí desde que era un bebé, pero fui con ella y me matriculó en una escuela pública horrorosa.

—Oh, no. Una escuela pública.

Me da un codazo.

—Los otros niños no tuvieron piedad de mí. Se reían de mí por todo: mi altura, mi acento, mi ropa… Juré que nunca volvería.

—Pero a las chicas norteamericanas les encanta el acento británico —le espeto sin darme cuenta. Espero que no note lo roja que me he puesto.

St. Clair coge una piedra del suelo y la tira al río.

—No, con catorce años no les encanta. Especialmente cuando el británico en cuestión les llega a la rótula.

Me río.

—Así que cuando se acabó el curso, mis padres buscaron otra escuela. Yo quería volver a Londres con mis amigos, pero mi padre insistió en mandarme a París para poder tenerme controlado. Y ésta es la historia de cómo acabé en la School of America.

—¿Vas a Londres a menudo?

—No tanto como me gustaría. Todavía tengo amigos en Inglaterra, y mis abuelos, los padres de mi padre, viven allí. Antes pasaba la mitad del verano en Londres y la otra mitad en San…

—¿Tus abuelos son ingleses?

—Mi abuelo, sí, pero *grand-mère* es francesa. Y mis otros abuelos son norteamericanos, evidentemente.

—Vaya. Eres un auténtico popurrí de nacionalidades.

St. Clair sonríe.

—Todo el mundo me dice que me parezco especialmente a mi abuelo paterno, pero en realidad es sólo por el acento.

—No lo sé. Yo te considero más británico que otra cosa. No sólo por la forma de hablar; físicamente también.

—¿Ah, sí? —Está sorprendido. Yo sonrío.

—Sí, por la… complexión pálida. Lo digo como algo positivo, ¿eh? —añado al ver su expresión alarmada—. Lo digo en serio.

—Ajá. —St. Clair me mira de lado—. Bueno, lo dicho. El verano pasado no podía encararme a mi padre y por eso pasé todo el verano con mi madre.

—¿Y cómo fue? Seguro que las chicas ya no se metían con tu acento.

Se ríe.

—No, ya no. Pero no puedo hacer nada sobre mi altura. Siempre seré bajo.

—Y yo siempre seré un bicho raro como mi padre. Todo el mundo me dice que me parezco a él. Es bastante… pulcro, como yo.

St. Clair se sorprende genuinamente.

—¿Qué tiene de malo ser pulcro? Ojalá yo supiera organizarme mejor. Y, Anna, no conozco a tu padre, pero te garantizo que no te pareces en nada a él.

—¿Cómo lo sabes?

—Bueno, para empezar, él parece un muñeco Ken. Y tú eres preciosa.

Tropiezo y caigo de la acera.

—¿Estás bien?

Noto la preocupación en sus ojos.

Aparto la mirada cuando me coge la mano para ayudarme a levantarme.

—Sí, sí, estoy bien —digo, sacudiéndome el polvo de las manos. Dios mío. Realmente soy un bicho raro.

—Supongo que te has fijado en cómo te miran los hombres —continúa.

—Si me miran, es porque no paro de hacer el ridículo. —Le enseño las manos llenas de arañazos.

—Ese chico de ahí te está mirando ahora mismo.

—¿Qué? —En efecto, al volverme veo que un joven de pelo largo y oscuro me observa—. ¿Por qué me mira?

—Espero que le guste lo que ve.

Me ruborizo y él sigue hablando.

—En París, es normal reconocer que alguien es atractivo. Los franceses no apartan la mirada como hacen otras culturas, ¿te has fijado?

St. Clair cree que soy atractiva. Me ha llamado preciosa.

—Eh, no —digo—. No me había fijado.

—Pues abre los ojos.

Pero observo las ramas desnudas de los árboles y los niños con sus globos y un grupo de turistas japoneses. Él es lo único que no me atrevo a mirar. Volvemos a detenernos enfrente de Notre-Dame. Señalo la estrella y me aclaro la garganta.

—¿Quieres pedir otro deseo?

—Tú primera.

Me está observando, perplejo, como si intentara averiguar algo. Se muerde la uña del pulgar.

Esta vez no puedo evitarlo. Llevo todo el día pensando en ello. En él. En nuestro secreto.

«Deseo que St. Clair vuelva a pasar una noche conmigo.»

Él se pone encima de la estrella de bronce después de mí y cierra los ojos. Seguro que su deseo tiene que ver con su madre y me siento culpable por no haber pensado en ella. St. Clair es todo lo que ocupa mi mente ahora mismo.

¿Por qué tiene novia? ¿Las cosas serían diferentes si no estuviera con Ellie? ¿Serían diferentes si su madre no estuviera enferma?

Ha dicho que soy preciosa, pero no sé si forma parte de su personalidad coqueta y amable con todo el mundo o si iba más allá. ¿Veo al mismo St. Clair que todos los demás? No, no lo creo. Pero puede que esté confundiendo nuestra amistad con algo más porque quiero confundirla con algo más.

La preocupación desaparece gradualmente durante la cena. El restaurante está cubierto de enredaderas y el fuego de leña de la chimenea lo hace muy acogedor. Más tarde nos llenamos de *mousse* de chocolate.

—Volvamos a casa —dice, y la palabra hace que mi corazón lata con fuerza.

Casa. Mi casa también es su casa.

Cuando llegamos, todavía no hay nadie detrás del mostrador, pero Nate sale de su habitación.

—¡Anna, Étienne!

—Hola, Nate —decimos.

—¿Cómo fue Acción de Gracias?

—Bien, gracias —contestamos.

—¿Tengo que echaros un vistazo luego? Ya conocéis las reglas. Nada de dormir en las habitaciones del otro sexo.

Me quema la cara de la vergüenza, y las mejillas de St. Clair se enrojecen. Es cierto. Es una de las reglas. Una que mi cerebro, al que tanto le gustan las reglas y que no se atreve a romperlas, dejó convenientemente de lado anoche. También es una de las pocas que el personal pasa por alto.

—No, Nate —decimos.

Mueve su cabeza rapada y se mete en la habitación, pero vuelve a abrir la puerta rápidamente. Tira algo al suelo antes de cerrarla de golpe otra vez.

Condones. Por Dios, qué humillante.

La cara de St. Clair está completamente colorada. Recoge los pequeños cuadrados plateados del suelo y se los mete en los bolsillos del abrigo. Mientras subimos a mi habitación no nos decimos nada. Ni siquiera nos miramos. Se me acelera el pulso con cada paso. ¿Vendrá a mi habitación o Nate se ha cargado cualquier posibilidad?

Llegamos al rellano y St. Clair se rasca la cabeza.

—Esto...

—Bueno...

—Voy a ponerme el pijama. ¿Te parece bien? —Hay seriedad en su voz. Observa cautelosamente mi reacción.

—Sí, yo también. Voy a... prepararme para ir a dormir.

—¿Nos vemos luego?

Me siento aliviada.

—¿Aquí o arriba?

—Créeme, no quieres dormir en mi cama.

Se ríe y yo vuelvo la cara porque sí quiero. De hecho, me muero de ganas. Pero entiendo lo que quiere decir: mi habitación está más limpia. Voy rápidamente a mi cuarto y me pongo los pantalones de pijama de fresas y una camiseta del Festival de Cine de Atlanta. Está claro que no voy a tratar de seducirlo.

¡Como si supiera cómo hacerlo!

St. Clair llama a mi puerta pocos minutos después. Vuelve a llevar sus pantalones de pijama blancos con rayas azules y una camiseta negra con el logo del grupo francés que estaba escuchando por la mañana. Me cuesta respirar.

—Servicio de habitaciones —dice.

Mi mente se queda en blanco.

—Ja, ja —digo débilmente.

Sonríe y apaga la luz. Nos metemos en la cama y, ahora sí, esto es muy raro. Para variar. Me tumbo al borde de la cama. Ambos estamos tensos e intentamos no tocarnos. Debo de ser masoquista, poniéndome en estas situaciones. Necesito ayuda. Necesito ver a un loquero y que me encierren en una celda acolchada y me pongan una chaqueta de fuerza o algo así.

Tras lo que parece una eternidad, St. Clair exhala ruidosamente y se da la vuelta. Su pierna golpea la mía y me retuerzo de dolor.

—Perdona —dice.

—No pasa nada.

—...

—...

—¿Anna?

—¿Sí?

—Gracias por dejar que me quede otra vez. Anoche...

La presión en mi pecho es una tortura. ¿Qué? ¿Qué, qué, qué?

—Hacía tiempo que no dormía tan bien.

La habitación se queda en silencio. Al cabo de un rato, yo

también me vuelvo y lentamente estiro la pierna hasta que mi pie roza su tobillo. Él inspira profundamente. Y entonces sonrío porque sé que no puede ver la expresión de mi cara en la oscuridad.

capítulo veintidós

&l sábado por la mañana es otro día de paseos, comida y cine, seguido de una conversación incómoda en las escaleras. Seguida de un cuerpo cálido en mi cama. Seguido de roces llenos de dudas. Seguidos de un sueño inquieto.

Incluso con todas las partes incómodas, nunca había pasado unas vacaciones escolares tan geniales como éstas.

Pero el domingo por la mañana las cosas cambian. Al despertar, St. Clair me toca los pechos accidentalmente. Lo cual no sólo duele, sino que también nos mortifica a ambos. Durante el desayuno, se vuelve frío y distante. Lee los mensajes del móvil mientras hablo, mira por la ventana y, en vez de salir a explorar París, dice que tiene deberes y se queda en la residencia.

Y seguro que es verdad, porque no ha sido precisamente constante con este tema. Pero hay algo raro en su tono y sé cuál es la verdadera razón por la que se separa de mí. Los otros alumnos van llegando escalonadamente. Josh, Rashmi y Mer estarán aquí esta misma tarde.

Y Ellie también.

Intento no tomármelo como algo personal, pero me duele. Me planteo ir al cine, aunque al final me quedo haciendo los deberes de Historia. O lo intento. Tengo la antena conectada para captar cualquier sonido que provenga de arriba, de su habitación, y me distraigo fácilmente. Está tan cerca y, al mismo tiempo, tan lejos… A medida que llegan los estudiantes, la Résidence Lambert se vuelve cada vez más ruidosa y resulta difícil identificar de dónde proviene cada sonido. Ni siquiera estoy segura de que él siga en su cuarto.

Meredith se presenta a eso de las ocho y salimos a cenar. Me cuenta animadamente sus vacaciones en Boston, pero yo tengo la cabeza en otra parte. «Ahora debe de estar con ella.» Recuerdo la primera vez que los vi juntos (su beso, las manos de Ellie enredadas en su pelo) y pierdo el apetito.

—Estás muy callada —dice Mer—. ¿A ti cómo te ha ido? ¿Conseguiste sacar a St. Clair de su habitación?

—Más o menos.

No puedo decirlo nada sobre las noches que pasamos juntos, pero tampoco me apetece contarle lo que hicimos durante el día. No quiero compartir esos recuerdos con nadie. Son sólo míos, mi secreto.

«Su beso. Las manos de Ellie enredadas en su pelo.» Se me revuelve el estómago. Mer suspira.

—Y yo que esperaba que saliera de su caparazón, que hiciera alguna locura como salir a pasear y que respirara un poco de aire fresco… Ya me entiendes.

«Su beso. Las manos de Ellie...»

—Eh —dice Mer—, no hicisteis ninguna locura mientras no estábamos, ¿verdad?

Casi se me atraganta el café.

Los días siguientes son borrosos. Retomamos las clases y los *professeurs* están ansiosos porque quieren liquidar el temario previsto. Hacemos sesiones de estudio nocturnas para poder seguir las lecciones y empollamos como locos para los exámenes finales. Por primera vez me doy cuenta de lo competitivos que son en esta escuela. Los alumnos se toman los estudios en serio y la residencia está casi tan silenciosa como durante Acción de Gracias.

Llegan las cartas de las universidades. Me han aceptado en todas las que solicité el ingreso, pero apenas tenemos tiempo de celebrarlo. A Rashmi la han cogido en Brown, y Mer ha recibido cartas de sus preferidas: Londres y Roma. St. Clair no habla de la universidad. Ninguno de nosotros sabe a qué universidades envió solicitudes ni si llegó a enviarlas. Siempre que le preguntamos por ello cambia de tema.

Su madre ha terminado el tratamiento de quimioterapia y ésta es su última semana de radioterapia. Tiene que quedarse tres días en el hospital, pero St. Clair asegura que está animada y que responde bien al tratamiento, como esperaban los médicos. Tiene aún más ganas de ir a visitarla que antes.

Hoy es Janucá y, en su honor, la escuela nos da el día libre.

Bueno, en realidad es en honor a Josh.

—El único judío de toda la SOAP —dice con los ojos en blanco. Está molesto, y es comprensible, pues capullos como

Steve Carter se han pasado la hora del desayuno dándole golpecitos en el brazo para agradecerle el día libre.

Mis amigos y yo estamos comprando en unos grandes almacenes. Coronas con lazos rojos y dorados cuelgan por todas partes. Las escaleras mecánicas y las cajas de la sección de perfumería están decoradas con guirnaldas verdes y lucecitas blancas. Por los altavoces se oyen villancicos interpretados por cantantes norteamericanos.

—Por cierto —le dice Mer a Josh—, ¿tú no deberías irte ya?

—Al atardecer, mi querida amiga católica, al atardecer. Aunque, en realidad —mira a Rashmi—, sí tendríamos que irnos ya si queremos llegar a tiempo al Marais. Voy a ponerme hasta las orejas de buñuelos de patata.

Ella mira el reloj del móvil.

—Tienes razón, tendríamos que irnos ya.

Se despiden y los otros tres nos quedamos solos. Me alegro de que Meredith esté aquí. Desde Acción de Gracias, las cosas se han enfriado entre St. Clair y yo. Ellie es su novia y yo soy su amiga, y da la casualidad de que soy una chica, y creo que él se siente culpable por haber traspasado esos límites. Ninguno de los dos ha dado explicaciones de ese fin de semana y, aunque sigue sentándose a mi lado durante las comidas, ahora hay algo entre nosotros. La naturalidad que caracterizaba nuestra amistad se ha esfumado.

Por suerte, nadie se ha dado cuenta. Creo. Una vez pillé a Josh murmurándole algo a St. Clair y señalándome discretamente. No sé qué le dijo, pero St. Clair negó con la cabeza en un gesto que indicaba que se callase. Pero podría haber sido cualquier cosa.

Algo me llama la atención.

—¿Eso es... la canción de los *Looney Tunes*?

Mer y St. Clair escuchan atentamente.

—Pues sí, creo que sí —dice St. Clair finalmente.

—Hace un rato he escuchado *Love Shack* —comenta Mer.

—Ya es oficial —digo—: Estados Unidos ha estropeado Francia.

—¿Eso quiere decir que ya podemos irnos? —St. Clair sacude la bolsita que tiene en la mano—. Yo ya estoy.

—¡Oh! ¿Qué has comprado? —pregunta Mer. Le coge la bolsa y saca una bufanda suave y brillante—. ¿Es para Ellie?

—Mierda.

Mer se queda callada.

—No me digas que no le has comprado nada.

—No, esto es para mamá. ¡Aaarg! —Se pasa una mano por el pelo—. ¿Os importa que nos desviemos para comprar algo en Sennelier antes de volver a casa?

Sennelier es una preciosa tienda de material artístico, de esas que te hacen querer tener una buena excusa para comprar pinturas al óleo y al pastel. Mer y yo fuimos con Rashmi el fin de semana pasado. Le compró a Josh un cuaderno de dibujo para dárselo por Janucá.

—Guau. Felicidades, St. Clair —digo—. Acabas de ganarte el Premio al Peor Novio del Día. Y yo que pensaba que Steve era malo. ¿Habéis visto lo que ha pasado hoy en Cálculo?

—¿Te refieres a cuando Amanda lo ha pillado enviándole mensajes verdes a Nicole? —pregunta Mer—. Estaba segura de que Amanda le clavaría el lápiz a Steve.

—He estado ocupado —se excusa St. Clair. Me quedo mirándolo.

—Estaba tomándote el pelo.

—Pues no tienes que ponerte así de imbécil.

—¿Perdona? ¿Quién es el que se está portando como un verdadero gilipollas?

—Vete a la mierda —le arrebata la bolsa a Mer y me mira con el ceño fruncido.

—¡Eh! —grita Mer—. Casi es Navidad. Jou-jou-jou. Mira cómo beben los peces en el río. Basta de pelearse.

—No nos estamos peleando —decimos a la vez.

Mer niega con la cabeza.

—St. Clair tiene razón. Salgamos de aquí, este sitio me da escalofríos.

—A mí me parece bonito —digo—. Además, prefiero mirar lacitos que conejos muertos.

—Las liebres otra vez no, por favor —dice St. Clair—. Eres casi peor que Rashmi.

Conseguimos pasar a través de la multitud de compradores de regalos navideños.

—Pero entiendo por qué estaba disgustada. Esa forma de colgar a los pobres bichos, como si hubieran muerto porque les sangraba la nariz. Es terrible. Pobre Isis.

Todas las tiendas de París se han superado con los elaborados escaparates, y la carnicería no es una excepción. Siempre que voy al cine paso al lado de los conejos muertos.

—Por si no te habías dado cuenta —dice St. Clair—, Isis está viva y coleando en el sexto piso.

Conseguimos salir a la calle por las puertas de cristal. Los compradores caminan rápidamente y por un momento siento que estoy en Manhattan visitando a mi padre. Pero las farolas y los bancos y el boulevard, que ya me son familiares, hacen que la ilusión desaparezca. El cielo es de un gris blancuzco. Parece que esté a punto de nevar, pero todavía no lo ha hecho. Avanzamos a través de la muchedumbre en dirección al *métro*. El viento es frío, pero no exageradamente, y el humo de las chimeneas se mezcla con él.

St. Clair y yo seguimos discutiendo sobre los conejos. Sé que tampoco le gusta el escaparate, pero, por algún motivo que no alcanzo a comprender, tiene ganas de pelea. Mer está exasperada.

—¿Podéis parar de una vez? Me estáis estropeando el espíritu navideño.

—Hablando de estropear cosas —lanzo una mirada penetrante a St. Clair antes de dirigirme a Mer—, todavía tengo ganas de subirme a la noria que hay cerca de los Champs-Élysées. O a esa tan grande de la Place de la Concorde, la de las luces.

St. Clair me mira con desprecio.

—Te lo pediría a ti —le digo a él—, pero ya sé cuál sería la respuesta.

Es como si lo hubiera abofeteado. ¿Qué diablos me pasa?

—Anna —dice Mer.

—Lo siento. —Me miro los zapatos, avergonzada—. No sé por qué he dicho eso.

Un hombre con las mejillas coloradas reniega en voz alta. Vende cestas llenas de ostras conservadas en hielo. Debe de tener las manos heladas, pero daría lo que fuera por estar en su lugar. «Por favor, St. Clair, por favor, di algo.» Se limita a encogerse de hombros, aunque es un gesto forzado.

—Está bien —dice al fin.

—Anna, ¿has hablado con Toph últimamente? —pregunta Mer en un intento desesperado de cambiar de tema.

—Sí. De hecho, me envió un e-mail anoche.

Sinceramente, dejé de pensar en Toph durante una temporada. Pero, desde que St. Clair se ha alejado de mí, mis pensamientos han vuelto a concentrarse en las vacaciones de Navidad. Hacía tiempo que no sabía nada de Toph ni de Bridge porque han estado muy ocupados con el grupo, y todos teníamos que estudiar para los exámenes finales, así que me sorprendió gratamente recibir su e-mail anoche.

—¿Y qué decía? —pregunta Mer.

xdona q no t haya escrito. no hemos parado con los ensayos. me hizo gracia lo d las palomas francesas, q les dan semillas anticonceptivas. estos franceses stan locos. tendrian q ponerlas en la pizza dl cole, ya tenemos 6 bombos. bridge dice q vienes al concierto. me alegro, annabel lee. ta luego. toph.

—Poca cosa. Pero tiene ganas de verme —añado.

—Seguro que estás emocionada. — Mer sonríe.

El sonido de un cristal al romperse nos sobresalta. St. Clair ha pateado una botella, que se ha colado por la alcantarilla.

—¿Estás bien? —le pregunta Mer, pero no contesta. En cambio, me dice:

—¿Ya has leído el libro de poemas que te regalé?

Estoy tan sorprendida que tardo un rato en reaccionar.

—Eh, no. No tenemos que leerlo hasta el semestre que

viene, ¿no? —Y añado para Mer—: Me compró el libro de Neruda.

Ella se vuelve para mirar a St. Clair, que intenta modificar su expresión para evitar un interrogatorio.

—Bueno, sí. Sólo preguntaba. Como no habías dicho nada...

Se va apagando, abatido.

Lo miro, extrañada, y miro de nuevo a Mer. Ella también está disgustada y creo que me he perdido algo. No, sé que me he perdido algo. Me pongo a hablar para llenar el incómodo silencio.

—Tengo muchas ganas de volver a casa. Mi vuelo sale este sábado a eso de las seis de la mañana, así que tengo que levantarme increíblemente temprano, pero valdrá la pena. Seguro que llego a tiempo de ver a los Penny Dreadfuls. El concierto es esa misma noche.

St. Clair levanta la cabeza de repente.

—¿A qué hora sale tu vuelo?

—A las seis de la mañana —repito.

—El mío también —dice—. Tengo que hacer escala en Atlanta. Seguro que vamos en el mismo avión. Podríamos compartir el taxi.

Algo se remueve dentro de mí. No sé si quiero. Esta situación de ahora-nos-peleamos-ahora-no es muy rara. Mientras busco una excusa, pasamos al lado de un sin techo con una barba desaliñada. Está sentado en la boca del *métro* y se ha rodeado de cajas de cartón para mantener el calor. St. Clair busca en sus bolsillos y le deja unos euros en el vaso de plástico.

—*Joyeux Noël*. —Y luego me pregunta—: ¿Qué dices? ¿Taxi compartido?

Antes de contestarle vuelvo a mirar al sin techo. Se ha quedado estupefacto y maravillado por la increíble cantidad de dinero que acaba de recibir. La capa de hielo que cubría mi corazón se rompe.

—¿A qué hora quedamos?

capítulo veintitrés

Un puño golpea mi puerta. Abro los ojos de repente y mi primer pensamiento coherente es *-ai, -as, -a, -âmes, -âtes, -èrent*. ¿Se puede saber por qué soñaba con la terminación de *passé simple* de los verbos acabados en *-er*? Estoy agotada. Exhausta. Muuuuy cansada... ¿QUÉ, QUÉ, QUÉ? Otra ronda de golpes en la puerta me despierta del todo. ¿Quién diablos llama a mi puerta a las cuatro de la madrugada?

Un momento. ¿Las cuatro de la madrugada? ¿Qué tenía que hacer a esa...?

Oh, no. NO, NO, NO.

—¿Anna? Anna, ¿estás ahí? Llevo quince minutos esperándote en el vestíbulo. —Se oye un ruido confuso y a St. Clair renegar a través de la puerta—. Y tienes la luz apagada. Genial. Podrías haber dicho que te ibas sin mí.

Salgo de la cama de un salto. ¡Me he dormido! ¡No puedo creer que me haya dormido! ¿Cómo ha podido ocurrir?

El ruido que hacen las botas de St. Clair y su maleta se aleja pasillo abajo. Abro la puerta de golpe. Aunque la noche lo difumina, el cristal de la puerta del pasillo me ciega y tengo que cubrirme los ojos.

St. Clair se vuelve y me observa. Está asombrado.

—¿Anna?

—Ayuda. —Jadeo—. Ayúdame.

Deja la maleta y corre hacia mí.

—¿Estás bien? ¿Qué ha pasado?

Enciendo la luz y lo hago entrar en la habitación, que está completamente iluminada y desordenada. Mis maletas están abiertas y la ropa apilada de cualquier manera. Los artículos de tocador están esparcidos por el lavamanos. Las sábanas están revueltas. Y entonces me doy cuenta de que mi pelo está hecho un desastre y mi cara está cubierta de crema antigranos y llevo un pijama de franela de Batman.

—No es posible —dice alegremente—. ¿Tú te has dormido? ¿Yo te he despertado?

Me dejo caer en el suelo y estrujo frenéticamente la ropa dentro de la maleta.

—¿Todavía no la has hecho?

—¡Quería hacerlo esta mañana! ¿¡POR QUÉ NO ME AYUDAS EN VEZ DE QUEDARTE AHÍ PARADO!?

Pego un tirón a la cremallera, que se engancha con un símbolo amarillo de Batman, y grito de frustración.

Vamos a perder el vuelo. Vamos a perderlo y será por mi culpa. Y quién sabe a qué hora sale el siguiente. Nos quedaremos atrapados aquí todo el día y nunca llegaré a tiempo para ver el concierto de Bridge y Toph. Y la madre de

St. Clair va a llorar al ver que tiene que ir al hospital sola a su primera sesión de radiación porque él estará atrapado en un aeropuerto al otro lado del mundo y todo: POR MI CULPA.

—Vale, vale.

Intenta desenganchar los pantalones de mi pijama de la cremallera. Yo hago un ruido que no es un gemido pero tampoco un grito. Finalmente lo consigue y St. Clair me pone las manos sobre los hombros para que me calme.

—Vístete y lávate la cara. Yo me encargo del resto.

Sí, primero una cosa y luego la otra. Puedo hacerlo. Puedo hacerlo.

¡AARRRRG!

Él mete mi ropa en la maleta. Que no se le ocurra tocar mi ropa interior. Que NO toque mi ropa interior. Cojo mi atuendo de viaje (por suerte lo dejé preparado por la noche) y me quedo helada.

—Hum…

St. Clair levanta la cabeza y me encuentra con los tejanos en la mano. Hace un ruido con la boca.

—Ya salgo.

—No hay tiempo. Date la vuelta.

Rápidamente se da la vuelta y se encoge sobre mi maleta para demostrar que NO ESTÁ MIRANDO.

—¿Qué ha pasado?

—No lo sé.

Vuelvo a mirarlo para asegurarme de que NO ESTÁ MIRANDO y me quito la ropa en medio segundo. Ahora estoy oficialmente en pelotas en mi habitación con el chico más guapo que conozco. Es gracioso, pero no se parece en nada a como había imaginado este momento.

No, no tiene gracia. Es lo completamente opuesto a gracioso.

—Creo recordar, muy vagamente, que le di al botón de repetición —farfullo para no demostrar mi vergüenza—. Aunque seguramente le he dado al botón que no era. Pero también programé la alarma del móvil, no sé qué ha pasado.

Ropa interior puesta.

—Pero ¿volviste a ponerlo en volumen alto anoche?

—¿Qué? —digo mientras cierro la cremallera de los tejanos, un sonido que él parece esforzarse en ignorar. Tiene las orejas rojas como un tomate.

—Fuiste al cine, ¿no? ¿Pusiste el móvil en modo silencio?

Tiene razón. Qué tonta soy. Si no hubiera llevado a Meredith a ver *¡Qué noche la de aquel día!*, la película de los Beatles que sé que le encanta, no habría puesto el móvil en modo silencio. Y ahora estaríamos en un taxi de camino al aeropuerto.

—¡El taxi! —exclamo.

Me pongo el jersey y de pronto veo mi reflejo en el espejo. Un espejo que St. Clair tiene delante.

—No pasa nada —dice—. Le he dicho al taxista que esperara un momento cuando he subido. Sólo tendremos que pagar un poco más.

Todavía tiene la cabeza agachada. No creo que haya visto nada. Me aclaro la garganta y él se incorpora. Nuestras miradas se encuentran en el espejo y él da un salto.

—¡Ostras! No me había dado cuenta… Hasta ahora…

—Está bien —intento quitarle hierro al asunto y aparto la mirada. Él hace lo mismo. Está completamente sonrojado. Paso por su lado y voy a lavarme la cara mientras él mete mi desodorante y mi maquillaje en la maleta y salimos corriendo hacia el vestíbulo.

Gracias a Dios, el taxista nos ha esperado. Tiene un cigarrillo en la boca y parece molesto. Enfadado, nos grita algo en francés y St. Clair le contesta con tono autoritario. Al instante, cruzamos París a toda velocidad. Pasamos zumbando entre los coches, saltándonos semáforos en rojo. Me agarro al asiento, aterrorizada, y cierro los ojos.

El taxi frena en seco.

—Ya hemos llegado. ¿Estás bien?

—Sí. Muy bien —miento.

St. Clair paga al taxista, que se larga a toda velocidad sin contar el dinero. Intento darle algunos billetes a St. Clair, pero él niega con la cabeza y dice que ese viaje lo paga él. Por primera vez, tengo tanto miedo que no me atrevo a replicar. Cuando ya hemos llegado a la terminal correcta, facturado nuestro equipaje, pasado el control de seguridad y localizado la puerta de embarque, dice:

—Como Batman, ¿eh?

Maldito St. Clair.

Me cruzo de brazos y me apalanco en uno de los asientos de plástico. No estoy de humor para esas cosas. Se sienta a mi lado y apoya un brazo en el asiento contiguo. El hombre que hay delante está absorto en la pantalla de su portátil y yo finjo que también lo estoy. Bueno, en la parte trasera de la pantalla.

St. Clair tararea una canción. Al ver que no respondo, se pone a cantar en voz baja:

—«Batman va a toda prisa...»

—Sí, qué bien. Ya lo pillo. Ja, ja. Qué tonta soy.

—¿Qué? Sólo es un villancico. —Sonríe pícaramente y continúa cantando al son de *Los peces en el río*—. «Corre por la autopista. Robin lo sigue en un taxi: se ha dejado la maleta.»

—Un momento. —Frunzo el ceño—. ¿Qué?

—¿Qué de qué?

—Te estás inventando la letra.

—Claro que no. —Se calla—. ¿Cómo es, lista?

Meto la mano en el bolsillo del abrigo para asegurarme de que llevo el pasaporte. Uf. Todavía está aquí.

—Es: «Batman va a toda prisa, montado en su Batmóvil...».

St. Clair suelta una risotada.

—¿«Montado en su Batmóvil»? Suena muy forzado.

—«Al Joker va persiguiendo: ha secuestrado a Robin.»

Se me queda mirando y, finalmente, me dice con toda la convicción del mundo:

—No.

—Sí. Eso de que Robin coja un taxi sí que es forzado.

—Pero Bruce Wayne puede permitirse pagar todos los taxis que quiera.

—En cualquier caso, ¿para qué necesita Batman una maleta?

—Para irse de vacaciones, ¿no?

—¿Y quién dice que Batman tiene tiempo libre para irse de vacaciones?

—¿Por qué estamos discutiendo sobre Batman? —St. Clair se echa hacia delante—. Además, nos estás desviando del tema inicial. Del hecho de que tú, Anna Oliphant, te has dormido.

—Gracias.

—Tú —me da un golpecito en la pierna con un dedo— te has dormido.

Me concentro otra vez en el portátil del señor de delante.

—Sí. Creo que ya lo has dicho.

Me dedica una sonrisa torcida y se encoge de hombros, un gesto que lo hace pasar de ser británico a ser francés.

—Eh, pero hemos llegado a tiempo, ¿no? No pasa nada.

Saco un libro de mi mochila, *Tu película es una porquería*, una colección de las mejores críticas de películas malas de Roger Ebert. Es una indicación gráfica de que me deje en paz. St. Clair pilla la indirecta. Se deja caer en el asiento y empieza a picar de pies en la horrible moqueta azul.

Me siento mal por ser tan áspera. Si no fuera por él, seguramente habría perdido el vuelo. St. Clair repiquetea con los dedos en la barriga como si fuera un tambor. Está distraído. Esta mañana tiene el pelo especialmente despeinado. Seguro que no se ha levantado mucho antes que yo, pero el *look* acabo-de-salir-de-la-cama le queda muy bien. Con una dolorosa punzada, recuerdo esas otras mañanas juntos. Acción de Gracias. De lo que todavía no hemos hablado.

Una mujer aburrida llama a los pasajeros para que embarquen por filas. Primero lo dice en francés y luego en inglés. Decido ser simpática y guardo el libro.

—¿Qué asientos tenemos?

Inspecciona su tarjeta de embarque.

—Cuarenta y cinco G. ¿Tienes el pasaporte?

Vuelvo a tocar el abrigo.

—Sí, aquí está.

—Bien.

Y de repente mete la mano en mi bolsillo. Mi corazón se dispara pero él no lo nota. Saca mi pasaporte y lo abre.

UN MOMENTO. ¿POR QUÉ HA COGIDO MI PASAPORTE?

Levanta las cejas. Intento quitárselo pero él lo aparta de mi alcance.

—¿Por qué sales bizca? —Se ríe—. ¿Te hicieron algún tipo de cirugía oftalmológica de la que debería estar informado?

—¡Devuélvemelo!

Vuelvo a fallar y decido cambiar de táctica. Esta vez agarro su abrigo y tengo su pasaporte en la mano.

—¡NO!

Lo abro y… St. Clair parece un crío.

—Tío, ¿cuántos años tiene esta foto?

Me coge el pasaporte de las manos con un movimiento rápido y me da la espalda.

—Es de cuando empecé la secundaria.

Justo cuando me dispongo a contestar anuncian nuestra sección. Nos ponemos en la cola con los pasaportes contra el pecho. La azafata de tierra con pinta de aburrida hace pasar la tarjeta de embarque por una máquina que rompe el resguardo. St. Clair sigue adelante. Yo también entrego mi billete.

—Ahora embarcan las filas de la cuarenta a la cincuenta —dice con un marcado acento francés—. Espere a que llamemos su fila.

Me devuelve el billete, y sus uñas, de manicura perfecta, hacen ruido al chocar contra el papel.

—¿Qué? Yo estoy en la cuarenta y cinco.

Pero no. Mi fila está impresa en gruesos números negros. Veintitrés. Olvidé que no nos sentábamos juntos, lo cual es obvio porque no hicimos la reserva juntos. Es una coincidencia que estemos en el mismo vuelo. St. Clair me espera en la plataforma. Me encojo de hombros y levanto la tarjeta de embarque.

—Fila veintitrés.

Su expresión es de sorpresa. Él también lo había olvidado.

Alguien me gruñe algo en francés. Un hombre de negocios de pelo negro inmaculado está intentando darle el billete a la azafata. Me disculpo y me aparto. Los hombros de St. Clair caen. Se despide con un gesto de la mano y baja la rampa.

¿Por qué no podemos sentarnos juntos? ¿Qué sentido tiene reservar asientos, al fin y al cabo? La azafata aburrida por fin llama mi fila y miles de pensamientos desagradables sobre ella cruzan por mi cabeza mientras hace pasar la tarjeta de embarque por la máquina. Por lo menos me ha tocado un asiento junto a la ventana. En el del medio y en el del pasillo se sientan otros dos hombres de negocios. Estoy a punto de sacar el libro de la mochila otra vez (va a ser un vuelo muy largo) cuando un educadísimo acento británico se dirige al señor que se sienta a mi lado.

—Disculpe, pero quería preguntarle si sería mucha molestia cambiarme el asiento. Esta chica es mi novia y está embarazada. Y como se marea en el avión he pensado que le iría bien tener alguien al lado que le aguante la cabeza si va a... bueno... —St. Clair sacude la bolsita para vomitar, que hace un ruido dramático al arrugarse.

El hombre casi salta del asiento al mismo tiempo que me sonrojo. «¿Su novia embarazada?»

—Gracias. Estaba en la cuarenta y cinco G.

Se desliza hasta el asiento y espera a que el hombre se haya ido antes de volver a hablar. El señor del pasillo nos mira horrorizado, pero a St. Clair no le importa.

—Me han sentado al lado de una pareja que llevaba camisas hawaianas a juego. No tiene sentido pasar por este suplicio de vuelo solos si podemos estar juntos.

—Qué halagador, gracias.

Pero me río, y él parece satisfecho... hasta el despegue. Entonces clava sus uñas en el apoyabrazos y se pone de un color preocupantemente parecido al merengue. Lo distraigo contándole la historia de cuando me rompí el brazo jugando a ser Peter Pan. Resulta que, para volar, hacía falta algo más que pensar algo encantador y saltar por la ventana. St. Clair no se relaja hasta que sobrevolamos las nubes.

A pesar de ser un vuelo de ocho horas, el tiempo pasa volando.

No hablamos de lo que nos espera al otro lado del charco. Ni de su madre ni de Toph. En cambio, nos dedicamos a inspeccionar la sección de ventas de la revista del avión. Jugamos a «qué comprarías de cada página». Se parte de la risa cuando escojo el tostador de panecillos de *hot-dog* y yo me meto con él cuando se decide por el espejo que no se empaña y el crucigrama más grande del mundo.

—Por lo menos son útiles.

—Pero ¿qué harías con un póster gigante de un crucigrama? Oh, Anna, lo siento, esta noche no puedo ir al cine. Estoy ocupado con el dos mil horizontal: «Grito de pájaro noruego».

—Al menos no compraré una Enorme Piedra de Plástico para «esconder los postes de la luz». ¿Eres consciente de que no tienes jardín?

—Pero podría esconder otras cosas. Como por ejemplo… los exámenes de francés suspendidos. O una destilería casera ilegal. —Su risa de niño estalla y yo sonrío—. ¿Y para qué diablos necesitas tú un flotador motorizado con apoyo para tentempiés si no tienes piscina?

—Puedo usarlo en la bañera. —Se seca una lágrima de la mejilla—. ¡Oh, mira! Una estatua de jardín que imita el monte Rushmore. Eso es justo lo que necesitas. ¡Y por sólo cuarenta dólares! ¡Una ganga!

La página de accesorios de golf nos bloquea, así que nos dedicamos a hacer dibujitos groseros de la gente del avión, seguidos de dibujitos groseros del tío con la camiseta de Euro Disney del Panthéon. Los ojos de St. Clair brillan al dibujarlo cayendo por la escalera de caracol.

Hay mucha sangre. Y orejas de Mickey Mouse.

Al cabo de unas horas le entra sueño. Deja caer la cabeza contra mi hombro. No me atrevo a moverme. Empieza a salir el sol y el cielo se tiñe de rosa y naranja. Me recuerda a un sorbete. Le huelo el pelo. No lo hago como algo raro. Simplemente… porque está ahí.

Debe de haberse levantado antes de lo que pensaba porque huele a champú. Limpio. Saludable. Hum. Duermo a ratos y sueño algo tranquilo, y de repente la voz del piloto suena en el avión. Anuncia que estamos llegando.

Ya estoy en casa.

capítulo veinticuatro

Estoy de los nervios. Parece que tenga una montaña rusa en el estómago. Nunca me han gustado las montañas rusas. ¿Y por qué estoy pensando en montañas rusas? No sé por qué estoy tan nerviosa. Sólo voy a ver a mamá otra vez. Y a Seany. ¡Y a Bridge! Bridge dijo que vendría.

El vuelo de St. Clair a San Francisco no sale hasta dentro de tres horas, así que tomamos juntos el tren que conecta las terminales y me acompaña hasta la salida. Apenas hemos hablado desde que hemos bajado del avión. Supongo que estamos cansados. Llegamos al control de seguridad y allí nos separamos porque él no puede salir. Maldita normativa de aeropuertos. Me gustaría presentárselo a mi familia. La montaña rusa se pone en funcionamiento de nuevo, lo que me parece bastante raro. ¿Estoy nerviosa por dejar a St. Clair? No tiene sentido; lo veré en dos semanas.

—Bueno, Banana. Aquí nos despedimos.

Se coge las correas de la mochila y yo lo imito. Ahora es cuando se supone que tenemos que abrazarnos; pero, por algún motivo, no puedo hacerlo.

—Saluda a tu madre de mi parte. Aunque no la conozca personalmente, por lo que cuentas parece maja. Espero que esté bien.

Sonríe amablemente.

—Gracias, se lo diré —responde él.

—¿Me llamarás?

—Sí, claro. Pero estarás tan ocupada con Bridge y comose-llame que te olvidarás de St. Clair, tu colega inglés.

—¡Ja! ¡O sea, que sí eres inglés!

Le doy un golpecito en la barriga. Él coge mi mano y simulamos que forcejeamos, riendo.

—No tengo… ninguna… nacionalidad.

Me suelto.

—Lo que tú digas. Te he pillado. ¡Ay!

Un hombre de pelo gris y con gafas de sol me golpea en las rodillas con su maleta roja.

—¡Eh, tú, discúlpate! —le dice St. Clair, pero el tipo ya está demasiado lejos para oírlo. Me rasco las espinillas.

—No pasa nada, estamos en medio. Tengo que irme.

Ahora sí toca abrazarse. ¿Podremos hacerlo? Finalmente doy un paso adelante y lo rodeo con los brazos. Está tenso. Es un abrazo un poco raro, especialmente con las mochilas de por medio. Le huelo el pelo otra vez. Oh, cielos.

Nos separamos y él dice:

—Pásatelo bien esta noche.

—Lo haré. Que tengas un buen vuelo.

—Gracias.

Se muerde la uña del meñique y yo paso el control de seguridad y bajo por las escaleras mecánicas. Vuelvo la vista atrás por última vez. St. Clair está saltando y agita los brazos. Me echo a reír y se le ilumina la cara. Las escaleras siguen su trayectoria.

Ya no está en mi campo visual.

Trago saliva y me vuelvo. Y en ese momento los veo. A mamá se le dibuja una sonrisa de oreja a oreja y Seany salta y agita los brazos como St. Clair.

—Por enésima vez, Bridgette ha dicho que lo sentía. —Mamá paga el aparcamiento del aeropuerto a la señora malhumorada de la caja—. Tenía que ensayar para el concierto.

—Claro. Porque nos hemos visto tan a menudo estos cuatro últimos meses...

—¡Bridge es una ESTRELLA DEL ROCK! —exclama Seany desde el asiento trasero. Se le nota la admiración en la voz. Oh, oh. Alguien se ha enamorado.

—¿Ah, sí?

—Dice que su grupo saldrá en la MTV algún día, pero no en la mala. En la chula, la que sólo se ve si te compras una tele por cable especial.

Me vuelvo. Mi hermano parece especialmente petulante.

—¿Y cómo sabes eso de la tele por cable?

Seany balancea las piernas. Una de sus rodillas, llena de pecas, está cubierta por tiritas de *Las guerras de las galaxias*. Lleva unas siete u ocho.

—Me lo dijo Bridge.

—Ah, ya veo.

—También me dijo lo de las mantis religiosas. Que la chica se come la cabeza del chico. Y me contó quién es Jack el Destripador y qué es la NASA y me enseñó a hacer macarrones con queso. Los buenos, los de la bolsa de queso pringoso.

—¿Y qué más?

—Un montón de cosas. —Hay algo en su voz. Como una amenaza.

—Ah, por cierto, tengo algo para ti. —Abro la mochila y saco una cajita de plástico. Es un muñeco de un morador de las arenas de *La guerra de las galaxias*. Lo compré en eBay y me fundí el dinero que gasto en comer durante toda una semana. Lo guardaba para después, pero necesito recuperar terreno.

Le enseño el paquete. La figurita, que tiene aspecto agresivo, queda frente a mi hermano.

—Feliz Navidad por adelantado.

Seany cruza los brazos.

—Éste ya lo tengo. Me lo compró Bridge.

—¡Sean! ¿Qué tienes que decirle a tu hermana? Dale las gracias. Seguro que le ha costado mucho encontrarlo.

—No pasa nada —murmuro, y guardo el muñeco en la mochila. Parece mentira lo pequeña que puede hacerme sentir un niño rencoroso de siete años.

—Te ha echado mucho de menos, eso es todo. No para de hablar de ti, pero no sabe expresarlo ahora que estás aquí. ¡Sean! ¿Qué te he dicho de dar patadas al asiento cuando estoy conduciendo?

Seany frunce el ceño.

—¿Podemos ir al McDonald's?

Mamá me mira.

—¿Tienes hambre? ¿Te han dado algo en el avión?

—Algo he comido.

Salimos de la autopista y nos metemos en un McAuto. Todavía no preparan almuerzos y Seany se enfada. Decidimos comprar bollería. Mamá pide Coca-Cola para ella y para Seany y yo, un café.

—¿Ahora bebes café? —pregunta mamá, sorprendida, al dármelo. Me encojo de hombros.

—Todo el mundo toma café en París.

—Bueno, espero que no hayas dejado de tomar leche.

—¿Leche? ¿Como la que Seany está tomando ahora?

Mamá aprieta los dientes y mira a Seany. Parece nervioso.

—Es una ocasión especial. Su hermana mayor ha vuelto a casa por Navidad. —Señala la bandera canadiense de mi mochila—. ¿Y eso?

—Mi amigo St. Clair me lo regaló para que no me sintiera fuera de lugar.

Mamá levanta las cejas mientras se incorpora a la carretera.

—¿Hay muchos canadienses en París?

Me pongo como un tomate.

—Es que durante un tiempo me sentí, bueno, estúpida. Como uno de esos turistas ridículos que van con deportivas blancas y cámaras colgadas del cuello, ¿sabes? Y me lo compró para que no me sintiera… avergonzada. Americana.

—Ser americano no tiene nada de malo —espeta.

—Ay, mamá, yo no quería decir… Da igual, olvídalo.

—¿Ése es el chico inglés cuyo padre es francés?

—¿Qué tiene que ver eso con lo otro? —me enfado. No me gusta lo que está insinuando—. Además, es americano. Su madre vive en San Francisco. Nos hemos sentado juntos en el avión.

Paramos en un semáforo. Mamá me mira.

—Te gusta.

—¡Por Dios, mamá!

—Ya veo. Te gusta ese chico.

—Es un amigo. Y ya tiene novia.

—¡Anna tiene noooviooo! —canturrea Seany.

—¡No es verdad!

—¡ANNA TIENE NOOOVIOOO!

Sorbo mi café y me atraganto. Es terrible. Es barro. No, aún peor: por lo menos el barro es orgánico. Seany todavía se está metiendo conmigo. Mamá estira el brazo para cogerle las piernas porque está dándole al asiento otra vez. Nota la cara de asco que le hago al café.

—Vaya, vaya. Un semestre en Francia y te nos has vuelto la Señorita Sofisticada. Tu padre estará encantado.

¡Ni que lo hubiera hecho voluntariamente! ¡Ni que hubiera suplicado ir a París! Y cómo se atreve a mezclar a papá en esto.

—¡AAAAANNA TIENE NOOOVIOOO!

Volvemos a meternos en la autopista. Es hora punta y el tráfico de Atlanta se ha paralizado. El coche de detrás nos hace vibrar con el escándalo que sale de sus altavoces. A través de los conductos de ventilación nos llegan los gases del tubo de escape del coche de delante.

Dos semanas. Sólo dos semanas.

capítulo veinticinco

*S*ofía está muerta. Y todo porque mamá la cogió tres veces desde que me fui, y ahora está atrapada en un taller de la avenida Ponce de León. Sé que mi coche es un pedazo de chatarra roja, pero es mi pedazo de chatarra roja. La compré con mi dinero, con todo lo que gané trabajando en el cine, aguantando que el olor de las palomitas se me quedara en el pelo y que los brazos se me impregnaran de mantequilla artificial. La bauticé en honor a mi directora favorita, Sofia Coppola. Sofia crea unas películas evocadoras, impresionistas, con un estilo discreto pero impecable. Además, es una de las dos únicas mujeres americanas que han sido nominadas al Oscar al Mejor Director. Fue por *Lost in Translation*.

Debería haber ganado.

—¿Por qué no vas con tus amigos? —me pregunta mamá en respuesta a mis quejas. Me ha sugerido que vaya al concierto de los Penny Dreadfuls en su monovolumen familiar.

—Porque Bridge y Toph ya estarán allí. Tienen que montar el escenario.

Capitán Jack hace ruiditos para que le dé una chuchería para cobayas, así que meto una bolita naranja en su jaula y le acaricio el pelo detrás de las orejas.

—¿Matt no puede llevarte?

Hace meses que no hablo con él. Supongo que irá, pero eso significa que Cherrie Milliken también. Uf. No, gracias.

—No voy a llamar a Matt.

—Bueno, Anna, o Matt o el monovolumen. No voy a escoger por ti.

Me decido por mi ex. Éramos buenos amigos, así que, en parte, tengo ganas de verlo. Y a lo mejor Cherrie no es tan mala como la recuerdo.

Pero sí, realmente lo es. Tras apenas cinco minutos en su presencia, me pregunto cómo la aguanta Bridge todos los días a la hora del almuerzo. Se vuelve para verme bien desde el asiento del copiloto. Su pelo parece una cortina y se le mueve como si anunciara champú con complementos vitamínicos.

—¿Y cómo son los chicos de París?

Me encojo de hombros.

—Parisinos.

—Ja, ja, eres supergraciosa.

Su risa falsa es uno de sus peores atributos. ¿Qué le gusta de ella a Matt?

—¿Ninguno digno de mención?

Matt sonríe y me mira a través del retrovisor. No sé por qué, pero había olvidado que tiene los ojos marrones. Los ojos marrones son alucinantes en algunas personas y, en otras, terriblemente vulgares. Con el pelo castaño pasa lo mismo. A efectos estadísticos, St. Clair y Matt son bastante parecidos. Ojos: marrones. Pelo: castaño. Raza: caucásica. En la altura hay un poco de diferencia, pero, vaya, es como comparar un filete con una hamburguesa.

Pienso en el filete. Y en su novia.

—No del todo.

Cherrie cambia de tema. Le cuenta a Matt algo que pasó en el coro. Sabe que no puedo participar en la conversación. La hamburguesa me informa de quién es quién para que no me pierda, pero yo pienso en otras cosas. Bridgette y Toph. ¿Estará Bridge como siempre? ¿Retomaremos Toph y yo las cosas donde las dejamos?

Ahora sí estoy nerviosa. Estoy a punto de ver a Toph.

La última vez que estuvimos juntos nos besamos. No puedo evitar fantasear sobre el reencuentro. Toph me ve entre el público y no puede apartar los ojos de mí y me dedica canciones. Nos vemos en el *backstage*. Nos besamos en rincones oscuros. Puede que nos pasemos todas las vacaciones de invierno dándonos el lote. Cuando por fin llegamos al club, tengo un nudo en el estómago.

Pero, cuando Matt me abre la puerta del coche, me doy cuenta de que no es un club. Más bien parece... una bolera.

—¿Seguro que es aquí?

Cherrie asiente.

—Aquí tocan los mejores grupos menores de edad.

—Ah.

Bridge no me había dicho que tocaban en una bolera. Está bien, no es ningún problema. Sigue siendo una pasada.

Una vez dentro, nos dicen que tenemos que alquilar una pista si queremos ver el concierto. Eso significa que también tenemos que alquilar los zapatos para jugar. Eh, no. Me niego a ponerme los zapatos para jugar a los bolos. Cientos de personas los han usado antes que yo. ¿Realmente esperan que poner un poquito de ambientador asesine a todos los gérmenes apestosos de los pies sudados? Me han dicho que no.

—No, gracias —le digo al hombre del mostrador—. No voy a usarlos.

—Señorita, no puede jugar sin zapatos.

—No voy a jugar.

—Señorita, tome los zapatos. Hay cola.

Matt los coge por mí.

—Lo siento. —Niega con la cabeza—. Había olvidado lo maniática que eres con estas cosas.

Y entonces Cherrie resopla y Matt coge los suyos también. Los esconde bajo los asientos de plástico naranja y nos acercamos al escenario, que está montado al fondo de la sala. Ya hay un grupito de gente que espera. No veo a Bridge ni a Toph por ninguna parte, y no reconozco a nadie.

—Creo que son los primeros —dice Matt.

—¿O sea, que son los teloneros en una bolera para menores de edad? —pregunto.

Matt me lanza una mirada desaprobatoria y de repente me siento como si fuera enana. ¡Igualmente es una pasada! ¡Es su primer concierto! Pero, mientras paseamos por el lugar, me asalta una sensación deprimente. Camisetas de propaganda que apenas cubren barrigones cerveceros. Chaquetas holgadas de fútbol americano y papadas grasientas. De acuerdo, estoy en una bolera, pero me chocan las diferencias entre los norteamericanos y los parisinos. Me avergüenza ver a mis compatriotas como deben de hacerlo los franceses. ¿Toda esta gente no podría haberse peinado antes de salir de casa?

—Voy a por gominolas —anuncia Cherrie.

Mientras se dirige al puesto de refrescos, pienso: «esta gente es tu futuro». La idea me hace reír.

Cuando vuelve, le informo de que un solo mordisco de su gominola cargada de colorante Rojo Allura podría matar a mi hermano.

—Qué fuerte —dice.

Lo cual me hace pensar en St. Clair otra vez. Porque hace tres meses le dije exactamente lo mismo y, en vez de acusarme de morbosa, me preguntó, con interés genuino, por qué.

Que es lo que se debe hacer cuando alguien intenta entablar una conversación interesante contigo.

Me pregunto si St. Clair ya ha podido ver a su madre. Hum, lleva dos horas en California. Su padre iba a recogerlo y a llevarlo directamente al hospital. Seguramente ahora está con ella. Debería enviarle un mensaje de apoyo. Justo cuando saco el móvil, el reducido público estalla en gritos y aplausos.

Olvido el mensaje.

Los Penny Dreadfuls salen, con entusiasmo y energía, de... la sala de personal. Vale, no es tan glamuroso como un *backstage*, pero están geniales. Dos de ellos, por lo menos.

El bajista es el de siempre. Reggie solía venir al cine para que Toph lo colara en los estrenos de las películas de superhéroes de cómic. Lleva un flequillo largo que le cae por media cara y le tapa los ojos, por lo que nunca sabes qué está pensando. Por ejemplo, si le preguntaba «¿Qué tal la nueva peli de *Iron Man*?», se limitaba a contestar «Bien» con tono de aburrimiento. Y a lo mejor es porque no le veía los ojos, pero nunca sabía interpretar si era un «bien-de verdad», «bien-pasable» o «bien-vaya porquería». Me ponía histérica.

Bridgette está radiante. Luce un top que deja ver sus brazos bronceados y lleva el pelo recogido con palillos en moños al estilo de la princesa Leia. Seguro que fue idea de Seany. Me encuentra enseguida y se le ilumina la cara como un árbol de Navidad. La saludo y ella levanta las baquetas, cuenta el compás y entonces parece que vuele. Reggie empieza a tocar un rif al ritmo de la batería y Toph... A él lo guardo para el final porque sé que, en cuanto fije los ojos en él, ya no los moveré de allí.

Porque Toph. Está. Igual de. Bueno.

Toca la guitarra como si quisiera romperla en pedazos y su voz tiene un timbre perfecto para el punk rock. Tiene la frente y las patillas empapadas en sudor. Lleva unos pantalones ajustados con cuadros escoceses azules, un atuendo que a nadie más que yo conozca le sentaría bien. Me recuerda al granizado de frambuesa azul, y lo encuentro tan sexy que podría morirme aquí mismo.

Y en ese momento... me ve.

Toph levanta las cejas y sonríe, ese movimiento de labios vago que hace que me tiemble todo el cuerpo. Matt, Cherrie y yo saltamos y botamos y me lo estoy pasando tan bien que ni siquiera me importa estar bailando con Cherrie Milliken.

—¡Bridge es genial! —dice.

—¡Lo sé!

Estoy muy orgullosa porque es mi mejor amiga y siempre he sabido que tiene un gran talento. Ahora todo el mundo lo sabe. Y no sé qué esperaba. A lo mejor que el flequillo de Reggie le impediría ver lo que toca, pero reconozco que suena muy bien. Su mano recorre las cuerdas del bajo, cuyo perverso sonido nos vuelve locos. El único pequeño fallo del conjunto es... Toph.

No me malinterpretéis. Las letras antisistema que ha compuesto son perfectas. Enganchan. Desprenden tanta rabia y pasión que incluso el paleto del mostrador de zapatos mueve la cabeza al ritmo de la música. Y, por supuesto, a Toph ese papel le va como anillo a dedo.

Lo que realmente falla es su interpretación con la guitarra. Aunque yo no soy ninguna experta en guitarras. Seguro que es un instrumento difícil de tocar y va a mejorar a medida que practique. Es complicado desarrollar una habilidad si te pasas media vida en el puesto de refrescos de un cine. Y toca fuerte, y nos hace bailar y brincar como si estuviéramos poseídos. Olvido que estoy en una bolera y olvido que estoy haciendo el cabra con mi ex y su novia actual, y todo se termina demasiado deprisa.

—Somos los Penny Dreadfuls, gracias por venir a vernos. Yo soy Toph, el del bajo es Reggie y la buenorra de la batería es Bridge.

Grito y aplaudo. Ella le dedica una sonrisa radiante a Toph. Él le responde moviendo las cejas hacia arriba y hacia abajo. Se vuelve otra vez y dice al público:

—Ah, y por cierto, nada de joder a mi novia porque eso ya lo hago yo. ¡QUE OS DEN, ATLANTA! ¡BUENAS NOCHES!

capítulo veintiséis

Espera. ¿Qué? Perdón, ¿qué acaba de decir?

Toph patea el pie del micrófono en un gesto de capullo máximo y los tres saltan del escenario. El efecto dramático se pierde cuando tienen que volver a subir para recoger sus cosas antes de que entre el siguiente grupo.

Intento captar la atención de Bridge, pero ella no me mira. Está concentrada en sus soportes de platillos. Toph bebe un trago de agua de una botella y me saluda con la mano antes de coger su amplificador y dirigirse al aparcamiento.

—¡Guau! Son geniales —dice Cherrie.

Matt me da una palmada en la espalda.

—¿Qué te ha parecido? Bridge me dejó escuchar la maqueta hace unas semanas y por eso ya sabía que sería una pasada.

Parpadeo para reprimir las lágrimas.

—Eh… ¿Qué acaba de decir?

—Que Bridge nos dejó escuchar algunas de las canciones hace unas semanas —dice Cherrie, demasiado cerca de mi cara.

Me aparto.

—Matt no. Toph. ¿Qué acaba de decir Toph? Antes de lo de Atlanta.

—¿Lo de «no jodáis a mi novia»? —pregunta Cherrie.

No puedo respirar. Creo que va a darme un ataque al corazón.

—¿Estás bien? —pregunta Matt.

¿Por qué Bridge no me mira? Empiezo a dirigirme al escenario, pero Matt me detiene.

—Anna, ya sabías que Bridge y Toph están juntos, ¿no?

—Tengo que hablar con Bridge. —Se me cierra la garganta—. No entiendo...

Matt reniega.

—No puedo creer que no te haya dicho nada.

—¿Cuánto... cuánto tiempo hace?

—Desde Acción de Gracias —responde Matt.

—¿Acción de Gracias? Pero no me dijo... Nunca dijo...

Cherrie parece disfrutar con la situación.

—¿No lo sabías?

—¡NO, NO LO SABÍA!

—Vámonos, Anna.

Matt intenta guiarme hacia la puerta, pero lo aparto y subo al escenario de un salto. Abro la boca, pero no consigo articular ni una sola palabra.

Finalmente, Bridge me mira.

—Lo siento —murmura.

—¿Que lo sientes? ¿Hace un mes que sales con Toph y lo sientes?

—Sucedió y ya está. Quería decírtelo, iba a decírtelo...

—Pero ¿perdiste la capacidad de hablar? No es tan difícil, Bridge. Mira, yo lo estoy haciendo ahora mismo.

—¡Sabes perfectamente que no era fácil! No quería que pasara, pero pasó.

—Oh, ¿no querías estropear mi vida? ¿Sólo pasó?

Bridge se pone de pie detrás de la batería. Es imposible, pero parece más alta que yo.

—¿Estropear tu vida? ¿De qué hablas?

—No te hagas la loca, sabes perfectamente a qué me refiero. ¿Cómo has podido hacerme esto?

—¿Hacerte qué? No estabais juntos.

Grito por la frustración.

—Está claro que ahora nunca lo estaremos.

Se le dibuja una sonrisa maliciosa.

—Es complicado salir con alguien a quien no le interesas.

—¡MENTIROSA!

—¿Qué? ¿Nos dejas aquí tirados para irte a París y esperas que nuestro mundo deje de girar?

Se me abre la boca.

—No os dejé tirados. Me obligaron a ir.

—Uy, sí, a París. Pobrecita. Mientras yo estoy aquí atrapada, en Mierdatlanta, Georgia, en la misma escuela de mierda y haciendo trabajos de mierda como canguro.

—Si hacerle de canguro a mi hermano es una mierda, ¿por qué lo haces?

—No quería decir...

—¿Porque también quieres poner a Seany en mi contra? Bueno, pues felicidades, Bridge, lo has conseguido. Mi hermano te adora y a mí me odia. Así que tómate la libertad de sustituirme en todo en cuanto me vaya, porque eso es lo que querías, ¿no?, mi vida.

Bridge está temblando de rabia.

—Vete a la mierda.

—Coge mi vida. Toda tuya. Pero vigila cuando llegue la parte en que mi mejor amiga decide APUÑALARME POR LA ESPALDA.

Tropiezo con uno de los soportes de los platillos y el metal hace un gran estruendo al caer al suelo del escenario, y resuena por toda la bolera. Matt grita mi nombre. ¿Cuánto rato hace que me está llamando? Me coge del brazo y me ayuda a salir entre los cables y enchufes del suelo. Nos alejamos. Nos vamos lejos, lejos de allí.

Toda la bolera está mirándome.

Agacho la cabeza para que el pelo me cubra la cara. Estoy llorando. Esto no habría pasado si no le hubiera dado a Toph el número de Bridge. Tantos ensayos por la noche… ¡Y ya ha habido sexo entre ellos! ¿Y si lo han hecho en mi casa? ¿Viene mientras Bridge le hace de canguro a Seany? ¿Entran en mi habitación?

Voy a vomitar, voy a vomitar, voy a…

—No vas a vomitar —dice Matt, y me doy cuenta de que estaba pensando en voz alta. Pero me da igual, porque mi mejor amiga sale con Toph. Sale con Toph. Sale con Toph. Sale con…

Toph.

Toph está aquí.

Delante de mí. En el aparcamiento. Su cuerpo esbelto está relajado y apoya sus pantalones a cuadros contra su coche.

—¿Cómo va, Annabel Lee?

Nunca le interesé. Lo ha dicho Bridge.

Toph abre los brazos para que le dé un abrazo, pero ya he salido disparada hacia el coche de Matt. Oigo que pregunta, molesto, «¿qué le pasa a ésa?» y que Matt le responde algo en tono brusco, pero no sé qué. Y corro y corro y corro y quiero alejarme de ellos, alejarme de esta noche, tanto como sea posible. Ojalá estuviera en la cama. Ojalá estuviera en casa.

Ojalá estuviera en París.

capítulo veintisiete

—Anna, Anna, cálmate, por favor. ¿Que Bridge está saliendo con Toph? —pregunta St. Clair al otro lado del teléfono.

—Desde Acción de Gracias. Me ha mentido todo este tiempo.

La línea del horizonte de Atlanta se ve borrosa a través de las ventanas del coche. Los rascacielos están iluminados con luces blancas y azules. Los edificios son inconexos, no tienen relación entre ellos, como en París. Son sólo estúpidos rectángulos diseñados para competir en altura.

—Primero respira profundamente —dice—. ¿Mejor? Respira hondo y explícamelo todo desde el principio.

Matt y Cherrie me observan a través del retrovisor mientras cuento el suceso otra vez. Se produce un silencio al otro lado de la línea.

—¿Estás ahí? —pregunto.

Me sobresalto cuando un kleenex rosa aparece frente a mí. Lo sujeta la mano de Cherrie. Tiene aspecto de sentirse culpable.

Acepto el pañuelo.

—Estoy aquí. —St. Clair parece enfadado—. Siento no poder estar ahí. Contigo. Ojalá pudiera hacer algo.

—¿Quieres venir a pegarle de mi parte?

—Ahora mismo voy a por mis estrellas ninja.

Me sueno la nariz.

—Soy una idiota. ¿Cómo pude creer que yo le gustaba? Eso es lo peor de todo, saber que nunca le interesé.

—Tonterías. Sí le interesabas.

—No, no es verdad —replico—. Lo ha dicho Bridge.

—¡Porque está celosa! Anna, yo estaba contigo la primera noche que Toph te llamó. He visto cómo te miraba en las fotos. —Empiezo a protestar pero él me interrumpe—. Cualquier tío con el pito en activo se fijaría en ti.

Hay una pausa sorprendida a ambos extremos.

—Porque eres una chica inteligente, está claro. Y divertida. No sólo porque seas atractiva. Que lo eres, y mucho. Oh, porras.

Espero.

—¿Sigues ahí o ya has colgado porque soy un maldito imbécil?

—Estoy aquí.

St. Clair ha dicho que soy atractiva. Por segunda vez.

—Es tan fácil hablar contigo —continúa— que a veces olvido que no eres un chico.

Corrección: cree que soy Josh.

—Déjalo. Ahora mismo sólo me falta que me comparen con un tío.

—No quería decir eso.

—¿Cómo está tu madre? Lo siento, he monopolizado la conversación y ni siquiera te he preguntado...

—Sí lo has hecho. Es lo primero que has dicho cuando has contestado al teléfono. Y técnicamente te he llamado yo. Y llamaba para preguntar cómo ha ido el concierto, que es de lo que hemos estado hablando.

—Oh.

Jugueteo con un peluche que hay en el suelo del coche de Matt. Es un panda y tiene un corazón de satén que dice «TQM». Un regalo de Cherrie, sin duda.

—Pero ¿cómo está tu madre?

—Mamá... está bien. —De repente noto el cansancio en su voz—. No sé si está mejor o peor de lo que esperaba. En parte, ambas cosas. Me imaginaba que estaría esquelética y llena de moratones, que no es el caso, por suerte, pero al verla en persona... Ha perdido mucho peso y está agotada. Está en un hospital revestido de plomo y tubos de plástico por todas partes.

—¿No te dejan quedar con ella? ¿Todavía estás en el hospital?

—No, estoy en su piso. Sólo me dejan hacer visitas cortas, por la radiación.

—¿Tu padre está ahí?

No responde inmediatamente y temo haber dicho algo fuera de lugar. Pero finalmente comenta:

—Sí, está aquí. Y lo aguanto por el bien de mamá.

—¿St. Clair?

—Dime.

—Lo siento.

—Gracias —murmura.

Estamos llegando a mi barrio. Suspiro.

—Tengo que colgar. Ya casi estoy en casa. He ido con Matt y Cherrie.

—¿Matt? ¿Tu ex?

—*Sofia* está en el taller.

Un silencio.

—Hmpf.

Colgamos en el preciso instante en que Matt aparca frente a mi casa. Cherrie se vuelve y se queda mirándome.

—Interesante. ¿Quién era?

Matt no parece muy contento.

—¿Qué? —le pregunto.

—¿Con ése sí hablas y con nosotros no?

—Lo siento —digo, y bajo del coche—. Sólo es un amigo. Gracias por llevarme.

Matt también sale del coche. Cherrie empieza a imitarlo, pero él le lanza una mirada afilada y ella se queda.

—¿Y eso qué quiere decir? —grita—. ¿Ya no somos tus amigos? ¿No cuentas con nosotros?

Empiezo a ir hacia casa.

—Estoy cansada, Matt.

De todos modos, él me sigue. Saco la llave del bolso, pero él me agarra por la muñeca para que no abra la puerta.

—Oye, sé que no quieres hablar de ello, pero quiero decirte algo antes de que te metas en la cama y llores hasta dormirte.

—Matt, por favor.

—Toph no es un buen tío. Nunca lo ha sido. No sé qué viste en él. Siempre contesta mal a la gente, no puedes confiar en él, va con esas pintas…

—¿A qué viene esto ahora?

He empezado a llorar otra vez. Él me suelta el brazo.

—Sé que yo no te gustaba como te gustaba él. Sé que habrías preferido estar con él en vez de conmigo, y lo asumí hace tiempo. Lo tengo superado.

Me muero de la vergüenza. Aunque sabía que Matt era consciente de que me gustaba Toph, es horrible oírselo decir.

—Pero sigo siendo tu amigo. —Está exasperado—. Y estoy harto de verte malgastar energías por ese capullo. Te has pasado todo este tiempo con miedo de hablar de lo que había entre vosotros, pero si te hubieras molestado en preguntárselo te habrías dado cuenta de que no valía la pena. Pero no lo hiciste. Nunca se lo preguntaste, ¿verdad?

El peso del dolor es insoportable.

—Vete, por favor —murmuro—. Vete.

—Anna —levanta la voz y espera a que lo mire—, Bridge se ha equivocado al no decírtelo, ¿vale? Te mereces mucho más que eso. Y espero que ese con el que hablabas, sea quien sea —señala mi móvil—, merezca la pena de verdad.

capítulo veintiocho

Para: Anna Oliphant <bananaelephant@femmefilmfreak.net>
De: Étienne St. Clair <etiennebonaparte@soap.fr>
Asunto: Buenas fiestas

¿Ya te has acostumbrado al cambio de horario? Yo no consigo
dormir, no hay manera humana. Te llamaría, pero no sé si ya
estás despierta o si estás con tu familia o qué. La niebla de la
bahía es tan densa que no se ve nada por la ventana. Pero,
aunque se viera algo, estoy seguro de que soy la única persona
viva en todo San Francisco.

Para: Anna Oliphant <bananaelephant@femmefilmfreak.net>
De: Étienne St. Clair <etiennebonaparte@soap.fr>
Asunto: Lo olvidaba

Ayer en el hospital vi a un tío que llevaba una camiseta del Festival de Cine de Atlanta. Le pregunté si te conocía, pero no. También conocí a un hombre corpulento y peludo que iba disfrazado de Mamá Noel y repartía regalos entre los pacientes de cáncer. Mamá ha hecho una foto. Te la mando. ¿Siempre pongo esta cara de susto?

Para: Anna Oliphant <bananaelephant@femmefilmfreak.net>
De: Étienne St. Clair <etiennebonaparte@soap.fr>
Asunto: ¿Ya estás despierta?

Levántate. Levántate levántate levántate.

Para: Étienne St. Clair <etiennebonaparte@soap.fr>
De: Anna Oliphant <bananaelephant@femmefilmfreak.net>
Asunto: Re: ¿Ya estás despierta?

¡Estoy despierta! Seany se ha puesto a saltar en mi cama hace como tres horas. Hemos abierto los regalos y comido galletitas para desayunar. Papá me ha regalado un anillo de oro con forma de corazón. «Para la niña de papá», ha dicho. Como si fuera la típica chica que lleva anillos con forma de corazón. Que encima le ha regalado SU PADRE. A Seany le ha regalado un montón de cosas de *La guerra de las galaxias* y un juego para pulir piedras. Me gustan más sus regalos. No puedo creer que mamá lo haya invitado el día de Navidad. Dice que es porque su divorcio fue amistoso (eh… va a ser que no) y Seany y yo necesitamos una figura paterna en nuestras vidas, pero lo único que hacen es discutir. Esta mañana ha sido por mi pelo. Papá quiere que me quite el tinte porque dice que parezco una «vulgar prostituta», pero mamá quiere que vuelva a teñírmelo. Como si dependiera de ellos. Ups, tengo que dejarte. Acaban de llegar mis abuelos y el abuelo pregunta dónde está «su dulce zagala». Esa debo de ser yo.

PD: Me encanta la foto. Mamá Noel te está mirando el culo descaradamente. Y se dice «felices fiestas», *friki*.

Para: Anna Oliphant <bananaelephant@femmefilmfreak.net>
De: Étienne St. Clair <etiennebonaparte@soap.fr>
Asunto: JAJAJA

¿Era un anillo de compromiso? ¿Tu padre te ha regalado un ANILLO DE COMPROMISO?

Para: Étienne St. Clair <etiennebonaparte@soap.fr>
De: Anna Oliphant <bananaelephant@femmefilmfreak.net>
Asunto: Re: JAJAJA

No pienso responder a eso.

Para: Anna Oliphant <bananaelephant@femmefilmfreak.net>
De: Étienne St. Clair <etiennebonaparte@soap.fr>
Asunto: Prostitutas Fuera de lo Común

No tengo nada que aportar al tema de las prostitutas (excepto que serías pésima en el trabajo, es una profesión muy sucia), sólo quería escribir eso. ¿No te parece raro que ambos tengamos que pasar las fiestas con nuestros respectivos padres? Hablando de temas desagradables, ¿ya has hablado con Bridge? Tengo que ir a coger el bus para ir al hospital. Espero un informe detallado de la cena navideña cuando vuelva. De momento, ya he degustado un delicioso bol de *muesli*. ¿Cómo se puede comer mamá esa porquería? Tengo la sensación de haber roído madera.

Para: Étienne St. Clair <etiennebonaparte@soap.fr>
De: Anna Oliphant <bananaelephant@femmefilmfreak.net>
Asunto: Cena de Navidad

¿MUESLI? ¿¿Es Navidad y te pones a comer CEREALES?? Te envío un plato de mi casa telepáticamente. El pavo está en el horno, la salsa está hecha y mientras te escribo esto están preparando el puré de patatas en la cocina. Bueno, seguro que tú comes pudin de pan y pastelillos de carne o algo así, ¿no? A lo británico. En ese caso, te envío un pudin de pan. Aunque no sé qué es. No, no he hablado con Bridgette. Mamá no deja de insistir en que conteste a sus llamadas, pero las vacaciones ya han ido bastante mal hasta ahora. (¿Por qué diablos está mi padre aquí? En serio, que se pire. Lleva un jersey de lana grueso y blanco y parece un muñeco de nieve pomposo y no para de cambiar las cosas de la cocina de sitio. Mamá está a punto de matarlo. RAZÓN DE MÁS PARA NO INVITARLO EL DÍA DE NAVIDAD.) Bueno, no quiero convertirme yo también en motivo de discusión.

PD: Espero que tu madre esté mejor. Siento que tengáis que pasar el día de Navidad en el hospital. Ojalá pudiera enviaros de verdad un buen plato de pavo.

Para: Anna Oliphant <bananaelephant@femmefilmfreak.net>
De: Étienne St. Clair <etiennebonaparte@soap.fr>
Asunto: Re: Cena de Navidad

¿YO te doy lástima? No soy yo el que no ha tenido el dudoso placer de probar el pudin de pan. En el hospital todo sigue igual. No quiero aburrirte con los detalles. Aunque he tenido que esperar una hora a que viniera el autobús para volver. Ahora estoy en el piso, mi padre acaba de irse al hospital. Merecemos un premio a la mejor actuación fingiendo que el otro no existe.

PD: Mamá dice que te diga «felices fiestas». Así que «felices» fiestas de parte de mi madre, pero «buenas» fiestas de la mía.

Para: Étienne St. Clair <etiennebonaparte@soap.fr>
De: Anna Oliphant <bananaelephant@femmefilmfreak.net>
Asunto: S.O.S.

La peor cena de Navidad de la historia. En apenas cinco minutos todo se ha ido a la mierda. Mi padre ha obligado a Seany a comerse el plato de judías verdes y cuando él se ha negado le ha recriminado a mamá que no le da suficientes verduras. Así que ella ha lanzado el tenedor y le ha dicho que no tenía ningún derecho a decirle cómo educar a sus hijos. Y él ha empezado con toda esa mierda de que «yo soy su padre» y ella ha jugado la carta de «pero los abandonaste». Mientras tanto, mi yaya sorda se ha puesto a gritar «¡¿DÓNDE ESTÁ LA SAL!?» y el abuelo se ha quejado de que el pavo estaba un pelín seco y mi madre se ha puesto a gritar como una loca. Te lo juro.

Y eso ha asustado a Seany, que se ha ido corriendo a su habitación. Y cuando he ido a consolarlo ¡¡estaba abriendo un caramelo!! No sé de dónde lo ha sacado, pero ¡sabe que no puede comer colorante Rojo Allura! Así que se lo he quitado y se ha puesto a llorar todavía más, y cuando mamá lo ha visto ME HA GRITADO, como si yo le hubiera dado esa porquería. Nada de «gracias por salvar la vida de mi único hijo, Anna». Y papá también ha venido y se han puesto a discutir otra vez y ni siquiera se han dado cuenta de que Seany no había parado de llorar. Así que le he dado galletitas y ahora está corriendo en círculos por toda la casa y los abuelos siguen a la mesa, como si esperaran a que volvamos a sentarnos para seguir comiendo.

¿QUÉ DIABLOS LE PASA A MI FAMILIA? Y ahora mi padre llama a mi puerta. Genial. Estas vacaciones ya no pueden ir peor.

Para: Anna Oliphant <bananaelephant@femmefilmfreak.net>
De: Étienne St. Clair <etiennebonaparte@soap.fr>
Asunto: Rescate

Me teletransporto a Atlanta, te recojo y nos vamos a algún sitio donde nuestras familias no nos encuentren. También nos llevaremos a Seany. Y le dejaremos correr hasta que caiga agotado y tú y yo daremos un largo paseo. Como por Acción de Gracias, ¿recuerdas? Y hablaremos de todo EXCEPTO de nuestros padres... O a lo mejor no nos hace falta hablar. Y seguiremos andando hasta que el mundo deje de existir.

Lo siento, Anna. ¿Qué quería tu padre? Por favor, dime qué puedo hacer.

Para: Étienne St. Clair <etiennebonaparte@soap.fr>
De: Anna Oliphant <bananaelephant@femmefilmfreak.net>
Asunto: Como me gustaría eso...

Gracias, no ha sido nada. Papá sólo quería disculparse. Por un instante casi parecía humano. Casi. Y luego mamá también se ha disculpado y ahora lavan los platos juntos como si no hubiera pasado nada. No sé. No quería ponerme dramática porque tus problemas son mucho peores que los míos. Lo siento.

Para: Anna Oliphant <bananaelephant@femmefilmfreak.net>
De: Étienne St. Clair <etiennebonaparte@soap.fr>
Asunto: ¿Estás enfadada?

He tenido un día aburrido y el tuyo ha sido un infierno. ¿Estás bien?

Para: Étienne St. Clair <etiennebonaparte@soap.fr>
De: Anna Oliphant <bananaelephant@femmefilmfreak.net>
Asunto: Re: ¿Estás enfadada?

Estoy bien. Me alegro de poder hablar contigo.

Para: Anna Oliphant <bananaelephant@femmefilmfreak.net>
De: Étienne St. Clair <etiennebonaparte@soap.fr>
Asunto: Así que…

¿Eso significa que puedo llamarte ahora?

capítulo veintinueve

En el *top ten* de las peores fiestas de mi vida, estas Navidades se sitúan directamente en el número uno. Son peores que ese 4 de julio en que el abuelo se presentó con falda escocesa para ver los fuegos artificiales e insistió en que cantáramos *Flower of Scotland* en vez de *America the Beautiful*.[11] Peor que ese Halloween en que tanto Trudy Sherman como yo íbamos de Glinda, la Bruja Buena, y todo el mundo dijo que su disfraz era mejor que el mío porque a mí se me transparentaba el vestido y se me veían las bragas moradas en las que ponía «lunes». Y, efectivamente, se me veía todo.

No he hablado con Bridgette. Me llama todos los días, pero no cojo el teléfono. No quiero saber nada de ella. El

11. Los segundos himnos de Escocia y Estados Unidos, respectivamente. Ambos se utilizan principalmente en eventos deportivos. *(N. de la T.)*

regalo que le traje, un paquetito envuelto en papel a rayas blancas y rojas, ha vuelto al fondo de la maleta. Es una reproducción del Pont Neuf, el puente más antiguo de París. Formaba parte de una maqueta de trenes y St. Clair tuvo que pasarse quince minutos convenciendo al tendero para que me lo vendiera, ya que mis conocimientos de francés son aún limitados.

Espero que me dejen devolverlo.

Sólo he ido al Royal Midtown 14 una vez. Aunque sólo tenía intención de ver a Hércules, Toph también estaba allí. Y va y me dice:

—Eh, Anna, ¿por qué no quieres hablar con Bridge?

Y tuve que ir corriendo al baño. Una de las chicas nuevas me siguió y me dijo que Toph es un madito gilipollas insensible y que no debo dejar que todo este asunto me afecte. Agradecí el gesto, aunque no me hizo sentir mejor.

Después de eso, Hércules y yo vimos una de esas películas cursis de Navidad y él se mofó de los jerséis iguales que llevaban los actores. Me contó que encontraron un misterioso paquete de roast beef en la sala. También me dijo que entra en mi web de vez en cuando y que mis críticas son cada vez mejores. Por lo menos, eso estuvo bien.

También agradecí que papá se fuera por fin. No paraba de preguntarme cosas sobre monumentos franceses y de hacer llamadas irritantes a su publicista. Todos nos alegramos de que se marchara. Lo único positivo de estas vacaciones es St. Clair. Hablamos todos los días por teléfono y nos enviamos e-mails y mensajes. He notado una diferencia considerable: cuando Toph y yo estábamos separados, cortamos la comunicación, pero con St. Clair hablo todavía más ahora que no nos vemos.

Y eso me hace sentir peor respecto a Toph. Si hubiéramos sido buenos amigos, seguro que habríamos mantenido el contacto. Fui una estúpida al pensar que podíamos superar la distancia. Me cuesta creer que fuera Matt, precisamente, quien me hiciera ver lo mal que gestioné la situación. Y, sinceramente, ahora que he tenido tiempo para pensar en ello, me doy cuenta de que Toph no es una gran pérdida. Sólo me afecta pensar en él por Bridgette. ¿Por qué no me dijo nada? Su traición es lo que más me duele.

No me ha surgido ningún plan para fin de año, así que me he quedado en casa con Seany. Mamá ha ido a ver los fuegos artificiales con unas amigas. He pedido pizza de queso y ahora estamos viendo *La amenaza fantasma*. Soportar al maldito Jar Jar Binks es mi forma de demostrarle a mi hermanito cuánto lo quiero. Más tarde, mientras esperamos a que den la cuenta atrás de Times Square por la tele, saca las figuritas para jugar. *¡Fiush, fiush!* Han Solo dispara a mi soldado imperial antes de esconderse detrás de un cojín para protegerse.

—Suerte que tengo mi chaleco antirrayos láser —digo, avanzando posiciones.

—¡No existen los chalecos antirrayos láser! ¡Estás muerta! —Han va corriendo a la parte de atrás del sofá—. ¡Toma ya!

Cojo a la reina Amidala.

—¡Han, estás en peligro! ¡Ese soldado imperial tiene un chaleco antirrayos láser!

—¡Annaaaa! ¡Para ya! *¡Fiush, fiush!*

—Vale —dice Amidala—. Ahora verás. Para que luego digan que las mujeres son débiles.

Amidala le da un cabezazo al soldado imperial y él grita:

—¡GHHNOOOOO!

Han salta hasta la alfombra y sigue disparando. Cojo al joven Obi-Wan.

—Oh, Amidala, estás espléndida. *Muak, muak, muak.*

—¡No! —Seany me quita a Obi-Wan—. Nada de besos.

Saco otra figurita de la caja de juguetes de Seany. Es un morador de las arenas. Probablemente el que le compró Bridgette. Bueno, qué le vamos a hacer.

—¡Oh, Amidala! *Muak, muak, muak.*

—Los moradores de las arenas no dan besitos. ¡Atacan! ¡RAAAARRR! —También me lo roba, pero se detiene a observar su cabeza llena de bollos—. ¿Por qué ya no hablas con Bridge? —pregunta de repente—. ¿Os habéis peleado?

Estoy sorprendida.

—Sí, Sean. Hizo algo que no estuvo bien.

—¿Eso quiere decir que ya no va a hacerme de canguro?

—No, sí que lo hará. Le caes bien.

—A mí, no.

—¡Sean!

—Te hizo llorar. Te pasas el día llorando. —Tira el morador de las arenas a la caja—. ¿Todavía tienes el que me trajiste?

Sonrío. Voy a por mi mochila y le doy el juguete, pero algo me reconcome por dentro...

—Te lo doy con una condición. Tienes que portarte bien con ella. Si no, vendrá el abuelo, que es la otra opción que tiene mamá. Y ya sabes que el abuelo está mayor para estos juegos. —Señalo el montón de figuritas descartadas.

—Vale —dice tímidamente. Le doy el regalo y él lo sostiene contra el pecho—. Gracias.

Suena el teléfono de la cocina. Seguro que es mamá, para preguntar cómo estamos. Seany se levanta para contestar mientras yo busco un novio adecuado para Amidala.

—No te entiendo —dice Seany—. ¿Hablas mi idioma?

—¿Sean? ¿Quién es? Cuelga.

¡Ajá! ¡Luke Skywalker! Le falta un brazo, pero no le doy importancia. Amidala y Luke se besan. Un momento. ¿No son madre e hijo? Tiro a Luke como si me hubiera ofendido personalmente y me pongo a buscar otra vez en la caja.

—Qué voz más rara. Sí, está aquí.

—¿Sean?

—¿Eres su NOVIO? —Mi hermanito suelta una carcajada maléfica.

Corro a la cocina y le quito el teléfono.

—¿Diga? ¿St. Clair? —Se oye una risotada al otro lado del teléfono. Sean me saca la lengua y le doy un empujón en la cabeza—. Pírate.

—¿Disculpa? —dice la voz del teléfono.

—Hablaba con Sean. ¿Eres tú, St. Clair?

—Sí, soy yo.

—¿De dónde has sacado mi número?

—Bueno, verás, existe un libro, de páginas amarillas, que dentro tiene números de teléfono. También está en internet.

—¿Es tu noviooooo? —pregunta Sean lo suficientemente fuerte para que se oiga por el aparato. Vuelvo a empujarlo.

—Es un amigo. Ve a mirar la cuenta atrás.

—¿Le ha pasado algo a tu móvil? —pregunta St. Clair—. ¿O has olvidado cargarlo?

—¡No es posible! Nunca me pasa.

—Lo sé, por eso me ha extrañado que saliera el buzón de voz. Pero me alegro de tener tu número de casa, por si acaso...

Y yo me alegro de que haya hecho un esfuerzo para conseguirlo.

—¿Qué haces? ¿No has salido? —pregunto.

—Eh... Mamá no se encontraba muy bien, así que me he quedado aquí. Ahora duerme, supongo que veré la cuenta atrás solo.

Su madre salió del hospital hace un par de días. Ha tenido altibajos.

—¿Y Ellie? —Por enésima vez, las palabras salen sin que pueda evitarlo.

—Pues... hemos hablado antes. Ya es Año Nuevo en París. Volvió el día 26 —añade.

Me los imagino mandándose besitos a lo *muak, muak, muak* por teléfono. Se me encoge el corazón.

—Ha salido por ahí. —Por el tono de su voz, parece desanimado.

—Siento ser tu segunda opción.

—No digas tonterías. Eres la tercera. Mamá duerme, no lo olvides. —Se ríe otra vez.

—Gracias. Entonces creo que debería colgar antes de que mi primera opción se duerma. —Echo un vistazo a Seany, que está muy callado en la otra habitación.

—Venga ya, acabo de llamarte. ¿Cómo está tu hombrecito? Me ha parecido que bien, aunque no me haya entendido.

—Es que hablas raro. —Sonrío. Me encanta su voz.

—Mira quién fue a hablar, Atlanta. Se te escapa el acento sureño.

—¡No!

—¡Sí! Varias veces, además.

Soplo, aunque mi sonrisa es cada vez más incontrolable. He hablado con Meredith todos los días durante las vacaciones, pero nunca me lo paso tan bien como con St. Clair. Me llevo el teléfono a la sala de estar, donde Seany se ha acurrucado con mi morador de las arenas. Vemos la cuenta atrás juntos. Hay tres horas de diferencia entre Atlanta y San Francisco, pero nos da igual. A medianoche, hacemos sonar trompetas imaginarias y tiramos confeti invisible. Al cabo de tres horas, cuando es medianoche en California, volvemos a celebrar el Año Nuevo.

Y, por primera vez desde que volví a casa, soy completamente feliz. Es raro. Mi casa. Cuánto deseaba volver, pero al regresar me he dado cuenta de que no me siento cómoda. Estoy en casa, con mi madre y mi hermano, y a la vez siento que es un lugar diferente.

Echo de menos París, aunque tampoco es mi casa. Es más bien que… echo de menos algo. Esa calidez al teléfono… ¿Es posible que mi casa sea una persona y no un lugar? Bridgette era mi refugio. Puede que ahora lo sea St. Clair. Le doy vueltas a este asunto, porque ya hemos dejado de hablar debido al cansancio. Pero nos hacemos compañía mutuamente. Mi respiración, su respiración. Mi respiración, su respiración.

Nunca podría confesárselo, pero es cierto.

Esto es nuestra casa. Para ambos.

capítulo treinta

Me entristece el alivio que siento al volver a Francia. El vuelo es tranquilo y largo. Se trata de mi primer vuelo sola. Cuando por fin aterrizamos en Charles de Gaulle, estoy ansiosa por ir a la School of America, aunque eso implique coger el *métro* sola. Es como si ya casi no me diera miedo.

Eso no es posible, ¿no?

El viaje hasta el Barrio Latino es rápido y fácil. Al cabo de poco rato estoy abriendo la puerta de mi habitación y deshaciendo la maleta. Por toda la Résidence Lambert se oye el agradable murmullo de los estudiantes que van llegando. Miro por la ventana. La cantante de ópera del restaurante de enfrente no está; todavía es temprano. Llegará por la noche. La mera idea me hace sonreír.

Llamo a St. Clair. Llegó anoche. Hace un tiempo inusualmente cálido y él y Josh están aprovechándolo. Se han apalancado en las escaleras del Panthéon y me pide que vaya con ellos. ¡Por supuesto que voy!

No puedo explicármelo, pero, cuando salgo a la calle, los nervios me invaden de repente. ¿Por qué tiemblo? Han sido sólo dos semanas, aunque ¡vaya dos semanas! St. Clair ha pasado de ser un algo confuso a ser mi mejor amigo. Y él piensa lo mismo que yo. No necesito preguntárselo. Simplemente, lo sé.

Decido ir al Panthéon paseando por el camino largo. La ciudad es bonita. La preciosa catedral de Saint-Étienne-du-Mont aparece y me imagino a la madre de St. Clair pintando palomas. Intento visualizar a un St. Clair niño, con uniforme escolar, pantalones cortos y rodillas peladas corriendo por el césped, pero no lo consigo. Sólo veo a la persona que conozco: tranquilo, seguro de sí mismo, con las manos en los bolsillos y paso decidido. El tipo de persona que irradia un campo magnético natural por el cual todo el mundo se siente atraído y deslumbrado.

El sol de enero sale tímidamente y me calienta las mejillas. Dos hombres que llevan algo que sólo se puede describir como bolsos de señor se detienen a admirar el cielo. Una mujer esbelta con tacones también se detiene, sorprendida. Sonrío y los adelanto. Al doblar la esquina, mi pecho se contrae con tanta fuerza que apenas puedo respirar.

Porque allí está.

Está absorto en un libro muy gordo, y tiene la cabeza agachada. La brisa juega con su pelo oscuro y él se muerde las uñas. Josh está sentado a su lado con el cuaderno negro abierto. Su pluma de dibujo se mueve sin parar. Hay más gente que disfruta de los inesperados rayos de sol, pero los olvido en cuanto mi cerebro los registra. Porque él es todo cuanto veo.

Me apoyo en el borde de una mesa de la terraza de un café para no caerme. Los clientes me miran alarmados. Me da igual. Todo me da vueltas y me cuesta respirar.

¿Cómo pude ser tan estúpida?

¿Cómo pude llegar a creer que no estaba enamorada de él?

capítulo treinta y uno

*L*o estudio. Se muerde la uña del meñique, por lo que deduzco que el libro es bueno. El meñique indica que está emocionado o contento, mientras que el pulgar significa que está pensando o preocupado. Me sorprende darme cuenta de que conozco el significado de esos gestos. ¿Tanta atención le he prestado?

Veo pasar a dos mujeres que llevan abrigos de pieles y sombreros iguales. Una de ellas se vuelve para preguntarme algo en francés. No puedo traducirlo directamente, pero sé que quiere saber si me encuentro bien. Asiento y le doy las gracias. Vuelve a mirarme con preocupación, y sigue su camino.

No puedo andar. ¿Qué debería decirle? Catorce días consecutivos de conversaciones telefónicas, y ahora que lo tengo delante, en persona, no sé si seré capaz de pronunciar un simple hola. Uno de los clientes del café se levanta para ayudarme. Me aparto de la mesita redonda y cruzo la calle con un caminar patoso. Me tiemblan las rodillas. Cuanto más me acerco, más abrumada estoy. El Panthéon es enorme. Parece que las escaleras estén muy lejos.

Él levanta la cabeza.

Nuestras miradas se encuentran y lentamente se le dibuja una sonrisa en los labios. Mi corazón late más y más deprisa. Ya casi he llegado. Él deja el libro y se levanta. Y es este momento, en el que dice mi nombre, el instante que lo cambia todo de verdad.

Ya no es St. Clair, el colega de todo el mundo, el amigo de todo el mundo...

Es Étienne. Étienne, como la noche que nos conocimos. Es Étienne: es mi amigo.

Y es mucho más que eso.

Étienne. Mis pies se mueven al ritmo de esas tres sílabas. É-ti-enne. É-ti-enne. É-ti-enne. Su nombre recubre mi lengua como si fuera chocolate fundido. Es tan guapo, tan perfecto.

Noto un nudo en la garganta cuando abre los brazos y me envuelve en un abrazo. Se me saldrá el corazón del pecho y me siento avergonzada porque sé que él lo nota. Nos separamos y yo doy un paso atrás. Me coge para que no me caiga escaleras abajo.

—Uf —dice, pero no creo que se refiera a mi casi caída. Me sonrojo.

—Sí, eso habría dolido.

Bien, una voz aparentemente calmada. Étienne parece aturdido.

—¿Estás bien?

Mi cuerpo se tensa al sentir que sus manos están sobre mis hombros.

—Sí, genial. Todo bien.

—Eh, Anna. ¿Qué tal las vacaciones?

Josh. Había olvidado que está aquí. Étienne me suelta con cuidado mientras hablo con Josh, pero todo el tiempo deseo que vuelva a concentrarse en sus dibujos y nos deje solos. Al poco rato, mira detrás de mí (donde está Étienne) y hace una mueca rara. Interrumpe la conversación y se concentra otra vez en su cuaderno. Me vuelvo, pero Étienne pone cara de póquer. Nos sentamos juntos en las escaleras. No estaba tan nerviosa desde mi primera semana en la escuela. Tengo la cabeza hecha un lío y un nudo en la lengua y otro en el estómago.

—Bueno —dice él al cabo de un momento que se hace eterno—. Parece que hemos agotado la conversación durante las vacaciones.

No sé si podré hablar.

—Pues entonces vuelvo a la residencia —digo, al cabo de unos segundos. Finjo que me levanto y él se ríe.

—Tengo algo para ti. —Me coge de la manga—. Un regalo de Navidad con retraso.

—¿Para mí? Pero ¡yo no te he traído nada!

Busca en los bolsillos de su abrigo y saca la mano cerrada, como si guardara algo muy pequeño en el puño.

—No es gran cosa, no te emociones.

—¡Oooh! ¿Qué es?

—Lo vi un día con mamá y me acordé de ti.

—¡Étienne! ¡Venga ya!

Parpadea al oír su nombre de pila. Me pongo roja y me invade la abrumadora sensación de que sabe exactamente lo que estoy pensando. La expresión de su cara se transforma en asombro, y dice:

—Cierra los ojos y abre la mano.

Todavía estoy como un tomate, pero hago lo que dice. Noto el roce de sus dedos en la palma de la mano y la aparto como si me hubiera dado una descarga eléctrica. Algo cae al suelo con un ligero *plim*.

Abro los ojos. Étienne está mirándome. Se ha quedado tan atónito como yo.

—Ups —digo.

Ladea la cabeza.

—Creo que… Creo que ha caído por allí.

Me agacho sin tener la menor idea de lo que estoy buscando. Ni siquiera he notado lo que me ha puesto en la mano. Sólo he notado el roce de sus dedos.

—No veo nada. Sólo hay gravilla y comida para palomas —añado para aparentar normalidad.

¿Dónde está? ¿Qué es?

—¡Aquí! —Coge algo pequeño y amarillo de un escalón superior.

Vuelvo a levantarme y extiendo la mano, preparándome mentalmente para el contacto físico. Étienne se queda quieto y lo deja caer sobre la palma de mi mano. Como si quisiera evitar que nos toquemos.

Es un colgante de cristal. Tiene forma de plátano.

Se aclara la garganta.

—Ya sé que dijiste que sólo Bridgette te llama «Banana», pero mamá se encontraba mejor el fin de semana pasado y fuimos a su tienda favorita y... cuando lo vi me acordé de ti. Espero que no te importe que otra persona añada una pieza a tu colección. Especialmente desde que Bridgette y tú... ya sabes.

Cierro la mano en torno al colgante.

—Gracias.

—Mamá me preguntó por qué lo quería.

—¿Y qué le dijiste?

—Que era para ti, por supuesto. —Lo dice como si hubiera preguntado una obviedad.

Estoy radiante. El colgante es tan pequeño que apenas lo notaría si no fuera por la sensación fría que deja en mi mano. Hablando del tema, tengo un escalofrío.

—¿Soy yo o ha bajado la temperatura?

—Toma.

Étienne se quita la bufanda negra que lleva alrededor del cuello y me la da. La cojo con cuidado y me la pongo alrededor del mío. Me marea. Huele a chico acabado de lavar. Huele a Étienne.

—Has vuelto a teñirte —dice—. Te sienta bien.

Me toco la mecha ligeramente avergonzada.

—Me ayudó mi madre.

—Este viento es terrible, voy a por un café. —Josh cierra su cuaderno de repente. Otra vez he olvidado que estaba aquí—. ¿Venís?

Étienne me mira, expectante.

¡Café! Me muero de ganas de tomar una taza de café de verdad. Sonrío a Josh.

—Eso suena genial.

Y bajo las escaleras del Panthéon, muerta de frío y pálida y radiante, en la ciudad más bonita del mundo. Estoy con dos chicos atractivos, inteligentes y graciosos, y tengo una sonrisa de oreja a oreja. Ojalá Bridgette pudiera ver esto.

Porque, no nos engañemos: ¿quién necesita a Christopher, teniendo a Étienne St. Clair?

Pero, en el preciso instante en que Toph viene a mi mente, se me revuelve el estómago, como cada vez que pienso en él. Qué vergüenza, creer que me esperaría. Haber malgastado tanto tiempo pensando en él. Étienne se ríe de un comentario que ha hecho Josh. El sonido hace que entre en una espiral de pánico y me doy cuenta de una cosa.

¿Qué voy a hacer? Me he enamorado de mi mejor amigo.

capítulo treinta y dos

$\mathcal{E}$s una enfermedad física. Étienne. Cuánto lo quiero. Amo a Étienne.

Me encanta que levante una ceja cada vez que digo algo que le parece divertido o ingenioso. Me encanta oír el sonido de sus botas cuando pasea sobre el techo de mi habitación. Me encanta que el acento de su nombre se llame acento agudo y que su acento sea tan encantador.

Me encanta.

Me encanta sentarme a su lado en clase de Física. El roce de nuestras manos cuando hacemos experimentos en el laboratorio. Su letra caótica en las hojas de ejercicios. Me encanta pasarle la mochila cuando se termina la clase, porque entonces mis dedos huelen a él durante unos diez minutos. Y cuando Amanda dice alguna idiotez, busca mi mirada para que pongamos los ojos en blanco juntos. Eso también me encanta. Me encantan su risa de niño y sus camisetas arrugadas y su ridículo sombrero de punto. Me encantan sus enormes ojos castaños y la forma en que se muerde las uñas. Y me gusta tanto su pelo que podría morirme.

Sólo hay una cosa que no me gusta de él. Ella.

Ellie nunca me ha caído especialmente bien, pero ahora no puedo soportarla. Da igual que me sobren dedos en las manos para contar las veces que nos hemos visto. No puedo sacarme de la cabeza esa primera imagen. Bajo la farola. Sus manos en el pelo de Étienne. Siempre que estoy sola, mi pensamiento repasa esa noche. Y mi mente va más allá. Ella le toca el pecho. Y mi mente va más allá. En su habitación. Él le quita el vestido, sus labios se encuentran, sus cuerpos se juntan y (¡Dios mío!) me sube la temperatura y me duele el estómago.

Tengo fantasías sobre su ruptura. Sobre cómo él podría hacerle daño y viceversa, y sobre todas las formas en que yo podría hacerle daño a ella. Quisiera tirarle del pelo, que lleva al estilo parisino, hasta arrancárselo de la cabeza. Quiero clavarle las uñas en los ojos y arañarla.

Resulta que no soy muy buena persona.

Étienne y yo raramente hablábamos de ella, pero ahora se ha convertido en un tema tabú. Y eso me tortura, porque parece que tras las vacaciones vuelven a tener problemas. Como si fuera una acosadora, llevo la cuenta de cuántas noches pasa conmigo y cuántas pasa con ella. De momento, voy ganando.

Así pues, ¿por qué no corta con ella? ¿Por qué, por qué, por qué?

Me atormenta hasta que tengo que ceder, hasta que la presión es tan insoportable que me veo obligada a hablar con alguien parar no explotar. Me decido por Meredith. Supongo que ella está tan obsesionada por esta situación como yo. Estamos en su habitación y me ayuda a escribir una redacción sobre mi cobaya para la clase de Francés. Lleva pantalones cortos para jugar al fútbol y un jersey de cachemira; y, aunque es un atuendo ridículo, es apropiado para Meredith de una forma encantadora. Está haciendo abdominales. Por diversión.

—Bien, pero eso está en presente —dice—. No estás dando palitos de zanahoria a Capitán Jack ahora mismo.

—Oh, claro. —Apunto algo, pero en realidad no estoy concentrada en los verbos. Estoy intentando encontrar la forma de sacar discretamente el tema de Étienne.

—Léemelo otra vez. ¡Ah! Y pon esa voz graciosa, la del otro día, el falso acento francés de cuando pediste *café crème* en ese sitio nuevo que descubrimos con St. Clair.

No puse un falso acento francés a propósito, pero aprovecho la ocasión.

—Oye, quería preguntarte algo. Esto… Me preguntaba si…

Soy consciente de que tengo un panel de luces encima de la cabeza que grita «¡¡¡QUIERO A ÉTIENNE!!!», pero sigo adelante.

—¿Por qué sigue con Ellie? Quiero decir, apenas se ven, ¿no?

Mer deja de hacer abdominales y… ¡Me ha pillado! Sabe que yo también estoy enamorada de él.

Pero, al ver que tarda en contestar, me doy cuenta de que está tan atrapada en el drama como yo. Ni siquiera ha notado el tono de voz raro que he puesto.

—Sí. —Vuelve a tumbarse en el suelo—. Pero no es tan fácil. Llevan juntos una eternidad. Son prácticamente un viejo matrimonio. Además, los dos son muy... cautelosos.

—¿Cautelosos?

—Sí. Ya me entiendes. St. Clair no es de los que marean la perdiz. Y Ellie es igual. Le costó un montón decidirse por una universidad, y finalmente escogió una que está muy cerca de aquí. Es decir, Parsons no está mal, es una universidad prestigiosa, pero ha ido allí para estar junto a él. Y ahora, con lo de su madre, creo que St. Clair tiene miedo de perder a otra persona. Y ella no va romper con él mientras su madre esté enferma. Incluso si la relación ya no va bien.

Juego con el boli. *Clickclickclickclick.*

—¿Crees que no son felices?

Ella suspira.

—No es que no sean felices, pero... No lo son lo suficiente, supongo. ¿Tiene sentido?

Pues sí. Y no me gusta nada. *Clickclickclickclick.*

Eso significa que no puedo decirle nada a él porque romperíamos nuestra amistad. Tengo que hacer como si entre nosotros todo fuera como antes. Como si no sintiera por él más de lo que siento por Josh. Quien, al día siguiente, está pasando de la clase de Historia por enésima vez en lo que llevamos de curso. Tiene una novela gráfica, *Adiós, Chunky Rice*, de Craig Thompson, escondida en el regazo. Garabatea algo en el cuaderno de dibujo de vez en cuando. Toma apuntes, pero no precisamente sobre la toma de la Bastilla.

Josh y Rashmi han vuelto a discutir a la hora del almuerzo. Ya nadie se preocupa cuando Étienne hace novillos, pero con Josh es distinto; ni siquiera hace los deberes. Y cuanto más lo presiona Rashmi, más pasa él de todo.

El Professeur Hansen se pasea por la parte delantera de la clase. Es un hombre bajito, con gafas de culo de botella y el pelo liso. Siempre que golpea los pupitres para enfatizar algo, se le levanta la melena como si soplara el viento. Le gusta contar detalles escabrosos de la historia y nunca nos hace memorizar fechas. Con un profesor así durante cuatro años, entiendo por qué a Étienne le interesa tanto el tema.

Ojalá pudiera dejar de relacionarlo todo con Étienne.

Echo un vistazo a los alumnos de tercero y descubro que no soy la única en quien las hormonas han hecho estragos. Emily Middlestone se agacha para recoger una goma que ha caído al suelo y Mike Reynard clava los ojos en sus pechos. Qué asco. Lástima que a ella le guste Dave, el mejor amigo de Mike. Es obvio que Emily ha dejado caer la goma a propósito, pero Dave no le hace caso. Está concentrado en seguir los paseos del Professeur Hansen.

Dave se da cuenta de que estoy mirándolo y se sienta bien. Rápidamente aparto la mirada. Emily clava sus ojos en mí y yo le dedico una sonrisa sosa. Ella también se ha teñido un mechón, aunque su melena es rubia y la mecha, de color rosa. Así que no es exactamente como la mía. Todavía.

El Professeur Hansen nos está explicando curiosidades de la ejecución de María Antonieta. No puedo concentrarme. Étienne y yo iremos al cine después de clase. Y sí, Josh y Rashmi también vienen (Mer no puede porque tiene entrenamiento), pero igualmente eso actualiza el marcador: Anna, 4; Ellie, 1. El profesor vuelve a golpear un pupitre y asusta a la pelirroja que se sienta a mi izquierda, a quien se le caen los apuntes.

Me agacho para ayudarla a recogerlos, y me sorprende descubrir una página entera llena de dibujos de una calavera que me resulta familiar. La miro, sorprendida, y ella se sonroja hasta que el color de su cara y el de su pelo prácticamente se confunden. Echo un vistazo a Josh y luego levanto las cejas en dirección a la pelirroja. Se le ponen los ojos como platos, horrorizada, pero niego con la cabeza y sonrío. No diré nada.

¿Cómo se llama? Isla. Isla Martin. Vive en mi piso, pero es tan silenciosa que a menudo me olvido de ella. Si le gusta Josh, tendrá que ser más escandalosa. Ambos son tímidos. Es una lástima, porque harían buena pareja. Seguramente discutirían menos que con Rashmi. ¿Por qué no nos fijamos en las personas adecuadas? ¿Por qué la gente tiene tanto miedo a romper una relación, aunque no sea buena?

Sigo dándole vueltas a esta pregunta mientras Étienne y yo esperamos a Josh en el primer piso, delante de su cuarto, preparados para ir al cine. Étienne apoya una oreja en la puerta de la habitación y se aparta rápidamente, como si quemara.

—¿Qué pasa?

Él hace una mueca.

—Se han reconciliado otra vez.

Lo sigo hasta la calle.

—¿Rashmi también está allí?

—Se lo están pasando bien —dice, tajante—. No quisiera interrumpir.

Me alegro de que me esté dando la espalda, así no puede ver mi cara. No es sólo que me moleste hablar de sexo, sino que siento con más fuerza esa estúpida barrera entre nosotros. Y ahora vuelvo a pensar en Étienne y Ellie. Los dedos de él acariciando los hombros descubiertos de ella. Los labios de Ellie en el cuello de Étienne. «Deja de pensar en eso, Anna.»

Basta, basta, BASTA.

Cambio de tema y hablamos de su madre. Ya ha terminado el tratamiento, pero hasta marzo no sabrá si han conseguido erradicar la enfermedad. Los médicos dicen que tienen que esperar a que la radiación salga de su cuerpo para empezar a hacerle pruebas. Étienne está a caballo entre la preocupación y la esperanza, así que intento darle esperanzas siempre que puedo.

Hoy su madre está bien, así que él también. Me cuenta algo sobre sus medicamentos, pero estoy concentrada en estudiar su perfil. Me acuerdo de Acción de Gracias. Esas mismas pestañas, esa misma nariz, su silueta en la oscuridad de mi habitación.

Dios mío, qué guapo es.

Vamos hasta nuestro cine favorito, al que llamamos cariñosamente Cine de Papá y Mamá Basset Hound. Está a pocas manzanas de la residencia y tiene una única sala. Pertenece al señor que pasea a Pouce, el perro de la *pâtisserie*. Creo que en realidad no hay una «mamá» (el dueño de Pouce es el «papá»), pero es un mote bastante acertado. Entramos y el hombre me llama desde el mostrador.

—¡Jo-ja! ¡Atlanta, jo-ja!

Sonrío. He estado practicando francés con él y él repasando su inglés conmigo. Recuerda que soy de Atlanta, Georgia (*¡Jo-ja!*), y charlamos un poco sobre el tiempo. Luego le pregunto si Pouce es un perro feliz y si a él, todo un señor, le gusta la buena comida. Por lo menos estoy intentándolo.

La película de esta tarde es *Vacaciones en Roma*. El cine está vacío. Étienne estira las piernas y se repantinga en la butaca.

—Vale, tengo una. La venganza es un plato...

—¡... que se sirve frío!

—¡Sí! —Le brillan los ojos.

Éste es uno de nuestros juegos favoritos: uno dice el principio de una frase hecha y el otro tiene que terminarla.

—Con amigos como éstos...

Imita mi voz tenebrosa.

—... ¿quién necesita enemigos?

Étienne intenta mantener una expresión seria mientras mi voz rebota en las paredes enmoquetadas, pero no lo consigue y se ríe con ganas. La imagen hace que me dé un vuelco el corazón. Debo de tener una expresión rara en la cara porque él se tapa la boca.

—Deja de mirarlos —me dice.

—¿El qué?

—Mis dientes. Estabas mirándolos.

Me río otra vez.

—Como si fuera la persona más indicada para meterme con los dientes de los demás. Puedo disparar agua a grandes distancias a través de este agujero, ¿sabes? Bridge solía chincharme todo el tiempo... —Me callo. Me siento mal. Todavía no he hablado con Bridgette.

Étienne se saca la mano de la boca. Ahora tiene una expresión dura, como si estuviera a la defensiva.

—Me gusta tu sonrisa.

«Y a mí la tuya.»

Pero no me atrevo a decirlo en voz alta.

capítulo treinta y tres

La chica de la recepción sonríe al verme.

—¡Tienes un paquete! —dice con su marcado acento francés.

La puerta de la Résidence Lambert se abre otra vez y mis amigos aparecen detrás de mí. La chica me entrega una gran caja marrón y firmo alegremente para certificar que la he recibido.

—¿De parte de tu madre? —me pregunta Mer. Tiene las mejillas rosadas por el frío.

—¡Sí!

Hoy es mi cumpleaños y ya sé lo que hay dentro de la caja. Contenta, la llevo hasta los sofás del vestíbulo y busco algo con qué abrirla. Josh saca la llave de su habitación y rompe la cinta adhesiva.

—¡AAH! —grita.

Rashmi, Mer y Étienne echan un vistazo al interior y yo me regodeo, triunfante.

—¡No es posible! —dice Mer.

—Sí —respondo.

Étienne coge una cajita estrecha de color verde.

—¿Galletas?

Josh se la quita de las manos y exclama:

—No son sólo galletas, mi querido colega inglés. Son galletitas de las Girl Scouts, de menta y chocolate. —Se dirige a mí—: ¿Puedo abrirlas?

—¡Por supuesto!

Cada año, mi familia celebra mi cumpleaños con un festín de estas galletitas en vez de con pastel.

—Tu madre es la mejor —dice Rashmi mientras saca una caja de galletas de limón.

—¿Qué tienen las... Tagalongs[12] de especial? —pregunta Étienne, inspeccionando otra caja.

—¿TAGALONGS? —Mer se las arranca de las manos.

—Nada, sólo son el bocado más delicioso del mundo —le explico a Étienne—. Únicamente las venden en esta época del año. ¿Nunca has comido galletas de las Girl Scouts?

—¿Alguien ha dicho galletas de las Girl Scouts?

Me sorprende encontrar a Amanda Spitterton-Watts tratando de ver por encima de mi hombro. Se le ponen los ojos como platos al ver mi tesoro.

—¿Galletas de las Girl Scouts? —Otro rostro aparece detrás de nosotros con una conocida expresión de confusión. Es Cheeseburger. Amanda aprieta los labios, disgustada, y me dice:

12. Otro modo de nombrar las galletas Girl Scouts. *(N. de la T.)*

—Tienes que darme una de menta.

—Eh, sí, claro —contesto.

Josh pone mala cara, pero igualmente se la doy. Amanda clava los dientes en la oblea de chocolate y se coge del brazo de Étienne. Gruñe de placer. Él intenta apartarse, pero ella lo tiene bien agarrado. Se lame los labios. Me sorprende que no tenga migas en la boca. ¿Cómo lo hace?

—¿Alguna vez habías comido una de éstas? —le pregunta.

—Sí —miente él.

Rashmi suelta una carcajada.

Alguien tose. Cheeseburger está mirando la caja con ansiedad. Lanzo una mirada a Amanda, la Agarrabrazos, y saco un paquete entero de galletitas de menta.

—Toma, Cheeseburger.

Éste me mira sorprendido, pero no me extraña. Siempre mira así.

—Guau. Gracias, Anna.

Cheeseburger coge las galletas y desaparece escaleras arriba.

—¿Porquéestásrepartiendolasgalletas? —pregunta Josh horrorizado.

—¡Por Dios! —Mer mira irritada a Amanda—. Vámonos a un sitio más privado.

Coge mi paquete y lo lleva al piso de arriba. Precavida, tiene leche en la nevera. Me desean un feliz cumpleaños y brindamos. Y entonces nos ponemos hasta arriba de galletas.

—Hum —gime Étienne—. Tagalongs.

—Te lo dije —dice Mer, que se lame la crema de cacahuete y chocolate de los anillos.

—Perdona que no te hayamos comprado nada. —Rashmi se desploma—. Pero gracias por compartir esto con nosotros.

Sonrío.

—Es un placer.

—De hecho —suelta Étienne—, pensaba darte esto a la hora de cenar, pero supongo que ahora es tan buen momento como cualquier otro.

Se incorpora para coger su mochila.

—Pero ¡si no te gustan los cumpleaños! —protesto.

—No me lo agradezcas todavía. Además, no los odio, simplemente no me gusta celebrar el mío. No he podido envolverlo, lo siento.

Me entrega una libreta de espiral. Estoy confundida.

—Eh… ¿Gracias?

—Es para zurdos, ¿ves? —La gira—. La tuya ya está vieja y casi no te quedan páginas para seguir escribiendo críticas y tomar apuntes, así que he pensado que necesitarías a una nueva dentro de nada.

Nadie se acuerda de que soy zurda. Se me forma un nudo en la garganta.

—Es genial.

—Ya sé que no es mucho…

—No. Es perfecta. Muchas gracias.

Se muerde el meñique y nos sonreímos mutuamente.

—Oh, St. Clair, qué detalle —dice Josh.

Étienne lo golpea en la cabeza con una de las almohadas de Mer.

—Nunca me lo has contado —dice Rashmi—. ¿Qué es eso de las críticas de cine?

—Oh. —Dejo de mirar a Étienne—. Es algo que siempre he querido hacer. Me encanta el cine, y es difícil introducirse en el negocio. Me gustaría que fuera mi trabajo para toda la vida, así que tengo que practicar tanto como pueda.

—¿Por qué no quieres ser directora? ¿O guionista, o actriz, o algo así? —pregunta—. Nadie quiere ser crítico de cine, es raro.

—No es raro —dice Étienne—. Yo lo encuentro interesante.

Me encojo de hombros.

—Me gusta dar mi opinión. La posibilidad de hacer que alguien se convierta en algo realmente grande. No sé... En Atlanta, hablaba con un crítico de cine bastante importante. Vive en el barrio donde está mi cine, y solía ir allí a ver los estrenos. Un día empezó a decir que desde Pauline Kael no ha habido ninguna mujer crítica respetable, porque las mujeres somos demasiado blandas. Dice que damos cuatro estrellas a cualquier película tonta, y yo quiero demostrar que eso no es verdad.

Mer sonríe.

—Claro que no es verdad.

Étienne se sienta bien.

—Creo que nadie que te conozca se atrevería a decir que es fácil ganarse una buena crítica por tu parte.

Lo miro confundida.

—¿Qué quieres decir?

Josh finge un bostezo.

—¿Qué plan tenemos?

Espero la respuesta de Étienne, pero no dice nada. Me dirijo a Josh.

—¿Cómo?

—No nos quedemos aquí toda la noche. ¿Por qué no salimos?

Sé que no se refiere a ir al cine. Me muevo, incómoda.

—Prefiero quedarme —digo.

A Josh le brillan los ojos.

—Anna, ¿te has emborrachado alguna vez?

—Por supuesto —miento, pero el sonrojo me delata. Todos gritan.

—¿Cómo has podido aguantar este medio año sin beber? —me pregunta Rashmi.

Estoy muerta de vergüenza.

—Simplemente... no bebo. Me siento como si estuviera haciendo algo ilegal.

—Estás en Francia —dice Josh—. Deberías intentarlo, por lo menos.

Y ahora todos están saltando. Parece como si acabaran de hacerse todos mayores de edad.

—¡Sí! ¡Vamos a emborrachar a Anna! —gritan.

—No sé...

—Emborracharte, no. —Étienne sonríe—. Sólo que cojas el puntillo.

—Feliz cumpleaños borracho —dice Josh.

—Sólo el puntillo —repite Étienne—. Vamos, Anna. Conozco el lugar perfecto para celebrarlo.

Y, porque es él, mi boca responde antes que mi cerebro.

—Vale —digo.

Quedamos en que nos encontraremos más tarde. ¿En qué estaba pensando? Preferiría quedarme y hacer un maratón de vídeos de Michel Gondry. Estoy como un flan y tardo media vida en decidir qué me pongo. Mi armario no está precisamente preparado para ir de copas. Cuando finalmente bajo al vestíbulo, todos están allí, incluso Étienne. Me sorprende ver que esta vez ha sido puntual. Está de espaldas a mí.

—Vale —digo—, que empiece la fiesta.

Al oír mi voz, Étienne se da la vuelta. Y casi se desmaya.

Llevo una minifalda. Es la primera vez que la llevo desde que estoy en París. Mi cumpleaños parece una buena ocasión para desempolvarla.

—¡Guau, Anna! —Rashmi finge que se pone bien las gafas—. ¿Por qué escondes esas cosas?

Étienne está mirándome las piernas. Me tapo con el abrigo, avergonzada, y él tropieza con Rashmi.

A lo mejor tiene razón. A lo mejor debería ponerme esta ropa más a menudo.

capítulo treinta y cuatro

En este local toca un grupo que hace gritar a las guitarras, pega a la batería con fuerza y chilla la letra de las canciones. Apenas oigo mis propios pensamientos. Lo único que sé es que me siento bien. Muy bien. ¿Por qué no me había emborrachado hasta ahora? Era una estúpida, tampoco hay para tanto. No sé exactamente qué he tomado. Algo afrutado. Al principio sabía asqueroso, pero, cuanto más bebía, más me gustaba. Algo así. Me siento rara. Poderosa.

¿Dónde está Étienne?

Repaso la oscura sala y lo busco entre los cuerpos de la juventud desilusionada de París, que saca toda su rabia con una dosis saludable de punk francés. Finalmente lo encuentro apoyado contra una pared, hablando con Mer. ¿Por qué habla con ella? Mer ríe y se aparta el pelo rizado. Y luego le toca el brazo.

No puedo creerlo. Meredith se ha convertido en una Agarrabrazos.

Sin darme cuenta, mis pies salen disparados hacia ellos. La música resuena en mis venas. Piso a un tipo, que me insulta en francés, y murmuro una disculpa mientras me alejo de allí. ¿Qué diablos le pasa?

Étienne. Tengo que hablar con Étienne.

—Eh —le grito a la cara, y él se estremece.

—Anna. ¿Estás bien? ¿Cuánto has bebido? —pregunta Mer.

Agito la mano. Tres dedos. Cuatro dedos. Cinco. Algo así.

—Baila conmigo —le digo a Étienne.

Él se sorprende, pero le da su cerveza a Mer. Ella me lanza una mirada de desprecio. Me da igual. Es más amigo mío que suyo. Le cojo la mano y lo arrastro hasta la pista de baile. Cambian la canción; ahora suena algo todavía más escandaloso y dejo que fluya por mi cuerpo. Étienne sigue mi cuerpo con los ojos. Encuentra el ritmo y nos movemos juntos.

La sala gira en torno a nosotros. Su pelo está sudado. El mío también. Lo agarro y no protesta. Nos movemos al mismo ritmo. Cuando lo miro, tiene los ojos cerrados y la boca entreabierta. El grupo empieza a tocar una nueva canción, cada vez más fuerte. La multitud está en éxtasis. Étienne grita el estribillo con ellos. No me sé la letra, pero, aunque supiera francés, con este griterío no podría entenderla. Lo único que puedo afirmar con certeza es que este grupo es MUCHO MEJOR que los Penny Dreadfuls. ¡JA!

Bailamos hasta que no podemos más. Hasta que nos cuesta respirar y tenemos la ropa empapada y apenas nos aguantamos en pie. Me lleva a la barra y me apoyo con todo el cuerpo. Él se deja caer a mi lado. Nos reímos. Estoy llorando, no puedo parar de reír.

Una chica rara nos grita algo en francés.

—*Pardon?*

Étienne se da la vuelta y se le ponen los ojos como platos al reconocerla. La chica tiene el pelo lacio y una expresión facial dura. Sigue gritando y yo cazo un par de palabrotas al vuelo. Él le contesta en francés y, por su postura y el tono de su voz, deduzco que se está defendiendo. La chica vuelve a gritar, le lanza una mirada final cargada de desprecio y se aleja, abriéndose paso entre la multitud a empujones.

—¿De qué iba ésa? —pregunto.

—Mierda. Mierda.

—¿Quién era? ¿Qué pasa?

Me recojo el pelo para que el aire me dé en la nuca. Tengo calor. Hace mucho calor en este local.

Étienne se palpa los bolsillos, agobiado.

—¿Dónde diablos he metido el móvil?

Busco en mi bolso y le entrego el mío.

—¡USA EL MÍO! —grito para que pueda oír mi voz por encima de la música. Él niega con la cabeza.

—No puedo utilizar el tuyo. Así se enteraría. Joder, así se enteraría.

Se tira del pelo y sale corriendo a la calle antes de que pueda darme cuenta. Lo sigo. Salimos al frío de la calle.

Caen copos de nieve. No puedo creerlo. ¡Nunca nieva en París! ¡Y es mi cumpleaños! Saco la lengua, pero no siento la nieve. La saco más.

Étienne sigue buscando su móvil frenéticamente. Por fin, lo encuentra en el bolsillo del abrigo. Llama a alguien, pero parece que no se lo coge porque grita y lo guarda con un gesto agresivo. Me sobresalto.

—¿Qué pasa?

—¿Que qué pasa? ¿Que qué pasa? Te diré lo que pasa. Esa chica, la que quería matarme… es la compañera de habitación de Ellie. Y nos ha visto bailar. Y la ha llamado y se lo ha contado.

—¿Y? Sólo bailábamos. ¿Qué más da?

—¿Que qué más da? ¡Ellie se pone histérica siempre que quedo contigo! No soporta que estemos juntos, y ahora va a pensar que hay algo entre nosotros.

—¿No me soporta?

Estoy confundida. ¿Qué le he hecho? Hace meses que no la veo.

Él vuelve a gritar y le da una patada a la pared y grita de dolor.

—¡JODER!

—¡Cálmate! Por Dios, Étienne, ¿qué mosca te ha picado?

Niega con la cabeza y se vuelve inexpresivo.

—No tenía que acabar así.

Se pasa una mano por el pelo húmedo.

¿Qué es lo que no tenía que acabar? ¿Ella o yo?

—Hace tanto tiempo que esto se va a la mierda…

Dios mío. ¿Van a romper?

—Pero no estoy preparado —concluye.

Mi corazón se hiela. Que le den. En serio, QUE. LE. DEN.

—¿Por qué no, St. Clair? ¿Por qué no estás preparado?

Me mira al oír su apellido. St. Clair, no Étienne. Está dolido, pero no me importa. Vuelve a ser St. Clair, el St. Clair coqueto, amigo de todo el mundo. Lo ODIO. Antes de que le dé tiempo a contestar, empiezo a caminar calle abajo. No puedo mirarlo. ¿Cómo he sido tan estúpida? Soy una idiota. Es Toph, otra vez.

Me llama, pero no me detengo. Un pie delante del otro. Voy tan concentrada en mis pasos que choco contra una farola. Maldigo y la pateo. Una y otra vez. Y de repente St. Clair me aparta de allí, y yo sigo pateando y gritando y estoy tan cansada que sólo quiero volver a casa.

—Anna. ¡Anna!

—¿Qué está pasando? —pregunta alguien. Meredith, Rashmi y Josh nos rodean.

¿Cuándo han llegado? ¿Cuánto rato hace que nos observan?

—No pasa nada —dice St. Clair—. Sólo está un poco borracha.

—NO estoy BORRACHA.

—Anna, estás borracha, y yo estoy borracho, y esto es ridículo. Vámonos a casa.

—¡No quiero ir a casa contigo!

—¿Se puede saber qué diablos te pasa?

—¿Que qué me pasa? ¿Tienes valor suficiente para preguntarme esto? —Me tambaleo hacia Rashmi. Ella me ayuda a incorporarme y mira a Josh horrorizada—. Sólo dime una cosa, St. Clair. Sólo quiero saber una cosa.

Él me mira. Furioso. Confundido. Hago una pausa para calmar mi voz.

—¿Por qué sigues con ella?

Silencio.

—Vale. No me contestes. ¿Y sabes qué más? Tampoco me llames. Se acabó. *Bonne nuit.*

Y cuando contesta, yo ya he empezado a irme con paso decidido.

—Porque no quiero estar solo ahora mismo.

Su voz resuena en la noche.

Me encaro con él por última vez.

—No estabas solo, capullo.

capítulo treinta y cinco

—Guau, Anna. Eres una borde cuando te emborrachas.

Me aparto el edredón de la cara. Estoy al teléfono con Rashmi. La cabeza me está matando.

—¿Cuánto bebisteis St. Clair y tú anoche?

Étienne. ¿Qué pasó anoche? Recuerdo la música y... ¿Bailamos? Creo que sí, y... Ah, sí, una tía empezó a gritarnos y salimos a la calle y... ¡Oh, no!

Oh no, oh no, oh no.

Me levanto rápidamente. Por el amor de Dios, qué dolor de cabeza. Como martillazos. Cierro los ojos para evitar el malestar que me provoca la luz y me hundo lentamente en la cama.

—Prácticamente echasteis un polvo en la pista de baile.

¿Ah, sí?

Abro los ojos otra vez y me arrepiento inmediatamente.

—Creo que tengo la gripe —digo con voz ronca. Tengo sed.

Tengo la boca seca. Qué desagradable. Parece que me haya comido la jaula de Capitán Jack.

—Creo que tienes resaca. Deberías beber agua. Pero no mucha, podrías vomitar otra vez.

—¿Otra vez?

—Echa un vistazo al lavamanos.

Gruño.

—Prefiero no hacerlo.

—Josh y yo te arrastramos hasta la habitación casi literalmente. Deberías agradecérmelo.

—Gracias. —Ahora mismo no estoy de humor para Rashmi y sus golpes bajos—. ¿Étienne está bien?

—No lo he visto. Fue a casa de Ellie anoche.

Y yo que pensaba que no podía sentirme peor. Retuerzo las puntas de mi almohada.

—¿Y le dije... eh... algo raro, anoche?

—¿Aparte de comportarte como una novia celosa y decirle que no querías hablar con él nunca más? No. Para nada.

Gimo mientras ella me narra los sucesos de la noche con todo lujo de detalles.

—Oye —dice cuando termina—, ¿qué hay entre vosotros?

—¿Qué quieres decir?

—Ya lo sabes. Sois inseparables.

—Menos cuando está con su novia.

—Exacto. ¿Y qué hay entre vosotros?

Vuelvo a gruñir.

—No lo sé.

—¿Ya habéis... ya sabes... hecho algo?

—¡No!

—Pero te gusta. Y tú le gustas a él.

Dejo de estrangular mi almohada.

—¿Tú crees?

—Por favor… A ese chico se le levanta cada vez que estás cerca.

Se me ponen los ojos como platos. ¿Lo dice en sentido figurado o realmente ha visto algo? No. Concéntrate, Anna.

—¿Así pues, por qué…?

—¿Por qué sigue con Ellie? Te lo dijo anoche. Se siente solo, o tiene miedo de quedarse solo. Josh dice que, con todo lo de su madre, siente pánico ante cualquier cambio en su vida.

O sea, que Meredith tenía razón. Étienne tiene miedo al cambio. ¿Por qué no había hablado antes con Rashmi? Ahora me parece obvio. Es evidente que ella tiene información confidencial, porque Étienne habla con Josh, y Josh habla con Rashmi.

—¿Crees de verdad que le gusto? —No puedo evitarlo.

Ella suspira.

—Anna. No deja de chincharte. Es el clásico síndrome de niño-que-tira-del-pelo-de-la-niña. Y si a otro chico se le ocurre hacer lo mismo, enseguida te defiende y le dice que se pire.

—Ajá.

Un momento de silencio.

—Te gusta de verdad, ¿no?

Estoy luchando para no llorar.

—No. No es eso.

—No mientas. Bueno, ¿piensas levantarte hoy? Necesitas comer algo.

Quedamos al cabo de media hora en la cafetería, pero no sé por qué, pues tengo ganas de volver a meterme en la cama en el mismo instante en que salgo de ella. Siento náuseas y parece que alguien me esté pegando en la cabeza con un bate de béisbol. Me llega mi propio olor corporal. Mis poros desprenden acidez y alcohol. Mi pelo apesta a tabaco rancio. Y mi ropa. Qué asco. Corro hasta el lavabo, no sin esfuerzos.

Y entonces descubro el vómito de la noche anterior. Y echo la pota. Otra vez.

En la ducha me encuentro moratones raros en los pies y en las piernas. No tengo ni idea de cómo me los hice. Me desplomo en mi rinconcito favorito y dejo que el agua caliente salga y corra. Llego veinte minutos tarde al desayuno. Comida. Lo que sea. París está cubierta por varios centímetros de nieve. ¿Cuándo ha sucedido eso? ¿Cómo he podido pasarme la primera nevada parisina en la cama? El resplandor blanco me deslumbra.

Por suerte, Rashmi ya está en nuestra mesa cuando llego. Ahora mismo no podría enfrentarme a nadie más.

—Buenos días, princesa. —Se le escapa una sonrisa al ver mi pelo mojado y los ojos hinchados.

—Lo que no entiendo es por qué la gente cree que beber es divertido.

—Anoche te lo estabas pasando bien mientras bailabas.

—Lástima que no me acuerde.

Rashmi me pasa un plato con pan tostado.

—Come esto. Y bebe un poco de agua, pero no mucha. Podrías volver a vomitar.

—Ya lo he hecho.

—Bien, vamos por buen camino.

—¿Dónde está Josh?

Muerdo la tostada. *Puaj*. No tengo hambre.

—Te encontrarás mejor si te la comes. —Señala mi plato con la cabeza—. Josh todavía duerme. No nos pasamos todo el día juntos, ¿vale?

—Sí. Claro. Por eso tú y yo siempre salimos por ahí.

Ups.

La piel oscura de Rashmi se enrojece.

—Ya sé que esto te sorprenderá, Anna, pero no eres la única que tiene problemas. Josh y yo no estamos pasando por nuestro mejor momento.

Me deslizo en la silla, avergonzada.

—Lo siento.

Ella juguetea con la tapa de su zumo.

—Da igual.

—Y… ¿cuál es el problema?

Prácticamente tengo que sonsacarle la información, pero cuando empieza a hablar parece que se esté desbordando una presa. Resulta que discuten más de lo que pensaba. Sobre los novillos que hace Josh, sobre la presión que ella le pone. Rashmi cree que él está triste porque ella acaba la escuela este año y él todavía no. Todos iremos a la universidad, y él no.

No había pensado en ello hasta ahora.

Y ella está mal porque le preocupa su hermana pequeña, Sanjita, que se junta con Amanda y compañía, y le preocupa su hermano Nikhil, a quien le hacen *bullying*. Y está enfadada con sus padres porque no paran de compararla con su hermana mayor, Leela, que fue la mejor estudiante de su promoción y pronunció el discurso de graduación. Y Mer siempre está ocupada con los entrenamientos de fútbol, y Étienne y yo siempre estamos juntos y ella... ha perdido a su mejor amiga.

Ellie todavía no la ha llamado.

Y, durante su confesión, me siento terriblemente avergonzada. No me había dado cuenta de que no tiene con quién hablar. Es decir, sé que Ellie era su mejor amiga, pero ya no está y olvidé que eso significa que Rashmi no tiene a nadie más. O a lo mejor di por sentado que Josh le bastaba.

—Pero lo arreglaremos —dice sobre él. Intenta no llorar—. Siempre lo arreglamos. Pero es difícil. —Le paso una servilleta y se suena la nariz—. Gracias.

—De nada. Gracias a ti por la tostada.

Me dedica media sonrisa, pero desaparece cuando ve algo detrás de mí. Me vuelvo para seguir su mirada.

Y allí está.

Tiene el pelo hecho un desastre y lleva la camiseta de Napoleón más arrugada que nunca. Se arrastra hasta Monsieur Boutin con un plato de... pan tostado. Parece que no haya dormido en una semana. Y aun así está guapo. Mi corazón se rompe en mil pedazos.

—¿Qué le digo? ¿Qué se supone que tengo que decirle?

—Respira —dice Rashmi—. Respira hondo.

No puedo respirar.

—¿Y si no quiere hablar conmigo? Le dije que no quería hablar con él nunca más.

Me coge la mano y la aprieta.

—No pasa nada. Y viene hacia aquí, o sea, que ahora voy a soltarte. Actúa con naturalidad. Irá bien.

Vale. Irá bien. Vale.

Se dirige hacia nosotras con una lentitud extrema. Cierro los ojos. Me da miedo pensar que, si no se sienta con nosotras, es porque realmente NUNCA más va a hablar conmigo. Deja su bandeja delante de mí. No recuerdo cuándo fue la última vez que no se sentó a mi lado, pero da igual. Por lo menos está aquí.

—Buenas —dice.

Abro los ojos.

—Buenas.

—¡Oh, no! —exclama Rashmi—. Tengo que llamar a Josh. Le dije que lo despertaría antes de comer y lo había olvidado. ¡Nos vemos!

Y se larga con tal rapidez que uno pensaría que tenemos una enfermedad contagiosa.

Cojo la tostada y le doy otro mordisco. Me produce arcadas.

Étienne tose.

—¿Estás bien?

—No. ¿Y tú?

—Estoy hecho caldo.

—No tienes muy buen aspecto.

—Dijo la chica del pelo empapado.

Río, más o menos. Él se encoge de hombros, más o menos.

—Muchas gracias, Étienne.

Pincha la tostada, pero no la coge.

—¿Ahora vuelvo a ser Étienne?

—Tienes muchos nombres.

—Tengo uno, pero la gente lo divide de forma extraña.

—Lo que tú digas. Sí, vuelves a ser Étienne.

—Bueno.

No sé si esta interacción cuenta como disculpa.

—¿Cómo estaba...? —No quiero decir su nombre.

—Furiosa.

—Lo siento. —Aunque no es verdad, pero tengo la imperiosa necesidad de demostrarle que podemos seguir siendo amigos. Algo dentro de mí me duele; lo necesito—. No quería estropear las cosas entre vosotros. No sé qué me pasó.

Se masajea las sienes.

—No te disculpes, por favor. No es culpa tuya.

—Pero si no te hubiera arrastrado hasta la pista para bailar...

—Anna —Étienne habla despacio—, no me obligaste a hacer nada que yo no quisiera hacer.

Mi cara arde a medida que la información explota dentro de mí como si fuera dinamita.

Le gusto. Realmente le gusto a Étienne.

Pero, en el mismo instante en que ese pensamiento llega a mi cerebro, se convierte en confusión, en algo que me disgusta tanto que mis emociones saltan al extremo opuesto.

—Pero... ¿sigues con ella?

Cierra los ojos con dolor. No puedo controlar mi tono de voz.

—¡Has pasado la noche con ella!

—¡No! —Los ojos de Étienne se abren de repente—. No, Anna, no lo hice. No he... pasado la noche con Ellie desde hace mucho tiempo. —Me mira suplicante—. Desde antes de Navidad.

—No entiendo por qué no rompes con ella.

Estoy llorando. Siento la angustia de tener algo que quiero tan cerca y, a la vez, tan lejos.

La cara de Étienne se llena de pánico.

—Llevamos mucho tiempo juntos. Hemos pasado por muchas cosas juntos, es complicado.

—No es complicado. —Me levanto y empujo mi bandeja. La tostada salta del plato y rebota en el suelo—. Me tenías delante y me rechazaste. No cometeré el mismo error otra vez.

Salgo de allí corriendo.

—¡Anna! ¡Anna, espera!

—¡Oliphant! ¿Te encuentras mejor?

Un poco más y choco con Dave. Sonríe. Sus amigos, Mike y Emily Middlestone, también conocida como la Chica de la Mecha Rosa, esperan detrás de él con bandejas de comida.

—Eh... ¿Qué?

Miro a mi alrededor. Étienne se ha levantado. Estaba a punto de seguirme, pero ahora que ha visto a Dave no lo tiene tan claro.

Dave se ríe.

—Te vi anoche en el vestíbulo. Supongo que no te acuerdas. Tus amigos no conseguían meterte en el ascensor y les eché una mano.

Rashmi no lo ha mencionado.

—Devolviste algo muy malo en el lavamanos de tu habitación.

¿Dave ha estado en mi habitación?

—¿Hoy estás mejor?

Se pone una greña detrás de la oreja.

Echo otro vistazo a Étienne. Da un paso hacia delante, pero luego vuelve a dudar. Me dirijo a Dave. Algo nuevo y feo se está gestando dentro de mí.

—Estoy bien.

—Genial. Vamos a ir a un pub irlandés de Montmartre esta noche. ¿Te apuntas?

Ya he bebido suficiente esta temporada.

—Gracias, pero prefiero quedarme.

—No pasa nada. ¿Otra vez, quizás? —Sonríe, pícaro, y me da un codazo—. ¿Cuando te encuentres mejor?

Quiero castigar a Étienne, quiero hacerle el mismo daño que me ha hecho a mí.

—Claro. Estaría bien.

Dave levanta las cejas, seguramente porque está sorprendido.

—Mola. Pues nos vemos por aquí.

Vuelve a sonreír, esta vez tímidamente, y sigue a sus amigos hacia su mesa habitual.

—Mola —dice Étienne detrás de mí—. También ha sido un placer hablar contigo.

Me doy la vuelta.

—¿Perdona? ¿O sea, que tú puedes seguir con Ellie y yo ni siquiera puedo hablar con Dave?

Étienne parece avergonzado. Se mira las botas.

—Lo siento.

No sé cómo interpretar esa disculpa.

—Lo siento —repite. Y esta vez me mira. Suplicando—. Y ya sé que no es justo pedirte esto, pero necesito más tiempo. Para arreglar las cosas.

—Has tenido todo el año. —Mi voz es fría.

—Anna, por favor. Sé mi amiga, por favor.

—Tu amiga. —Suelto una risotada amarga—. Claro. Por supuesto.

Étienne me mira con cara de cordero degollado. Quiero decirle que no, pero NUNCA he sido capaz de negarle nada.

—Por favor —repite.

Me cruzo de brazos, protegiéndome.

—Claro, St. Clair. Amigos.

capítulo treinta y seis

—No puedo creer que hayas ido a comer con David.

Mer lo observa desaparecer pasillo abajo y niega con la cabeza. Vamos en dirección contraria a él, a la clase de Física.

—Dave —corrijo—. ¿Qué pasa? Es un buen chico.

—Si te gustan los roedores —dice St. Clair—. Con esos piños seguro que no le cuesta nada masticar.

—Ya sé que no te cae bien, pero podrías intentar ser un poco diplomático.

Me abstengo de recordarle que ya tuvimos una conversación sobre nuestros respectivos dientes. Estas últimas semanas han sido horribles. St. Clair y yo todavía somos amigos, en teoría, pero ahora vuelve a haber esa cosa entre nosotros, y es peor y más grande que después de Acción de Gracias. Es tan grande que parece algo físico, un peso y un cuerpo reales que no quieren que nos acerquemos el uno al otro.

—¿Por qué? —Su voz denota sospecha—. ¿Estáis saliendo?

—Sí, decidimos tener una cita justo después de que él me pidiera matrimonio. Por favor. Sólo somos amigos.

—Dave quiere ser algo más que amigos. —Mer sonríe maliciosamente.

—Por cierto, ¿alguien se ha enterado de lo que tenemos que hacer para los deberes de Lengua? —pregunto.

—Cambia-temas, creía que tu nombre era Anna —dice Rashmi, pero de forma amigable. Desde nuestro desayuno poscumpleaños, las cosas son más fáciles entre nosotras.

—No estoy cambiando de tema. Realmente no sé qué han puesto de deberes.

—Qué raro —dice St. Clair—, porque he visto cómo te lo apuntabas.

—¿Me lo he apuntado?

—Sí —dice. Es un reto.

—Venga ya, vosotros dos —interrumpe Mer.

Nuestros amigos están hartos de nuestras disputas, aunque no conocen los detalles de nuestra situación actual. Pero lo prefiero así.

—Anna, tenemos que hacer una comparación de las dos historias que hay en *Kitchen*, ¿recuerdas?

Ahora me acuerdo. De hecho, tengo muchas ganas de hacer ese trabajo. Acabamos de leer el libro, de Banana Yoshimoto, una autora japonesa, y de momento es mi favorito. Trata sobre el luto y el dolor del amor. No puedo evitar recordar las obras de mi padre.

Él también escribe sobre el amor y la muerte, pero sus libros son melodramas ñoños, mientras que Yoshimoto reflexiona sobre el proceso de curación. Sus personajes también sufren, pero intentan recomponer sus vidas. Intentan amar otra vez. Sus historias son más duras, pero también más gratificantes. Los personajes sufren al principio y en la mitad, pero no al final. La resolución es positiva.

Debería enviarle un ejemplar a mi padre. Y marcar los finales felices en rojo.

—Esto... —dice St. Clair—. Entonces, ¿podemos hacer el trabajo juntos? ¿Esta noche?

Se está esforzando para ser amigable. Suena fatal. Aunque él sigue intentándolo, yo no paro de lanzarle puñaladas.

—No lo sé —digo—. Esta noche me toman las medidas para el vestido de novia.

La cara de St. Clair se tiñe de frustración, pero, por algún motivo, eso no me satisface como debería. Argh, está bien.

—Vale —digo—. Estaría... bien.

—Sí, tendrías que prestarme los apuntes de Cálculo —dice Mer—. Hoy me he perdido algo. No era mi día.

—Oh —dice St. Clair, como si acabara de darse cuenta de que Mer está ahí—. Claro, no hay problema. Te los presto cuando vengas.

Rashmi sonríe maliciosamente pero no dice nada. St. Clair me pregunta:

—¿Te gustó el libro?

—Sí. —La incomodidad persiste entre nosotros—. ¿Y a ti?

St. Clair se piensa la respuesta.

—Lo que más me gusta es el nombre de la autora —dice finalmente—. Ba-na-na.

—Lo pronuncias mal —le digo.

Me da un codazo suave.

—Pero todavía es lo que más me gusta.

—Oliphant, ¿qué has puesto en la nueve? —murmura Dave.

Estamos haciendo un examen tipo test. Lo cierto es que no me va muy bien, porque la conjugación de verbos no es lo mío. Con los sustantivos me las apaño: barco, cordón, arco iris. *Le bateau, le lacet, l'arc-en-ciel.* Pero ¿los verbos? Ojalá todo pudiera decirse en presente.

Yo compro leche ayer en tienda.

Anoche él va en autobús dos horas.

Hace una semana le canto a tu gato en la playa.

Me aseguro de que la Professeure Gillet esté distraída antes de contestar a Dave.

—Ni idea —murmuro.

Aunque en realidad sí lo sé, pero no me gusta que la gente haga trampas. Él levanta seis dedos y niego con la cabeza. Esa respuesta no la sé.

—¿Número seis? —dice para asegurarse de que lo he entendido.

—¡Monsieur Higgenbaum!

Dave se tensa a medida que Madame Guillotine se aproxima. Le arranca el test de las manos y mi francés no es lo suficientemente bueno para entender lo que le grita. Pillado.

—Y usted, Mademoiselle Oliphant... —también me quita la hoja.

¡Eso es injusto!

—Pero...

—No tolero que se copie. —Y frunce el ceño con tanta severidad que quisiera esconderme bajo el pupitre. Desfila hacia la parte delantera de la clase.

—¿Qué diablos? —murmura Dave.

Lo hago callar, pero ella se vuelve otra vez.

—¡Monsieur! ¡Mademoiselle! Creo que lo he dejado bastante claro: no se habla durante los exámenes.

—Lo siento, *professeure* —digo mientras Dave protesta y asegura que él no ha dicho nada. Lo cual es una tontería porque todo el mundo le ha oído.

Y entonces... La Professeure Gillet nos echa de clase.

No puedo creerlo. Nunca me habían expulsado de una clase. La profesora nos obliga a quedarnos en el pasillo hasta el final de la hora, pero Dave tiene otros planes. Se larga de allí de puntillas y me hace un gesto para que lo siga.

—Ven, vamos a las escaleras a charlar.

No quiero ir. Ya nos hemos metido en bastantes problemas.

—No se dará cuenta de que nos hemos ido. Volveremos antes de que suene el timbre —dice—. Te lo prometo.

Dave me guiña un ojo y muevo la cabeza. Lo sigo. ¿Por qué no sé decir que no a los chicos guapos? Espero que se detenga cuando llegamos a las escaleras, pero sigue bajando. Salimos a la calle.

—Mejor, ¿no? —pregunta—. Con el día que hace, no podemos quedarnos ahí dentro.

Hace un frío que pela, y yo sí tengo ganas de quedarme dentro, pero me muerdo la lengua. Nos sentamos en un banco helado y Dave habla sin parar de hacer snowboard o de esquiar o algo así. No le estoy escuchando. Me pregunto si la Professeure Gillet me dejará recuperar los puntos de ese test. Me pregunto si ha mirado si seguimos en el pasillo. Me pregunto si voy a meterme en más problemas.

—En realidad, me alegro de que nos hayan echado —dice Dave.

—¿Cómo? —Vuelvo a prestarle atención—. ¿Por qué?

Sonríe.

—Nunca consigo verte sola.

Y en ese momento, así, porque sí, Dave se inclina y nos besamos.

Estoy. Besando. A Dave Higgenbaum. Y... no está mal.

Una sombra se cierne sobre nosotros y me separo de sus labios, que ya están en modo hiperactivo.

—Mierda. ¿No hemos oído la campana? —pregunta él.

—Tranquilo —dice St. Clair—. Todavía os quedan cinco minutos para disfrutar del crujir de los dientes.

Me encojo, mortificada.

—¿Qué estás haciendo aquí?

Meredith está detrás de él. Lleva un montón de periódicos. Sonríe.

—Eso tendríamos que preguntarte a ti. Estamos haciendo un encargo para el Professeur Hansen.

—Oh —digo.

—Holaaa, Dave —dice Mer.

Él la saluda con la cabeza, pero está observando a St. Clair, cuyo rostro es duro y frío.

—¡Bueno! Os dejamos hacer... lo que estabais haciendo. —Los ojos de Mer brillan al coger el brazo de St. Clair—. Hasta luego, Anna. Adiós, Dave.

St. Clair se mete las manos en los bolsillos. Se va sin mirarme y el estómago me da un vuelco.

—¿Qué problema tiene ese tío? —pregunta Dave.

—¿Quién, Étienne? —Me sorprendo al oír su nombre de pila.

—¿Étienne? —Dave levanta una ceja—. Creía que se llamaba St. Clair.

Quiero preguntarle: «Entonces ¿por qué lo llamas "ese tío"?». Pero eso sería de mala educación. Me encojo de hombros.

—¿Y por qué siempre estás con él? Las chicas no paran de hablar de él, pero no veo qué tiene de fantástico.

—Porque es gracioso —digo—. Es muy buen chico.

«Buen chico.» Así es como describí a Dave el otro día delante de St. Clair. ¿Qué me pasa? Ni que Dave y St. Clair se parecieran en algo. Pero Dave parece disgustado y yo me siento mal. No es justo que haga un cumplido a St. Clair delante de Dave. Y menos después de besarlo.

Él se mete las manos en los bolsillos.

—Deberíamos volver.

Subimos otra vez a la clase. Me imagino a la Professeure Gillet esperándonos, echando humo por la nariz como si fuera un dragón. Pero, al llegar, nos encontramos el pasillo desierto. Echo un vistazo por la ventana en el preciso instante en que ella termina la clase. Me ve y asiente con la cabeza.

No puedo creerlo.

Dave tenía razón. No se ha dado cuenta de que nos hemos ido.

capítulo treinta y siete

Vale. Dave no es tan atractivo como St. Clair. Es más bien desgarbado y tiene los dientes casi de conejo, pero su nariz llena de pecas es mona. Y me gusta cómo se aparta las greñas de los ojos, y su sonrisa seductora todavía me pilla desprevenida. Y, evidentemente, es un poco inmaduro, pero ni punto de comparación con su amigo Mike Reynard, que se pasa el día hablando de las tetas de la Chica de la Mecha Rosa. Incluso cuando ella puede oírle. Y, aunque no creo que Dave se emocione con un libro de historia ni lleve un ridículo sombrero de punto que le ha hecho su madre, lo más importante es esto: Dave está disponible. St. Clair no.

Sólo hace una semana que nos besamos y ya nos hemos convertido en pareja. O algo parecido. Hemos salido a pasear un par de veces, ha pagado algunas comidas, nos hemos dado el lote en varios sitios del campus. Pero no salgo con sus amigos, y él tampoco viene nunca con los míos.

Y eso es perfecto, porque todos se pasan el día chinchándome con Dave.

Estoy perdiendo el tiempo en el vestíbulo. Es viernes por la noche y no hay casi nadie. Nate está en el mostrador, porque los trabajadores están de huelga. Siempre hay alguna huelga en París: tenía que haber una en la escuela tarde o temprano. Josh dibuja a Rashmi, que habla por teléfono con sus padres en hindi, mientras St. Clair y Meredith se preguntan el temario del examen sobre el sistema político. Yo estoy mirando mis e-mails. Me sobresalto al recibir uno de Bridgette. No me ha escrito en casi dos meses.

Sé que no quieres saber nada de mí, pero quería intentarlo una vez más. Siento no haberte dicho lo de Toph. Tenía miedo porque sabía que te gustaba mucho. Espero que algún día puedas entender que no quería hacerte daño. Y espero que el segundo semestre en Francia te vaya bien. Estoy contenta de que sólo queden dos meses para la graduación; me muero de ganas de ir al baile. ¿La SOAP también tiene baile de graduación? ¿Vas a ir con alguien? ¿Qué fue del chico inglés? Me pareció que había algo más que amistad entre vosotros. Bueno. Lo siento y espero que estés bien. Y no te molestaré más. Y no he utilizado palabras grandilocuentes porque sé que no las soportas.

—¿Estás bien, Anna? —me pregunta St. Clair.

—¿Qué? —Cierro el portátil de golpe.

—Pones una cara como si el cine de Papá y Mamá Basset Hound hubiera cerrado —dice.

Bridgette y Toph irán juntos al baile de graduación. ¿Por qué me afecta? Nunca me había preocupado por el baile. Se harán esas fotos de carné para guardar en la cartera. Él llevará esmoquin tuneado con imperdibles para darle un aire más punk, y ella estará fabulosa con su vestido *vintage*, y él la cogerá por la cintura y se harán una foto con esa pose tan rara y la imagen quedará para la posteridad. Y yo nunca iré al baile de graduación.

—No es nada. Estoy bien. —Le doy la espalda y me seco las lágrimas.

St. Clair se incorpora.

—No, te pasa algo. Estás llorando.

La puerta de la entrada se abre y el nivel de decibelios se incrementa cuando Dave, Mike y tres chicas de primero entran. Han salido a beber y ríen escandalosamente. Emily Middlestone, la Chica de la Mecha Rosa, coge a Dave por el brazo. Una de sus manos reposa en su cintura. Imagen del baile de graduación. Una punzada de celos me coge desprevenida.

Emily tiene las mejillas enrojecidas y es la que más fuerte se ríe. Mer me da un golpecito con la punta del zapato. Los demás, incluso Josh y Rashmi, observan la situación con interés. Vuelvo a abrir el portátil, decidida a no demostrar lo cabreada que estoy.

—¡Anna! —Dave me saluda con un gesto enorme y exagerado. La expresión de Emily se vuelve agria—. ¡Te lo has perdido!

Se quita a Emily de encima y viene corriendo hacia mí con los brazos caídos. Parece un pollito acabado de salir del huevo cuyas alas todavía no sirven para nada.

—¿Sabes esa cafetería de la ventana azul? Les hemos robado las mesas y las sillas de la terraza y las hemos metido en la fuente. Ojalá hubieras visto la cara de los camareros cuando las han encontrado. ¡Ha sido una pasada!

Miro los pies de Dave. Están, en efecto, mojados.

—¿Qué haces? —Se sienta a mi lado—. ¿Mirando e-mails?

St. Clair suelta una risotada.

—Démosle una medalla de oro al chico por sus habilidades deductivas.

Mis amigos sonríen con aires de suficiencia. Me muero de la vergüenza ajena, tanto por mí como por Dave. Pero él ni siquiera mira a St. Clair. Se limita a sonreír.

—Bueno, he visto el portátil y lo mona que está cuando frunce el ceño, porque significa que está concentrada, y he atado cabos.

—NO —le digo a St. Clair, que ha abierto la boca para responderle. La cierra, sorprendido.

—¿Quieres subir? —pregunta Dave—. Estaremos en mi habitación un rato.

Seguramente debería. Es mi novio, más o menos. Además, estoy molesta con St. Clair. Su mirada hostil sólo consigue que yo sea más decidida.

—Vale.

Dave grita alegremente y me levanta. Tropieza con el libro de St. Clair, que parece preparado para cometer un homicidio.

—Sólo es un libro —digo.

Él frunce el ceño con desprecio.

Dave me lleva al quinto piso. El piso de St. Clair. Había

olvidado que son vecinos. Su habitación resulta ser... el sitio más norteamericano que he visto en todo París. Las paredes están cubiertas de pósters: 99 botellas de cerveza, *Reefer Madness*, una mujer de tetas enormes que sólo lleva un bikini blanco. Sus pechos están cubiertos de arena y hace pucheros como si dijera: «¿Cómo es posible? ¡Arena! ¡En la playa!».

Las chicas se amontonan en la cama deshecha de Dave. Mike se tira sobre ellas, que chillan y le dan golpecitos. Yo me apoyo en la puerta hasta que Dave me empuja y me hace sentar en su regazo. Nos sentamos en la silla de su escritorio. Entra otro chico. ¿Paul? ¿Pete? Algo así. Una de las chicas de primero, que tiene el pelo oscuro y lleva tejanos ajustados, se estira con un movimiento estudiado para mostrar el *piercing* que lleva en el ombligo a Paul/Pete. Por favor...

El grupo se divide y la gente empieza a liarse. Emily no tiene pareja, así que se va, pero no sin antes lanzarme una mirada cargada de odio. Tengo la lengua de Dave en la boca, pero no puedo relajarme porque hoy está en modo baboso. Me mete la mano bajo la camiseta y la posa en mis lumbares. Le miro la otra mano y me doy cuenta de que no las tiene mucho más grandes que las mías. Tiene manos de niño pequeño.

—Tengo que mear —dice de pronto Mike Reynard.

Mike se levanta, tirando a su pareja de esa noche al suelo en el proceso. Lo normal sería que saliera de la habitación, pero hace algo imperdonable. Se baja los pantalones, delante de todo el mundo, y mea en la ducha de Dave.

Y nadie dice nada.

—¿No le dices nada?

Pero Dave no me responde. Su cabeza se ha desplomado hacia atrás y tiene la boca abierta. ¿Se ha dormido?

—Todo el mundo mea en las duchas. —Mike tuerce el gesto—. No me digas que tú haces cola en el baño.

Siento un asco incontrolable mientras bajo las escaleras a toda velocidad. ¿En qué estaba pensando? Podría haber pillado un sinfín de enfermedades peligrosas. Seguro que Dave NUNCA ha limpiado su habitación. Al pensar en el espacio pulcro y agradable de St. Clair, descubro una nueva modalidad de celos hacia Ellie. St. Clair nunca habría colgado un póster de botellas de cerveza ni celebrado fiestas en su habitación ni usado su ducha como váter.

¿Cómo he terminado con Dave? Nunca lo decidí, sólo pasó. ¿Me lié con él sólo porque estaba enfadada con St. Clair? He dado en el clavo. Ahora me siento avergonzada y también estúpida. Busco mi collar y un nuevo miedo me asalta.

Mi llave. No tengo la llave.

¿Dónde la he dejado? Reniego, porque no pienso volver a la habitación de Dave. A lo mejor está abajo. A lo mejor ni siquiera la cogí antes de salir. ¿Significa eso que tengo que ir a la recepción? Tal vez están de huelga otra vez. Vuelvo a soltar algunas palabrotas. Eso quiere decir que tengo que despertar a Nate en plena noche y él se enfadará conmigo.

La puerta de Mer se abre de repente. Es St. Clair.

—Buenas noches —dice, y cierra la puerta.

Ella también le desea buenas noches. Él me mira y yo me estremezco. Sabía que yo estaba aquí.

—¿Os lo habéis pasado bien, Higgenbaum y tú? —Sonríe maliciosamente.

No quiero hablar de Dave. Quiero encontrar mi maldita llave y quiero que St. Clair se vaya.

—Sí, muy bien, gracias.

St. Clair parpadea.

—Estás llorando. Es la segunda vez esta noche. —Su tono de voz ha cambiado—. ¿Te ha hecho daño?

—¿Qué? —Me seco las lágrimas.

—MATARÉ a ese maldito...

Cuando consigo detenerlo ya está subiendo las escaleras.

—¡No!

St. Clair mira mi mano, que está sobre su brazo, y la aparto a regañadientes.

—Me he quedado encerrada. Sólo estoy agobiada porque he perdido la puñetera llave.

—Oh.

Nos quedamos allí un momento, sin saber exactamente qué hacer o qué decir.

—Voy a bajar. —Evito encontrarme con su mirada—. A lo mejor la he dejado allí.

St. Clair me sigue y yo estoy demasiado cansada para discutir. El sonido de sus pasos resuena por las escaleras. El vestíbulo está a oscuras y completamente vacío. El viento de marzo hace vibrar el cristal de la puerta de la entrada. Busca algo a tientas y enciende una luz. Es una lámpara de Tiffany con libélulas rojas y protuberantes ojos de turquesa. Empiezo a levantar las almohadas de los sofás en busca de la llave.

—Has estado sentada en el suelo todo el rato —dice. Intento recordar. Tiene razón. Señala una butaca.

—Ayúdame a levantarla. A lo mejor se ha metido por aquí abajo.

Movemos la butaca, pero nada. Ni rastro de la llave.

—Tal vez te la has dejado arriba.

Por lo incómodo que parece, sé que se refiere a la habitación de Dave.

—No lo sé. Estoy muy cansada.

—¿Lo miramos? —duda—. ¿O… quieres que vaya yo?

Niego con la cabeza y me alegro de que no insista. Él también parece aliviado.

—¿Nate?

—No quiero despertarlo.

St. Clair se muerde el pulgar. Está nervioso.

—Podrías dormir en mi habitación. Yo dormiré en el suelo, tú puedes quedarte con la cama. No tenemos que dormir… juntos. Otra vez. Si no quieres.

Es la segunda vez que uno de nosotros menciona esas noches. La primera fue en uno de sus e-mails durante las vacaciones de Navidad. Estoy aturdida. La tentación hace que me duela todo el cuerpo por las ganas, pero ésa es sólo una de mil posibles malas ideas.

—No. Mejor que… Mejor que me lo quite de encima cuanto antes. Igualmente tendría que enfrentarme a Nate mañana y explicarle que he… que he dormido en tu habitación.

¿Está decepcionado? Al cabo de un instante, dice:

—Voy contigo.

—Nate va a enfadarse. Deberías volver a la cama.

Pero se dirige hacia la habitación de Nate y llama a la puerta. Al cabo de un minuto, Nate la abre. Va descalzo y lleva una camiseta vieja y calzoncillos. Aparto la mirada, avergonzada. Se rasca la cabeza rapada.

—¿Ungh?

Me quedo mirando su alfombra de rombos.

—Me he quedado encerrada.

—¿Hum?

—Se ha olvidado la llave —interviene St. Clair—. ¿Puede utilizar tu copia?

Nate suspira y nos indica que entremos. Su habitación es mucho más grande que las nuestras. Tiene baño privado, sala de estar y una cocina completa (aunque es pequeña según los criterios norteamericanos), además de un dormitorio aparte. Busca en un armario de madera que hay en su sala de estar. Está lleno de llaves de cobre que cuelgan de clavos. Hay una placa dorada encima de cada uno. Coge la 408 y me la entrega.

—La quiero de vuelta antes del desayuno.

—Por supuesto. —Cojo la llave con tanta fuerza que los dientes me dejan marca en la palma de la mano—. Lo siento.

—Largo —dice, y salimos al pasillo.

Por casualidad veo el cuenco de condones, lo que me provoca otro recuerdo incómodo de Acción de Gracias.

—¿Lo ves? —dice St. Clair mientras apaga la lámpara de libélulas—. No había para tanto.

La oscuridad vuelve a invadir el vestíbulo. La única luz proviene del salvapantallas del ordenador de la recepción.

Empiezo a caminar, tocando la pared para guiarme. St. Clair choca conmigo.

—Perdona —dice.

Siento su aliento cálido en el cuello. Pero no se aparta. Se queda cerca de mí durante todo el trayecto por el pasillo.

Mis manos encuentran la puerta de las escaleras. La abro y nos protegemos los ojos de la claridad repentina. St. Clair cierra la puerta, pero no subimos. Él sigue estando muy cerca de mí. Me vuelvo. Sus labios están a un suspiro de los míos. Mi corazón late con tanta rapidez que podría explotar en cualquier momento. Él titubea y da un paso atrás.

—¿Así que tú y Dave estáis…?

Miro sus manos, que están apoyadas en la puerta. No son manos de niño pequeño.

—Estábamos —digo—. Ya no.

Se queda callado y luego da un paso hacia delante.

—Y supongo que no querrás decirme de quién era el e-mail de antes.

—No.

Otro paso hacia delante.

—Pero te ha entristecido. ¿Por qué no quieres decírmelo?

Doy un paso hacia atrás.

—Porque me avergüenza y no tiene nada que ver contigo.

St. Clair arruga la frente en un gesto de frustración.

—Anna. ¿Ni siquiera puedes confiarle esto a tu mejor amigo?

Y eso hace que tenga que tragarme las lágrimas por tercera vez en una misma noche. Porque, a pesar del extraño clima que se respira entre nosotros, él todavía me considera su mejor amiga. La noticia me alivia más de lo que podía imaginarme. Lo he echado de menos. Y odio estar enfadada con él. Sin que pueda evitarlo, suelto toda la historia de Bridgette y Toph y el baile de graduación, y él me escucha atentamente y no aparta la mirada en ningún momento.

—¡Y ellos irán al baile y yo no! Cuando papá me matriculó aquí, también me quitó eso.

—Pero... los bailes de graduación son una cutrada. —Parece confundido—. Pensaba que te alegrabas de que no tuviéramos uno en la SOAP.

Nos hemos sentado en el escalón de abajo.

—Sí, hasta ahora.

—Pero... Toph es un gilipollas. Lo odias. ¡Y a Bridgette! —Me mira—. Todavía odiamos a Bridgette, ¿no? ¿O me he perdido algo?

Niego con la cabeza.

—Todavía la odiamos.

—Vale, pues es un castigo adecuado. Piénsalo: se emperifollará con uno de esos monstruosos vestidos de satén que ninguna chica con dos dedos de frente se pondría, y le harán una de esas horribles fotos...

—La foto —gimo.

—No. Son horribles, Anna. —Parece que realmente lo cree—. Esas poses incómodas y los eslóganes malos: «Una noche para recordar», «El momento mágico».

—«Los sueños se hacen realidad.»

—Exacto. —Me da un codazo cariñoso—. Ah, y no olvides el llavero de recuerdo con la foto. Seguro que Bridgette compra uno, y Toph se morirá de la vergüenza ajena y romperá con ella. Y se acabó. La foto del baile será su perdición.

—Pero igualmente se pondrán elegantes.

—No te gusta arreglarte.

—Y podrán bailar.

—¡Pues baila aquí! Ya bailaste en el mostrador de recepción por Acción de Gracias. —Se ríe—. Seguro que Bridgette no bailará en un mostrador en la graduación.

—A menos que se emborrache. —Intento seguir triste.

—Exacto.

—Que lo hará, seguramente.

—Nada de «seguramente». Estará como una cuba.

—Así que será embarazoso cuando pierda el control durante la cena…

Él levanta las manos.

—¡Esa asquerosa comida del baile! ¿Cómo he podido olvidarla? Pollo que sabe a plástico, salsa barbacoa embotellada…

—… sobre los zapatos de Toph.

—Totalmente vergonzoso —dice—. Y pasará durante la foto. Te lo aseguro.

Finalmente sonrío, y él también.

—Eso está mejor.

Aguantamos la mirada. Su sonrisa se relaja y vuelve a darme un codazo. Apoyo la cabeza en su hombro y la luz de las escaleras se apaga. Funciona con temporizador.

—Gracias, Étienne.

Se tensa al oír su nombre de pila. En la oscuridad, le cojo una mano y la apoyo sobre mi regazo. Él también agarra la mía con fuerza. Tiene las uñas cortas y mordidas, pero me encantan sus manos.

Tienen el tamaño perfecto.

capítulo treinta y ocho

Ahora entiendo por qué la gente no para de hablar de París en primavera. Las hojas de los árboles son de un verde brillante al nacer, los castaños están repletos de capullos rosados y hay tulipanes amarillos plantados a lo largo de los paseos. Allí donde voy, los parisinos sonríen. Han cambiado las bufandas por fulares, más suaves y menos pesados. Le Jardin du Luxembourg está lleno de gente, pero son grupos agradables. Todo el mundo disfruta del primer día cálido del año. Hacía meses que no veíamos el sol.

Pero yo estoy feliz por otro motivo.

Esta mañana, Étienne ha recibido una llamada. Susan St. Clair no se convertirá en la protagonista de la nueva novela de James Ashley. La prueba de PET/CT salió bien. No hay rastro del cáncer. Le harán controles cada tres meses, pero ahora mismo, en este preciso instante, su madre está viva en el sentido más amplio del término.

Hemos salido a celebrarlo.

Étienne y yo estamos apalancados delante del Grand Bassin, un lago artificial con forma de octágono que es famoso por los barcos de juguete que surcan sus aguas. Meredith participa en una liga regional de fútbol en un campo cubierto al otro lado de la calle y Josh y Rashmi han decidido ver el partido. Nosotros también la hemos visto un rato. Es fantástica, pero tanto a Étienne como a mí nos interesa poco el deporte. Apenas quince minutos después del inicio del partido, ha empezado a susurrarme cosas al oído y a chincharme con las cejas levantadas.

No le ha costado mucho convencerme. Volveremos dentro de un rato, a tiempo para ver el final.

No entiendo por qué no he venido antes a este parque, que además está muy cerca del barrio latino. ¡Lo que me he perdido! Hasta ahora, Étienne me ha enseñado la escuela de apicultura, un huerto de árboles frutales, un teatro de marionetas, un carrusel y un rincón escondido donde señores mayores juegan concentrados a la petanca. Dice que estamos en el mejor parque de todo París, pero yo creo que es el mejor parque del mundo entero. Ojalá pudiera traer a Seany aquí.

Un barquito con control remoto pasa detrás de nosotros. Suspiro alegremente.

—¿Étienne?

Estamos tumbados el uno al lado del otro, apoyados en el borde del Bassin. Él cambia de posición y sus piernas encuentran un sitio cómodo entre las mías. Tenemos los ojos cerrados.

—¿Hum? —pregunta.

—Esto es mucho mejor que un partido de fútbol.

—Hum, sí, ¿verdad?

—Somos mala gente —digo.

Me pega con un gesto vago y nos reímos. Al cabo de un rato me doy cuenta de que me está llamando.

—¿Qué? —Debo de haberme quedado dormida.

—Tienes un barco en el pelo.

—¿Qué?

—He dicho que tienes un barco en el pelo.

Intento levantar la cabeza, pero la tengo enganchada a algo. Lo ha dicho en serio. Un niño de más o menos la edad de Seany se acerca a mí, agitado, y habla en francés muy rápido. Étienne se ríe mientras yo intento desenredar mi pelo del barco. El juguete vuelca y toda mi melena se mete en el Bassin. El niño me grita.

—¿Hola? ¡Ayúdame! —Miro exasperada a Étienne, que se está retorciendo de la risa en el suelo. Empieza a levantarse mientras el niño me tira del pelo para liberar su barco—. ¡AY!

Étienne le dice algo en tono serio y el niño me suelta. Los dedos de Étienne liberan cuidadosamente mi cabello del juguete. Le entrega el barco al niño y le dice algo más, esta vez en un tono más calmado (seguramente le advierte de que debe alejarse de los inocentes que descansan en el parque). El niño agarra bien su barco y se va corriendo.

Me escurro el pelo.

—Qué asco.

—Este agua está limpia. —Sonríe, pícaro.

—Claro, seguro que sí. —Me encanta que sepa lo que estoy pensando.

—Vamos.

Se levanta y me ofrece la mano. La cojo y él me ayuda a levantarme. Por un momento creo que va a dejarme caer, pero no. Al contrario: me lleva a un sitio seguro, lejos del agua.

Me gusta darle la mano. Es agradable.

Ojalá los amigos pudieran cogerse de la mano más a menudo, como los niños que veo por la calle. No sé por qué al crecer nos da vergüenza. Nos sentamos en el césped, bajo un toldo de flores rosas. Miro a mi alrededor, buscando la Patrulla Verde, con sus sombreros raros, siempre listos para echar a los ciudadanos de la hierba, pero no hay ni rastro de ellos. Étienne funciona como un amuleto de la suerte en este tipo de situaciones. Mi pelo gotea sobre la parte trasera de mi camiseta, pero, por algún motivo, no es desagradable.

Todavía nos estamos dando la mano.

Vale. Deberíamos soltarnos. Éste es el momento en que lo normal sería soltarnos.

¿Por qué no lo hacemos?

Me obligo a mirar el Grand Bassin. Él hace lo mismo. Ya no estamos mirando los barcos. Tiene la mano muy caliente. Y en ese momento se sienta más cerca de mí. Apenas es perceptible. Miro hacia abajo y veo que la parte de atrás de su camiseta se le ha subido y muestra un pedacito de su espalda. Tiene la piel suave y pálida.

Es lo más sexy que he visto en mi vida.

Cambia de posición otra vez y mi cuerpo responde haciendo lo mismo. Estamos brazo contra brazo, pierna contra pierna. Su mano aprieta la mía. Y deseo mirarlo.

Y lo hago.

Los ojos oscuros de Étienne buscan los míos.

—¿Qué estamos haciendo?

Su voz suena tensa.

Es tan guapo, tan perfecto... Estoy mareada. Mi corazón late, mis pulsaciones se aceleran. Inclino la cabeza hacia él, que replica con un gesto idéntico. Cierra los ojos. Mis labios están a punto de rozar los suyos.

—Si me pides que te bese, lo haré —dice.

Sus dedos acarician la parte interior de mis muñecas y estoy que ardo.

—Bésame —digo.

Y lo hace.

Nos estamos besando como locos. Como si nuestras vidas dependieran de ello. Su lengua entra en mi boca, suavemente pero con exigencia. Esto no se parece a ninguna experiencia previa. De repente entiendo por qué la gente compara besarse con derretirse, porque cada centímetro de mi cuerpo se disuelve en el suyo. Mis dedos le cogen el pelo, acercándolo. Mis venas vibran y mi corazón explota. Nunca había querido a nadie así. Nunca.

Él me empuja y nos tumbamos en el suelo, liándonos delante de los niños con sus globos rojos y de los abuelos con sus partidas de ajedrez y de los turistas con sus mapas. Pero me da igual. Toda esta gente me da igual.

Lo único que quiero es a Étienne.

El peso de su cuerpo sobre el mío es extraordinario. Lo siento, entero, presionando el mío. Inhalo su crema de afeitar, su champú, y todos esos olores adicionales que son... él. El olor más delicioso que podría imaginar.

Quiero respirarlo, lamerlo, comerlo, beberlo. Sus labios saben a miel. Sus mejillas están cubiertas por una barba de dos días que me rasca la cara, pero me da igual, no me importa. Me siento genial. Sus manos están en todas partes y aunque su boca ya está sobre la mía, lo quiero más y más cerca todavía.

Y de repente se detiene. Por instinto. Su cuerpo está rígido.

—¿Cómo has podido? —grita una chica.

capítulo treinta y nueve

$\mathcal{L}$o primero que pienso es: Ellie.

Ellie nos ha encontrado y ahora nos estrangulará, aquí mismo, con los titiriteros y los caballitos del carrusel y los apicultores como testimonios. La garganta se me pondrá morada y dejaré de respirar y moriré. Y ella irá a la cárcel y se pasará el resto de su vida escribiendo cartas de psicópata a Étienne con papeles hechos de piel seca.

Pero no es Ellie. Es Meredith.

Étienne se separa de mí. Ella vuelve la cabeza, pero ya he visto que está llorando.

—¡Mer! —grito.

Sale corriendo sin que pueda decirle nada más. Miro a Étienne, que se rasca la cabeza, incrédulo.

—Mierda —dice.

—Ni que lo digas —confirma Rashmi.

Me sobresalto al ver que ella y Josh también están aquí.

—Meredith —gimo—. Ellie.

¿Cómo hemos permitido que esto ocurra? Él tiene novia y ambos tenemos una amiga que está enamorada de él. Es un secreto a voces, siempre lo ha sido.

Étienne se levanta de un salto. Tiene la camiseta llena de césped seco. Y se va. Corre detrás de Meredith gritando su nombre. Desaparece tras los árboles y Josh y Rashmi dicen algo, pero no entiendo sus palabras.

¿Étienne acaba de dejarme? ¿Por Meredith?

No puedo tragar. Se me ha cerrado la garganta. No sólo me han pillado liándome con quien no debía (y no sólo ha sido el mejor momento de mi vida), sino que éste me ha rechazado.

Delante de todo el mundo.

Una mano aparece frente a mis ojos y, aturdida, la sigo. Veo la muñeca y el codo y el tatuaje de la calavera pirata y el hombro y el cuello y la cara. Josh. Me da la mano y me ayuda a levantarme. Tengo las mejillas mojadas y ni siquiera recuerdo haber empezado a llorar.

Josh y Rashmi permanecen callados mientras me ayudan a sentarme en un banco. Empiezo a decir que no sé cómo ha sucedido y que no quería hacerle daño a nadie y que, por favor, no le digan nada a Ellie. Que no puedo creer que le haya hecho esto a Mer y que ella nunca querrá volver conmigo y que no me extraña que Étienne se haya ido corriendo porque soy horrible. Soy lo peor.

—Anna. Anna —interrumpe Josh—. Si tuviera un euro por cada tontería que he hecho, podría comprar la *Mona Lisa*. Todo saldrá bien. Volveréis a estar bien.

—No sólo tus labios estaban implicados. —Rashmi se cruza de brazos.

—Meredith es tan... —me atraganto— maja. —Esta palabra... qué inadecuada—. ¿Cómo he podido hacerle esto?

—Sí, lo es —dice Rashmi—. Y lo que habéis hecho no ha sido una gran idea. ¿En qué estabais pensando?

—No estábamos pensando. Ha sucedido y punto. Lo he estropeado todo. Mer me odia. ¡Étienne me odia!

—Te aseguro que St. Clair no te odia —dice Josh.

—Aunque, si yo fuera Mer, lo odiaría a él —interviene Rashmi con el ceño fruncido—. Ha estado dándole falsas esperanzas durante demasiado tiempo.

—Nunca le ha dado a entender que la quiera más que como a una amiga. —Josh se indigna.

—Pero tampoco ha hecho nada para dejar las cosas claras.

—Sale con Ellie desde hace más de año y medio. Si eso no es dejar las cosas claras... Oh. Perdona, Anna.

Sollozo con más intensidad.

Se quedan conmigo en el banco hasta que el sol se esconde tras los árboles, y entonces dejamos *le jardin* para volver a la Résidence Lambert. No hay nadie en el vestíbulo cuando llegamos. Todo el mundo está en la calle, aprovechando el buen tiempo.

—Tengo que hablar con Mer —digo.

—Oh, no, ahora no —dice Rashmi—. Dale tiempo.

Subo a mi habitación, avergonzada, y saco la llave. La noche que la perdí, la había dejado dentro del cuarto. A través de la pared que da al dormitorio de Mer oigo los Beatles y me acuerdo de mi primera noche aquí. ¿Es *Revolution* la canción que suena para disimular su llanto? Guardo la llave bajo mi camiseta y me dejo caer en la cama. Me levanto y doy vueltas por la habitación. Me tumbo otra vez.

No sé qué hacer.

Meredith me odia. Étienne ha desaparecido y no sé si le gusto o si me odia o si piensa que todo ha sido un error. ¿Debería llamarlo? Y, entonces, ¿qué le digo? «Hola, soy Anna, la chica con la que acabas de darte el lote en el parque y que luego has dejado tirada, ¿te suena?» Pero debo saber lo que piensa de mí. Me tiembla la mano cuando cojo el móvil para llamarlo.

Salta directamente el buzón de voz. Miro el techo. ¿Sigue ahí arriba? No sabría decirlo. Mer tiene la música tan alta que es imposible oír sus pisadas. Tendré que subir. Me miro en el espejo. Tengo los ojos rojos e hinchados. Respira. Una cosa y luego la otra.

Lávate la cara. Péinate. Cepíllate los dientes, por si acaso.

Respiro hondo otra vez. Abro la puerta de mi habitación. Subo. Se me hace un nudo en el estómago al llamar a su puerta. Nadie contesta. Apoyo la oreja contra el dibujo del sombrero de Napoleón para escuchar cualquier ruido que venga de dentro. Nada. ¿Dónde está? ¿DÓNDE ESTÁ?

Vuelvo a mi piso. La voz áspera de John Lennon se oye por todo el pasillo. Camino más despacio al pasar por la habitación de Mer. Tengo que disculparme, diga lo que diga Rashmi. Al abrir la puerta, Mer está furiosa.

—Genial. Eres tú.

—Mer… Lo siento tanto.

Suelta una risotada desagradable.

—¿Ah, sí? Parecías muy arrepentida cuando le metías la lengua hasta la campanilla.

—Lo siento. —Estoy destrozada—. No sé cómo ha ocurrido.

Meredith aprieta los puños. Curiosamente no lleva anillos, y tampoco maquillaje. De hecho, tiene un aspecto completamente desaliñado. Nunca la había visto sin arreglar.

—¿Cómo has podido, Anna? ¿Cómo has podido hacerme esto?

—Yo... yo...

—¿Tú, qué? ¡Sabías lo que siento por él! ¡No te creo!

—Lo siento —digo otra vez—. No sé en qué estábamos pensando.

—Sí, bueno, da igual. De todos modos, no se quedará con ninguna de nosotras.

Se me para el corazón.

—¿Qué? ¿Qué quieres decir?

—Me ha perseguido. Me ha dicho que no le intereso. —Se pone roja—. Y se ha ido a ver a Ellie. Ahora está con ella.

Todo se vuelve borroso.

—¿Ha ido a ver a Ellie?

—Es lo que hace siempre que tiene un problema. —Su voz se vuelve arrogante—. ¿Qué se siente? Ya no es tan excitante, ¿eh?

Y me cierra la puerta en las narices.

Ellie. Ha escogido a Ellie. Otra vez.

Corro hasta el baño de la planta, me encierro y levanto la tapa del váter. Espero a que el almuerzo salga, pero se me ha cerrado el estómago, así que bajo la tapa y me siento.

¿Qué problema tengo? ¿Por qué siempre me cuelgo del chico equivocado? No quería que Étienne fuera Toph, segunda parte, pero lo es. Y esta vez es peor, porque Toph me gustaba, pero de Étienne estoy enamorada.

Estoy enamorada de Étienne.

No puedo enfrentarme a él. ¿Cómo podría? Quiero volver a Atlanta, quiero a mi madre. La idea me avergüenza. A los dieciocho años no debería necesitar a mi mami.

De repente, oigo sonidos que vienen de fuera. Alguien llama a la puerta.

—Por Dios, ¿te vas a pasar *toda la noche* ahí dentro?

Amanda Spitterton-Watts. ¿Las cosas pueden ir peor?

Miro mi reflejo. Tengo los ojos tan rojos que parece que me haya echado zumo de arándanos en vez de colirio. Y mis labios están hinchados como si me hubiera picado un enjambre de avispas. Abro el grifo que dice *froid* y me lavo la cara con agua fría. Me seco con un papel rasposo y abro la puerta.

—Hola, *bulímica* —dice Amanda—. Que te he oído.

Se me erizan los pelos de la nuca. Me vuelvo. Amanda abre sus claros ojos forzadamente. También están Nicole y la hermana de Rashmi, Sanjita, y... Isla Martin. La chica de tercero pelirroja y menuda. Isla se queda atrás. No va con ellas, sólo está en la cola para ir al baño.

—Es *evidente* que ha potado la cena. Mirad qué cara. Es *asquerosa*.

—Anna siempre es *asquerosa*. —Nicole suelta una risita.

La cara me quema, pero no reacciono porque es precisamente lo que quieren.

—No has oído nada, Amanda. No soy bulímica.

—¿Lo habéis oído? *La Moufette* acaba de llamarme *menti-rosa*.

—Yo sí —dice Sanjita. Levanta un dedo, mostrando su manicura perfecta.

Quiero abofetear a la hermana de Rashmi, a todas, pero me doy la vuelta y las ignoro. Amanda se aclara la garganta.

—¿Qué pasa entre St. Clair y tú?

Me quedo helada.

—Porque mientras *echabas la pota* he oído que Rashmi hablaba con la tortillera esa a través de la puerta.

Me doy la vuelta. NO puede haber dicho eso.

Su voz es un caramelo envenenado, dulce pero mortal.

—Decía algo de que os habíais liado y ahora la *friki* de la tortillera está llorando como una magdalena.

Estoy pasmada. No tengo palabras.

—Como si tuviera alguna oportunidad con él… —dice Nicole.

—Tampoco entiendo cómo *Anna* puede pensar que ella la tenía. Dave estaba en lo cierto. *Eres* un putón. No eres lo suficientemente buena para él, y para St. Clair, menos, evidentemente. —Amanda se aparta el pelo—. Él es un chico diez. Tú no llegas ni al uno.

Ni siquiera puedo empezar a procesar la información. Me tiembla la voz.

—No vuelvas a decir eso de Meredith.

—¿El qué? ¿Tortillera? ¡Meredith Chevalier es un pedazo de tortillera!

La golpeo con tanta fuerza que chocamos contra la puerta del baño. Nicole empieza a gritar y Sanjita se ríe e Isla nos ruega que paremos. La gente sale de sus habitaciones, nos rodea, nos incita. Y, de repente, alguien me separa de ella.

—¿Qué diablos pasa aquí? —dice Nate, sujetándome. Unas gotas me caen por la barbilla. Me las seco y descubro que es sangre.

—¡Anna ha atacado a Amanda! —grita Sanjita.

Isla protesta:

—Amanda la ha provocado...

—¡Amanda sólo se defendía! —asegura Nicole.

Amanda se toca la nariz y bufa.

—Creo que me la ha roto. Anna me ha roto la nariz.

¿Eso he hecho? Las lágrimas me escuecen la mejilla. La sangre debe de ser de un arañazo de Amanda.

—Estamos esperando, Mademoiselle Oliphant —dice Nate.

Niego con la cabeza y Amanda empieza a soltar un sinfín de acusaciones.

—¡Basta! —grita Nate. Ella calla. Nunca habíamos oído a Nate levantar la voz—. Anna, por el amor de Dios, ¿qué ha pasado?

—Amanda ha llamado a Mer... —murmuro.

Nate está enfadado.

—No te oigo.

—Amanda ha llamado... —Pero me callo al ver los rizos rubios de Meredith entre la multitud. No puedo decirlo. No después de lo que le he hecho hoy. Me miro las manos y trago saliva—. Lo siento.

Nate suspira.

—Vale, gente —dice Nate a la multitud del pasillo—. Se acabó el espectáculo. Vosotras tres —Nate nos señala a Amanda, a Nicole y a mí—, quedaos aquí.

Sanjita se va apresuradamente por las escaleras y la multitud se disipa. Nos quedamos Nate y nosotras tres. E Isla.

—Isla, vuelve a tu habitación —le dice Nate.

—¡Pero yo estaba aquí! —exclama, valiente—. He visto lo que ha pasado.

—Vale. Las cuatro, vamos a ver a la directora.

—¿Y qué hay de ir al médico? —Lloriquea Nicole—. Está claro que le ha roto la nariz a Amanda.

Nate se inclina e inspecciona a Amanda.

—No está rota —declara.

Exhalo aliviada.

—¿Estás seguro? —pregunta Nicole—. Creo que debería verla un médico.

—Mademoiselle, absténgase de hablar hasta que lleguemos al despacho de la directora.

Nicole cierra la bocaza.

No puedo creerlo. ¡Nunca me habían enviado al despacho del director! El de Clairemont ni siquiera sabía mi nombre. Amanda cojea hacia el ascensor y yo la sigo y mi miedo se vuelve cada vez mayor. En el preciso instante en que Nate nos da la espalda, Amanda cambia de actitud, me mira con los ojos entrecerrados y me dice:

—Te vas a enterar. Zorra.

capítulo cuarenta

*L*a directora me ha castigado.

Yo. CASTIGADA.

A Amanda sólo la han castigado durante un fin de sema-na, pero yo tengo que quedarme en la escuela las próximas dos semanas después de las clases.

—Me decepcionas, Anna —dice la directora, que se da un masaje en su cuello de bailarina—. ¿Qué dirá tu padre?

¿Mi padre? ¿A quién le importa mi padre? ¿Qué dirá mi madre? Me matará. Estará tan enfadada que me abandonará aquí; me quedaré atrapada en Francia para siempre. Acabaré como uno de esos vagabundos que hay cerca del Sena, que apestan a sudor y a col. Tendré que cocinar la comida en mis propios zapatos, como hacía Charlie Chaplin en *La quimera del oro*. Mi vida se ha ido AL TRASTE.

El castigo se ha repartido injustamente porque me he negado a decirle lo que ha dicho Amanda. Porque odio esa palabra. Como si ser gay fuera algo de lo que avergonzarse. Como si el hecho de que a Mer le guste el deporte la hiciera automáticamente lesbiana. El insulto ni siquiera tiene sentido. Si Meredith fuera homosexual, ¿por qué le habría afectado lo de Étienne y yo?

Odio a Amanda.

Cuando la directora le ha pedido a Isla su versión de los hechos, me ha defendido, que es el único motivo por el que mi castigo no se alarga todo lo que queda de curso. Además, ha seguido mi ejemplo: no le ha contado lo que Amanda ha dicho de Mer. Se lo he agradecido con la mirada, en silencio.

Volvemos a la Résidence Lambert. Todo el mundo está en el vestíbulo. Se han extendido rumores de la pelea y nuestros compañeros buscan moratones. Nos gritan preguntas, como si fuera una rueda de prensa para famosas caídas en desgracia, pero los ignoro y los empujo para poder pasar. Amanda ya se ha convertido en el centro de atención y va explicando su versión de los hechos.

Lo que ella diga. Estoy demasiado furiosa para preocuparme por esa mierda ahora.

Paso cerca de Dave y Mike en las escaleras. Mike hace ese gesto estúpido típico de los gilipollas: me golpea a propósito con el hombro para que pierda el equilibrio.

—¿Qué cojones te pasa? —le grito.

Dave y Mike intercambian miradas sorprendidas y satisfechas.

Entro en mi habitación a grandes zancadas. Todo el mundo me odia. Étienne me ha dado plantón por su novia. OTRA VEZ. Meredith me odia y está claro que ni Rashmi ni Josh están especialmente contentos conmigo. Dave y Mike me odian. Y Amanda y sus amigos, y ahora también toda la escuela. Ojalá hubiera hecho caso a Rashmi. Ojalá me hubiera quedado en mi habitación. Mer no me habría gritado. Y no sabría que Étienne ha escogido a Ellie. Y no habría atacado a Amanda. Y no estaría castigada las próximas dos semanas.

¿POR QUÉ ÉTIENNE HA ESCOGIDO A ELLIE? ¿POR QUÉ?

Étienne. Que tiene los labios perfectos y besa perfectamente. Que sabe a miel. ¡Que nunca, NUNCA, dejará a su novia! Me sobresaltan unos golpes en la puerta. Estoy tan histérica que ni siquiera he oído las pisadas.

—¿Anna? Anna, ¿estás ahí?

Se me para el corazón. Es un acento británico.

—¿Estás bien? Amanda está abajo contando gilipolleces. Dice que la has pegado. —Golpea la puerta con más fuerza—. Anna, por favor. Tenemos que hablar.

Abro la puerta de golpe.

—¿Hablar? Oh, ¿ahora quieres hablar?

Étienne me mira, conmocionado. Todavía tengo los ojos totalmente rojos y un arañazo de unos cinco centímetros en la mejilla. Mi cuerpo está en posición de ataque.

—¿Qué? ¿Pensabas que no me enteraría de que has ido a ver a Ellie?

Está desconcertado.

—¿Qué?

—¿Y bien? —Me cruzo de brazos—. ¿La has visto?

No esperaba que yo lo supiera.

—Sí, pero… pero…

—Pero ¿qué? Debes de pensar que soy una completa idiota, ¿no? Que sólo soy un felpudo que te esperará siempre. Que puedes volver a los brazos de Ellie cuando las cosas se ponen feas y que yo me conformaré.

—¡No es eso!

—¡SIEMPRE es eso!

Étienne abre la boca, pero la cierra de repente. Su expresión oscila entre la furia y el dolor. Y se vuelve dura. Y sale corriendo.

—¡PENSABA QUE QUERÍAS HABLAR! —le grito.

Y cierro la puerta de golpe.

capítulo cuarenta y uno

$\mathcal{R}$ecapitulemos. Ayer: (1) me lié con mi mejor amigo a pesar de que me juré que jamás lo haría, (2) traicioné a una amiga por el mencionado lío, (3) me pegué con una tía que me buscaba desde hacía tiempo, (4) me gané un castigo de dos semanas y (5) ataqué verbalmente a mi mejor amigo hasta que salió corriendo.

Corrección. Hasta que salió corriendo otra vez.

Si existiera un concurso de fastidiarse la vida en un solo día, estoy segura de que yo lo ganaría. Mi madre se puso muy furiosa al enterarse de mi pelea con Amanda y ahora no podré salir durante todo el verano. Ni siquiera me atrevo a mirar a mis amigos a la cara. Me avergüenza lo que le he hecho a Meredith. Rashmi y Josh se han posicionado claramente a su favor. Y St. Clair... ni siquiera me mira.

St. Clair. Una vez más, ya no es Étienne, mi Étienne.

Esto es lo que más me duele.

La mañana me resulta espantosa. No desayuno y llego a clase de Lengua en el último minuto a propósito. Mis amigos hacen como si no existiera, pero todo el mundo murmura y susurra. Supongo que están de parte de Amanda. Sólo espero que no sepan lo que pasó con St. Clair, aunque es improbable teniendo en cuenta cómo le grité anoche en el pasillo. Me paso la clase mirándolo de reojo. Está tan cansado que apenas puede mantener los ojos abiertos. Creo que no se ha duchado.

Pero incluso así está guapo. Odio que sea tan guapo. Y me odio a mí misma por querer desesperadamente que me mire. Y me odio aún más cuando Amanda me pilla mirándolo, porque sonríe burlona, como diciendo: «¿Ves? Ya te dije que estaba fuera de tu alcance».

Y Mer. Aunque está de espaldas a mí, recibo sus ondas de hostilidad durante toda la clase. Cálculo es más de lo mismo. Cuando el Professeur Babineaux nos entrega los deberes, St. Clair me pasa el montón de papeles sin ni siquiera volverse. Le susurro un «gracias». Por un momento se queda helado, pero vuelve a ignorarme con todo el descaro del mundo.

No voy a intentar hablar con él ni una vez más.

Obviamente, en clase de Francés lo paso fatal. Dave se sienta lo más lejos posible de mí y me ignora de forma extraña pero deliberada. Algunos alumnos de primero se meten conmigo. Yo les pido que me dejen en paz y Madame Guillotine se enfada. No porque les haya pedido que me dejen en paz, sino porque no lo he dicho en francés. ¿Qué diablos pasa con la gente de esta escuela?

A la hora del almuerzo vuelvo a encerrarme en el baño,

como hice en mi primer día. De todos modos, no tengo hambre.

En clase de Física me alegro de que no tengamos prácticas de laboratorio, porque no puedo soportar la idea de que St. Clair se busque una nueva pareja. El Professeur Wakefield habla monótonamente sobre agujeros negros. Hacia la mitad de la lección, Amanda se estira exageradamente y deja caer un papel doblado, que aterriza en mis pies. Lo leo bajo el pupitre.

EY, CHICA MOFETA, MÉTETE CONMIGO OTRA VEZ Y TE HARÉ ALGO PEOR QUE UN ARAÑAZO. DAVE DICE K ERES UN PUTÓN VERBENERO.

Alucino. Nadie me había llamado eso antes. Pero ¿por qué Dave le ha hablado a Amanda de mí? Es la segunda vez que Amanda dice algo así. ¡Y no puedo creer que me llamen putón sólo por besar a alguien! Hago una bolita con la nota y se la lanzo. Para bien o para mal, mi puntería es tan terrible que rebota contra el respaldo de su asiento y se le queda pegada en la larga cabellera. No lo ha notado. Me siento ligeramente mejor. La notita sigue enganchada en su pelo.

Todavía la tiene.

Todavía la... Ups. Amanda se acomoda en su silla y la nota cae al suelo y el Professeur Wakefield escoge ese preciso instante para andar por nuestra fila. Oh, no. ¿Y si la encuentra y la lee en voz alta? Lo último que necesito en esta escuela es que me pongan otro mote. St. Clair también ha visto la nota. El Professeur Wakefield casi ha llegado a nuestros pupitres cuando St. Clair estira discretamente la pierna y la pisa. Espera hasta que el *professeur* ha pasado de largo para recogerla. Oigo cómo la abre y me sonrojo. Me mira por primera vez en todo el día, pero no dice nada.

En clase de Historia, Josh ni siquiera me saluda, aunque por lo menos no se cambia de sitio. Isla me sonríe y, curiosamente, ese efímero momento de amabilidad me ayuda. Durante unos treinta segundos. Inmediatamente después, Dave, Mike y Emily forman grupo y oigo cómo dicen mi nombre mientras me miran y se ríen. La situación, sea la que sea, se está poniendo cada vez peor.

Tenemos una hora libre durante *La Vie*. Rashmi y St. Clair hacen dibujos para la clase de arte y yo finjo estar concentrada en mis deberes. Detrás de mí se oyen unas risitas desagradables.

—Si no fueras tan guarra, a lo mejor todavía tendrías amigos, Chica Mofeta.

Amanda Spitterton-Watts. El mayor estereotipo de todo el colegio. La chica popular guapa pero estúpida. Piel perfecta, peinado perfecto. Sonrisa helada, corazón helado.

—¿Qué problema tienes? —le pregunto.

—Tú.

—Excelente. Gracias.

Se aparta el pelo.

—¿No quieres saber lo que la gente dice de ti? —No contesto, porque sé que me lo dirá de todos modos—. Dave dice que sólo te *acostaste* con él para poner *celoso* a St. Clair.

—¿QUÉ?

—Dave hizo bien en *cortar* contigo.

Amanda vuelve a reírse y se larga pavoneándose.

Estoy alucinando. ¡Nunca me acostaría con Dave! ¿Y él va diciendo por ahí que ha cortado conmigo? Dios mío, ¿eso es lo que St. Clair piensa de mí? ¿St. Clair cree que me acosté con Dave?

Durante el resto de la semana, mis emociones oscilan entre la desesperación y la rabia. Estoy castigada todas las tardes y, cada vez que salgo al pasillo, la gente murmura mi nombre y rumorea. Deseo que llegue el fin de semana, aunque no sé por qué. He acabado todos mis deberes durante las horas de castigo y no tengo nada que hacer. Me paso el sábado y el domingo sola en el cine. Estoy tan consternada que ni siquiera puedo disfrutar de las películas.

Es oficial: mi vida escolar ha estropeado mi pasión por el cine. Ya no queda nada por lo que merezca la pena vivir.

El lunes por la mañana estoy de un humor tan malo que tengo la imprudente idea de enfrentarme a Rashmi.

—¿Por qué no me hablas?

—¿Disculpa? —pregunta—. Tú eres la que no habla conmigo.

—¿Qué?

—Nunca te eché de la mesa. Tú misma dejaste de venir. —Su tono de voz es estricto.

—Pero ¡estabas enfadada conmigo! Por… por lo que le hice a Mer.

—Todos los amigos se pelean. —Se cruza de brazos y me doy cuenta de que me está citando. Lo dije en otoño, después de que St. Clair y ella discutieran por Ellie.

Ellie. He dado plantón a Rashmi igual que hizo ella.

—Lo siento. —Se me rompe el corazón—. Nada me sale bien.

Rashmi relaja los brazos y se toquetea una de sus largas trenzas. Está incómoda, algo inusual en ella.

—Sólo prométeme que la próxima vez que ataques a Amanda le romperás algo de verdad.

—¡No pretendía hacerlo!

—Relájate. —Me lanza una mirada preocupada—. No sabía que eras tan sensible.

—Bueno, todavía me queda una semana de castigo por culpa de esa pelea.

—Ha sido un castigo duro. ¿Por qué no le contase a la directora lo que dijo Amanda?

Un poco más y dejo caer la bandeja.

—¿Qué? ¿Cómo sabes lo que dijo Amanda?

—No lo sé. —Rashmi frunce el ceño—. Pero debió de ser algo realmente malo para que reaccionaras de aquella manera.

Aparto la mirada, aliviada.

—Amanda me pilló en mal momento. —Y esto no deja de ser parcialmente cierto.

Dejo mi comida en el mostrador de Monsieur Boutin (un gran bol de yogur con granola y miel, mi desayuno favorito) y le digo:

—No creeréis lo que Amanda y Dave van diciendo por ahí, ¿no?

—Dave es un capullo. Si creyera que te acostaste con él, no estaríamos hablando ahora mismo.

Agarro mi bandeja con tanta fuerza que los nudillos se me ponen blancos.

—¿Así que, eh, St. Clair sabe que nunca me acosté con él?

—Anna. Todos pensamos que Dave es un capullo.

Me quedo callada.

—Deberías hablar con St. Clair —dice.

—No creo que quiera hablar conmigo.

Rashmi coge su bandeja.

—Yo creo que sí.

Desayuno sola porque no tengo valor para enfrentarme a Mer. Llego cinco minutos tarde a clase de Lengua. La Professeure Cole está sentada a su escritorio y bebe café. Entrecierra los ojos al ver que me siento en mi pupitre, pero no dice nada. Su vestido naranja baila al ritmo del balanceo de sus pies.

—Chicos, despertaos —dice—. Estamos hablando otra vez de los aspectos técnicos de la traducción. ¿Tengo que dároslo todo masticado? ¿Quién puede decirme con qué tipo de problemas se encuentran los traductores?

Rashmi levanta la mano.

—Bueno, muchas palabras tienen más de un significado.

—Bien —dice la Professeure Cole—. Más. Desarrolla.

St. Clair está sentado al lado de Rashmi, pero no está escuchando. Escribe algo con rabia en los márgenes de su libro.

—Bueno —dice Rashmi—, el traductor debe deducir qué significado quiere darle el autor a cada palabra. Y no sólo eso; también qué significado tiene en relación con el contexto.

—Entonces, lo que quieres decir —puntualiza la Professeure Cole— es que el traductor debe tomar varias decisiones. Que una palabra puede tener varios significados, o incluso una frase entera. En cualquier situación.

—Exacto —dice Rashmi. Y me lanza una mirada.

La Professeure Cole se ríe.

—Y seguro que ninguno de nosotros hemos malinterpretado algo que nos han dicho o hecho, ¿verdad? Y hablamos todos el mismo idioma. Y nos damos cuenta de lo difícil que puede resultar si lo mezclamos con figuras retóricas. Algunas cosas no se pueden traducir de una cultura a otra.

Me vienen a la cabeza varios malentendidos. Toph. Rashmi. ¿St. Clair?

—¿Y qué tal esto? —La Professeure Cole se acerca a las ventanas—. El traductor, indiferentemente de cuán cercana crea que es su versión al original, siempre aporta sus propias experiencias vitales y sus opiniones y, por tanto, eso influye en sus decisiones. Tal vez no de forma consciente, pero siempre que el traductor se decanta por una palabra en vez de por otra, lo hace a partir de lo que él o ella considera correcto en función de su relación personal con el tema.

Relación personal. Porque el hecho de que St. Clair siempre volviera rápidamente con Ellie hizo que yo creyera que había vuelto a hacerlo. ¿Es eso? ¿Y lo hizo, realmente? Ya no estoy tan segura. Me he pasado mi último curso de secundaria entre la lujuria y la pena, entre el éxtasis y la traición, y me resulta cada vez más difícil ver la realidad. ¿Hasta cuándo aguantarán mis sentimientos antes de romperse?

Se termina la clase de Lengua y me dirijo a la de Cálculo entre la multitud. Cuando ya casi he llegado, lo oigo. Lo han dicho en voz tan baja que apenas es perceptible.

—Zorra.

Me quedo helada. No, Anna, sigue adelante. Agarro mis libros con más fuerza y sigo caminando pasillo abajo.

Esta vez, lo dicen un poco más alto.

—Zorra.

Lo peor de todo es que no tengo ni idea de quién puede haber sido. Ahora mismo me odia tanta gente... Hoy es Mike. Sonríe maliciosamente, pero me quedo mirando a Dave. Él se rasca la cabeza y aparta la mirada.

—¿Cómo has podido? —le pregunto.

—¿Cómo has podido tú? —dice Mike—. Siempre le he dicho a Dave que no valías la pena.

—¿Ah, sí? —Todavía tengo los ojos clavados en Dave—. Por lo menos yo no soy una mentirosa.

—Tú eres la mentirosa. —Pero Dave sólo lo dice entre dientes.

—¿Qué? ¿Qué has dicho?

—Ya me has oído. —Esta vez habla más fuerte, pero no sabe dónde meterse y mira a su amigo.

El asco me invade. El perrito faldero de Mike. Claro. ¿Cómo no me he dado cuenta antes? Aprieto los puños. Una palabra más por su parte, una más...

—Zorra —dice.

Dave choca contra el suelo.

Pero no ha sido mi puño.

capítulo cuarenta y dos

—¡*A*aargh! —St. Clair se frota la mano.

Mike se lanza sobre St. Clair y yo me interpongo entre ellos.

—¡No!

Dave está en el suelo y gime. Mike me aparta y St. Clair lo empuja contra la pared, con la voz llena de rabia.

—¡No la toques!

Mike está sorprendido, pero se aparta.

—¡Maldito psicópata!

Y se vuelve para embestir a St. Clair en el preciso instante en que llega el Professeur Hansen y se interpone entre ellos, procurando no recibir.

—Eh, eh, ¡EH! ¿Qué está pasando aquí? —Nuestro profesor de Historia se queda mirando a su alumno favorito—. Monsieur St. Clair, al despacho de la directora inmediatamente. AHORA.

Dave y Mike enseguida se declaran inocentes, pero el Professeur Hansen los interrumpe.

—Vosotros dos, callaos o iréis con Étienne.

Se callan. St. Clair no me mira. Se limita a irse en la dirección que le han ordenado.

—¿Estás bien? —me pregunta el Professeur Hansen—. ¿Te han hecho daño alguno de estos idiotas?

Estoy perpleja.

—St. Clair me estaba defendiendo. No... no es su culpa.

—En esta escuela no nos defendemos con los puños. Eso ya lo sabes. —Me lanza una mirada irónica antes de seguir a St. Clair hacia el despacho de la directora.

¿Qué acaba de pasar? Es decir, ya sé lo que ha pasado, pero... ¿qué acaba de pasar? ¿Significa eso que St. Clair no me odia? Siento un primer rayo de esperanza, aunque cabe la posibilidad de que St. Clair odie más a Dave y a Mike. No lo veo durante el resto de las clases, pero, cuando llego a la sala de castigos, él ya está allí.

St. Clair parece cansado. Debe de llevar aquí toda la tarde. El *professeur* a quien le toca vigilarnos hoy todavía no ha llegado, así que estamos solos. Me siento en mi sitio habitual (qué triste, tener mi sitio habitual en la sala de castigo). Él se mira las manos. Están negras como el carbón, lo que significa que ha estado dibujando.

Me aclaro la garganta.

—Gracias. Por defenderme.

No contesta. Vale. Me vuelvo hacia la pizarra.

—No me lo agradezcas —responde al cabo de un minuto—. Debería haber pegado a Dave hace una eternidad.

Vuelvo a mirarlo.

—¿Qué castigo te han puesto?

—Dos semanas. Una por cada capullo.

Se me escapa una risita y él levanta la cabeza. Su mirada me devuelve la esperanza como un reflejo, pero desaparece casi al instante. Eso me duele.

—No es cierto —digo con amargura—. Me refiero a lo que Dave y Amanda van diciendo de mí.

St. Clair cierra los ojos. Durante unos segundos, se queda callado. Cuando vuelve a abrirlos, noto que se siente aliviado.

—Lo sé.

La tardanza de su reacción me fastidia.

—¿Estás seguro?

—Sí, estoy seguro. —Me mira fijamente por primera vez en más de una semana—. Pero de todos modos se agradece oírlo directamente de tus labios, ¿sabes?

—Claro. —Me vuelvo—. Ya me lo imagino.

—¿Y qué significa eso, exactamente?

—Olvídalo.

—No. No lo olvidemos. Estoy hasta las narices de olvidarlo, Anna.

—¿Tú estás harto de olvidarlo? —Me tiembla la voz—. Lo único que he hecho estos días ha sido intentar olvidarlo. ¿Crees que me resulta fácil estar en mi habitación y pensar en Ellie y tú? ¿Realmente crees que esta situación ha sido fácil para mí?

Deja caer los hombros.

—Lo siento —susurra.

Pero yo ya estoy llorando.

—Me dices que soy preciosa y que te gustan mi pelo y mi sonrisa, apoyas la pierna contra la mía en el cine a oscuras, y luego actúas como si nada cuando encienden las luces. Dormiste tres noches seguidas en mi cama y de repente... pasaste de mí durante todo un mes. ¿Qué se supone que tengo que pensar, St. Clair? Por mi cumpleaños dijiste que te da miedo estar solo, pero he estado aquí todo este tiempo. Todo este tiempo.

—Anna. —Se levanta y se acerca a mí—. Siento mucho haberte hecho daño. He tomado decisiones equivocadas y soy consciente de que no merezco que me perdones, pero me ha costado muchísimo llegar hasta aquí. Y no entiendo por qué no me das la oportunidad. Ni siquiera me dejaste explicar lo que había ocurrido. Te me lanzaste a la yugular, esperando lo peor de mí. Pero la única verdad que conozco es lo que siento cuando estoy contigo. Creía que también confiabas en esos sentimientos, creía que confiabas en mí, que me conocías...

—Pero ¡es eso! —Me levanto de un salto y de repente él está encima de mí—. No te conozco. Te lo cuento todo, St. Clair. Sobre mi padre, sobre Bridgette y Toph, sobre Matt y Cherrie. Te conté que soy virgen. —Aparto la mirada, avergonzada por haberlo dicho en voz alta—. ¿Y qué me has contado tú? ¡Nada! No sé nada sobre ti. Ni sobre tu padre, ni sobre Ellie...

—Me conoces mejor que nadie. —Está furioso—. Y si te hubieras molestado en prestar atención, entenderías que las cosas con mi padre están cada vez peor. Y no puedo creer que tengas tan mal concepto de mí para dar por supuesto que he esperado hasta final de curso para besarte y luego, cuando ya estuviera hecho, terminar contigo para siempre. CLARO que estaba con Ellie esa noche. ¡ESTABA ROMPIENDO CON ELLA, JODER!

El silencio es ensordecedor.

¿Han roto? Dios mío, no puedo respirar. No puedo respirar, no puedo...

Me mira directamente a los ojos.

—Dices que tengo miedo de estar solo, y es verdad. Tengo miedo, y no es algo de lo que esté orgulloso. Pero tú también deberías echarte un vistazo a ti misma, porque no soy el único en esta sala que tiene ese problema.

Está tan cerca de mí que noto cómo el pecho le sube y le baja al respirar, rápidamente y con furia. Mi corazón late contra el suyo. Traga saliva. Yo también. Se apoya en mí lentamente, con dudas, y mi cuerpo me traiciona y emula sus movimientos como respuesta. Cierra los ojos. Yo también.

La puerta se abre de repente.

Josh entra en la clase de castigos y se encoge de hombros.

—Me he saltado Iniciación al cálculo.

capítulo cuarenta y tres

No me atrevo a mirarlo durante lo que queda de castigo. ¿Cómo puedo tener miedo de estar sola si precisamente he estado sola todo este tiempo? Tal vez él tenga razón. No es que haya tenido novio, como él tenía a Ellie, aunque sí me aferré a la idea de Toph. Me lo guardé como (este pensamiento me estremece) un suplente. Y Dave. Bueno, él estaba allí, yo estaba allí, él quería, yo también. Me preocupaba pensar que sólo me lié con Dave porque estaba enfadada con St. Clair, pero tal vez lo hice... porque estaba cansada de estar sola.

Pero ¿qué tiene eso de malo?

¿Significa eso que tampoco es malo que St. Clair no quisiera sentirse solo? Tiene miedo del cambio, de tomar decisiones importantes. Y yo también. Matt dijo que, si hubiera hablado con Toph, podría haberme ahorrado meses de angustia. Pero tenía demasiado miedo de romper la relación que a lo mejor teníamos y averiguar lo que realmente había entre nosotros. Y si me hubiera molestado en escuchar lo que Matt intentaba hacerme comprender, puede que St. Clair y yo hubiéramos tenido esta conversación hace tiempo.

Pero ¡St. Clair también tendría que haber dicho algo! Él también tiene parte de culpa.

Un momento. ¿No es eso precisamente lo que estaba diciendo? ¿Que ambos tenemos parte de culpa? Rashmi dijo que había sido yo la que se había apartado. Y tiene razón. Ella y Josh me ayudaron aquel día en el parque, y yo pasé de ellos. Y de Mer.

Dios mío, Meredith.

¿Qué diablos me pasa? ¿Por qué no he intentado disculparme otra vez? ¿Soy incapaz de mantener una amistad? Tengo que hablar con ella. Hoy. Inmediatamente. Cuando el Professeur Hansen nos levanta el castigo, salgo disparada hacia la puerta. Pero, al llegar al pasillo, algo me detiene. Permanezco quieta bajo los frescos de las ninfas y los sátiros. Me doy la vuelta.

St. Clair me espera bajo el umbral. Está mirándome fijamente.

—Tengo que hablar con Meredith. —Me muerdo el labio.

St. Clair afirma lentamente con la cabeza.

Josh aparece detrás de él. Con una peculiar confianza, me dice:

—Te echa de menos. Todo saldrá bien. —Dirige una mirada a St. Clair—. Volveréis a estar bien.

Ya me había dicho algo así antes.

—¿Sí? —pregunto.

Josh levanta una ceja y sonríe.

—Sí.

Sólo cuando empiezo a caminar me pregunto si el plural se refería a Meredith y a mí o a St. Clair y a mí. Espero que se refiriera a ambos. Vuelvo a la Résidence Lambert y llamo a la puerta de Meredith tras una visita relámpago a mi propia habitación.

—¿Mer? ¿Podemos hablar?

Abre la puerta.

—Eh. —Su voz suena bastante amable.

Nos quedamos mirando. Levanto dos tazas.

—*Chocolat chaud?*

Parece que esté a punto de llorar. Me invita a entrar y dejo las tazas sobre su escritorio.

—Lo siento. Lo siento muchísimo, Meredith.

—No, yo lo siento. Me he portado como una imbécil. No tenía derecho a estar enfadada contigo.

—No es verdad. Sabía lo que sentías por él y lo besé igualmente. No estuvo bien. Tendría que haberte dicho que a mí también me gustaba.

Nos sentamos en su cama. Hace girar un anillo brillante con forma de estrella alrededor de su dedo.

—Ya sabía lo que sentíais el uno por el otro. Todo el mundo lo sabía.

—Pero...

—No quería creerlo. Después de tanto tiempo, todavía guardaba esa... estúpida esperanza. Sabía que tenía problemas con Ellie, así que pensé que tal vez... —Meredith se atraganta y necesita unos segundos para recuperarse.

Remuevo mi chocolate. Es tan denso que parece una salsa. Mer me enseñó a prepararlo.

—St. Clair y yo solíamos hacer muchas cosas juntos. Pero, cuando llegaste tú, todo cambió. Siempre se sentaba a tu lado, durante el almuerzo, en clase, en el cine... En todas partes. Y empecé a tener mis sospechas. La primera vez que te oí llamarlo Étienne, supe que lo querías. Y, por la forma en que te respondía, en que se le iluminaban los ojos cada vez que lo llamabas así, supe que él también sentía algo. Y lo ignoré porque no quería creerlo.

La lucha interna reaparece.

—No sé si me quiere. Ni si me ha querido alguna vez. Lo hemos estropeado tanto...

—Es obvio que quiere algo más que una simple amistad. —Mer me coge la taza de las manos. Estoy temblando—. ¿No te has fijado? Cada vez que lo miras, sufre. En mi vida había visto a nadie tan abatido.

—No es verdad. —Le recuerdo lo mal que están las cosas con su padre—. Tiene otras preocupaciones en la cabeza, cosas más importantes.

—¿Por qué no estáis juntos?

La forma tan directa en que me hace la pregunta me pilla desprevenida.

—No lo sé. A veces creo que hay un número limitado de oportunidades para estar con alguien, y nosotros lo hemos estropeado tantas veces —bajo la voz— que ya no hay nada que hacer.

—Anna —dice Mer, muy seria—, eso es la gilipollez más grande que he oído en mi vida.

—Pero...

—Pero ¿qué? Lo quieres y él te quiere, y estáis en la ciudad más romántica del mundo.

—No es tan fácil. —Niego con la cabeza.

—Plantéatelo así: un chico increíble está enamorado de ti ¿y ni siquiera vas a intentar que funcione?

Echaba de menos a Meredith. Vuelvo a mi habitación sintiéndome consolada y triste a la vez. Si St. Clair y yo no hubiéramos discutido durante el castigo, ¿habría intentado disculparme otra vez? Seguramente no. Se habría terminado el curso y nos habríamos separado y nuestra amistad se habría ido al traste para siempre.

Oh, no. La verdad me golpea duramente.

¿Cómo no he sabido verlo? Es lo mismo. Exactamente lo mismo.

Bridge tampoco pudo hacer nada al respecto. Se sentía atraída por Toph, yo no estaba allí y simplemente sucedió. Y yo la he culpado todo este tiempo. He hecho que se sintiera culpable de algo que ella no podía controlar. Y ni siquiera he tratado de escucharla: no he contestado ni a sus llamadas ni a sus e-mails. Y ella ha seguido intentándolo con insistencia. Recuerdo lo que Matt y Rashmi me dijeron: realmente abandono a mis amigos.

Saco mi mochila y abro la cremallera delantera. Todavía está ahí. El pequeño paquete envuelto con papel a rayas rojas y blancas está un poco chafado. El puente en miniatura. Y entonces escribo la carta más difícil de mi vida. Espero que me perdone.

capítulo cuarenta y cuatro

El resto de la semana transcurre sin problemas. Envío el paquete a Bridge y vuelvo a sentarme junto a mis amigos a nuestra mesa y me levantan el castigo. St. Clair y yo todavía no hemos hablado. Bueno, sí, un poco, pero no de cosas importantes. Nos pasamos el rato sentados el uno al lado del otro, haciéndonos bromas tontas, lo cual es ridículo, porque ¿no es precisamente ése el problema? ¿Que no hablamos?

Pero no es fácil romper con las viejas costumbres.

Nos sentamos a una fila de distancia en la clase de castigos. Me da la sensación de que se pasa la hora observándome, incluso la semana entera. Yo también lo observo, pero no volvemos juntos a la residencia. Él recoge sus cosas lentamente para que yo me vaya antes. Creo que hemos llegado a la misma conclusión: incluso si consiguiéramos empezar algo, nuestra relación no tendría futuro. El curso termina dentro de poco. El año que viene, yo estudiaré Teoría y crítica del cine en la Universidad Estatal de San Francisco, pero él no quiere contarme qué va a hacer. Se lo pregunté sin tapujos el viernes durante el castigo y balbuceó algo que descifré como «no quiero hablar de ello».

Por lo menos no soy la única a quien los cambios le resultan difíciles.

El sábado, dan mi película favorita en el Cine de Papá y Mamá Basset Hound, *Lost in Translation*. Saludo al elegante señor y a Pouce, y me siento en mi butaca habitual. Es la primera vez que veo esta película desde que vine a París. Las similitudes entre la historia y mi propia vida no me pasan desapercibidas.

Trata de dos norteamericanos, un hombre de mediana edad y una chica joven, que están solos en Tokio. Intentan entender el país extranjero en el que se encuentran, y también sus propias relaciones sentimentales, que parecen estar a punto de irse a pique. Y, al conocerse, aparece un nuevo conflicto: se sienten cada vez más atraídos el uno por el otro, a pesar de que saben que su relación es imposible.

Trata de la soledad y el aislamiento, pero también de la amistad. De ser justamente lo que el otro necesita. Hay una escena en que la chica le pregunta al hombre «¿Eso tiene arreglo?». Al principio él contesta «No», pero luego dice «Sí» y después «Ya se arreglará». Y entonces le explica: «Cuanto más sabes quién eres y lo que quieres, menos te afectan las cosas».

Y me doy cuenta… de que no pasa nada. No pasa nada si St. Clair y yo nunca llegamos a ser algo más que amigos. Su amistad, por sí misma, me ha hecho más fuerte de un modo que nadie lo había conseguido jamás. Me ha sacado de mi habitación y me ha enseñado a ser independiente. En otras palabras, ha sido exactamente lo que yo necesitaba. Y no lo olvidaré. Y tengo claro que no quiero perderlo.

Cuando termina la película, voy al baño y me miro en el espejo. No he vuelto a teñirme la mecha desde que lo hizo mi madre por Navidad. Es otra cosa que quiero aprender a hacer yo sola. Entro en el Monoprix que hay al lado del cine (que es un supermercado pequeñito, al fin y al cabo) para comprar tinte para el pelo y, al salir, me percato de la presencia de alguien conocido al otro lado de la acera.

No puedo creerlo. Es St. Clair.

Tiene las manos en los bolsillos y mira a su alrededor como si esperara a alguien. Se me encoge el corazón. Sabe que Sofia es mi directora favorita. Sabía que vendría a ver la película y espera a que salga del cine. Por fin ha llegado el momento de hablar. Camino alegremente hacia él. Hacía tiempo que no me sentía tan feliz. Y justo cuando voy a llamarlo, me doy cuenta de que no está solo.

Junto a él hay un hombre mayor. Es guapo y su porte me resulta familiar. St. Clair habla en francés. No le oigo, pero su boca se mueve de forma diferente cuando habla en francés. Sus gestos y su lenguaje corporal cambian, son más fluidos. Un grupo de hombres de negocios pasa por allí y lo tapan durante un instante, porque es más bajo que ellos.

Un momento. El hombre también es bajo.

Me sobresalto al reparar en que estoy observando al padre de St. Clair. Me acerco más. Va vestido de forma inmaculada, muy parisina. Tienen el pelo del mismo color, aunque el del padre tiene matices de gris y lo lleva más corto, más pulido. Parece que ambos tienen mucha confianza en sí mismos, aunque ahora St. Clair se muestra más bien incómodo.

Me avergüenzo de mí misma. He vuelto a hacerlo. No todo gira a mi alrededor. Me escondo tras un cartel del *métro*, pero me he situado estratégicamente para poder escuchar en la distancia. El sentimiento de culpabilidad me invade. Debería irme pero... se trata del mayor misterio de St. Clair. Y lo tengo ahí mismo.

—¿Por qué no te has matriculado? —le pregunta su padre—. El plazo terminó hace tres semanas. Me lo estás poniendo difícil para convencerlos de que te acepten.

—No quiero quedarme aquí —dice St. Clair—. Quiero volver a California.

—Pero odias California.

—¡Quiero ir a Berkeley!

—¡No sabes lo que quieres! Eres como ella: vago y egoísta. No sabes tomar decisiones, alguien tiene que tomarlas por ti. Y yo digo que vas a quedarte en Francia.

—No pienso quedarme en Francia, joder, a ver si te enteras. —St. Clair cambia al inglés en un ataque de rabia—. ¡No pienso quedarme aquí contigo! ¡Siempre controlándome!

Y en este momento me doy cuenta. He seguido toda la conversación. En francés.

Oh. Dios. Mío.

—¿Cómo te atreves a hablarme así? —Su padre está furioso—. ¡Y en público! Mereces que te abofetee...

St. Clair vuelve a cambiar al francés.

—Me gustará verlo. Aquí, delante de todo el mundo. —Se señala la mejilla—. ¿Por qué no lo haces, padre?

—Tú...

—¡Monsieur St. Clair! —Una mujer de apariencia amable y que lleva un vestido corto lo llama desde el otro lado de la avenida. Tanto St. Clair como su padre se vuelven, sorprendidos.

Monsieur St. Clair. Habla con su padre. Esto es muy raro.

Ella se acerca y besa al padre en las mejillas. Él le devuelve *les bises*, con una sonrisa graciosa. Su actitud cambia por completo cuando le presenta a su hijo. Ella parece sorprendida ante la mención de la palabra «hijo», y St. Clair (Étienne) frunce el ceño. Su padre y la mujer charlan y olvidan a St. Clair. Él cruza los brazos. Los descruza. Patea el suelo con la punta de las botas. Se pone las manos en los bolsillos, las saca.

Se me hace un nudo en la garganta.

El hombre sigue flirteando con la mujer. Ella se toca el hombro y se acerca más al padre de St. Clair. Él le dedica una sonrisa brillante, deslumbrante. Es la misma que tiene St. Clair, y me resulta raro verla en la cara de otra persona. Y entonces me doy cuenta de que lo que me contaron Rashmi y Josh es cierto: su padre es encantador. Tiene un carisma natural, igual que su hijo. La mujer sigue coqueteando y St. Clair se aparta. Ellos ni siquiera se dan cuenta. ¿Está llorando? Me acerco para verlo mejor y me topo de lleno con su mirada.

Oh, no. Oh no, oh no, oh NO.

Se detiene.

—¿Anna?

—Eh… Hola. —Tengo la cara como un tomate. Quiero rebobinar la cinta y destruirla.

Su expresión pasa de la confusión a la furia.

—¿Lo has oído?

—Lo siento…

—¡No puedo creer que estuvieras escuchando a escondidas!

—Ha sido un accidente. Pasaba por aquí y… tú estabas aquí. Y había oído hablar tanto sobre tu padre que tenía curiosidad. Lo siento.

—Bueno —dice—, espero que lo que hayas visto cumpliera tus expectativas.

Empieza a irse con aire agresivo, pero lo cojo del brazo.

—¡Espera! No entiendo el francés, ¿recuerdas?

—¿Me prometes —dice, lentamente— que no has entendido una sola palabra de nuestra conversación?

Lo suelto.

—No. Os he oído. Lo he oído todo.

St. Clair no se mueve. Clava la mirada en la acera, pero no está enfadado. Está avergonzado.

—Eh. —Le toco la mano—. No pasa nada.

—Anna, ¿cómo no va a pasar nada? —Señala con la cabeza a su padre, que todavía coquetea con la mujer. Que todavía no se ha dado cuenta de que su hijo ha desaparecido.

—No, es cierto —digo, pensando con rapidez—. Pero una vez me dijiste que uno no escoge a su familia. Y eso también se te aplica a ti.

Me observa de tal manera que temo que dejaré de respirar. Reúno todo mi coraje y lo cojo del brazo. Lo fuerzo a irnos de allí. Caminamos unos metros y nos sentamos en un banco frente a un café de postigos verdes. Un joven, que está sentado en el interior, corre las cortinas y nos mira.

—Háblame de tu padre.

Él se queda rígido.

—Háblame de tu padre —repito.

—Lo odio —dice en voz baja—. Lo odio con cada milímetro de mi ser. Odio lo que le ha hecho a mi madre, y odio lo que me ha hecho a mí. Odio encontrarlo con una mujer diferente cada vez que nos vemos y odio que todas piensen que es un hombre encantador y maravilloso cuando en realidad es un despiadado hijo de puta que preferiría humillarme antes de entablar una conversación civilizada y racional sobre mi educación.

—Ha escogido la universidad por ti. Y por eso no querías hablar de ello.

—No quiere que esté cerca de ella. Quiere que estemos separados porque cuando estamos juntos somos más fuertes que él.

Le cojo la mano y se la aprieto.

—St. Clair, ahora ya eres más fuerte que él.

—No lo entiendes. —Aparta la mano—. Mi madre y yo dependemos de él. ¡Para todo! Él es quien tiene todo el dinero y, si hacemos algo que no le gusta, mamá se va a la calle.

Estoy confundida.

—¿Y qué hay de su arte?

Suelta una risa amarga.

—Eso no da dinero. Y el poco que daba, lo controla mi padre.

Me quedo callada. Lo he culpado de no querer hablar de nuestros problemas, pero no fui justa. No al saber que la verdad es tan terrible. No al saber que su padre ha estado intimidándolo toda su vida.

—Tienes que plantarle cara —digo.

—Para ti es fácil decirlo.

—¡No, para mí no es fácil decirlo! Para mí no es fácil verte así. Pero no puedes dejar que gane. Tienes que ser más listo que él, vencerlo en su propio juego.

—¿Su propio juego? —Su risa desprende asco—. No, gracias. Prefiero no tener que adaptarme a sus reglas.

Mi mente está trabajando a toda velocidad.

—Escucha, en el preciso instante en que ha llegado esa mujer, su personalidad ha cambiado.

—Oh, ¿te has dado cuenta?

—Cállate y escucha, St. Clair. Esto es lo que vamos a hacer. Vuelves inmediatamente con ellos y, si la mujer sigue allí, le cuentas lo contento que estás de que tu padre te haya matriculado en Berkeley.

Intenta interrumpirme, pero yo sigo hablando.

—Y luego irás a su galería y contarás a toda la gente que trabaja allí lo contento que estás de poder ir a Berkeley. Luego llamas a tus abuelos y les dices lo contento que estás de poder ir a Berkeley. Y luego a sus vecinos, al tendero del colmado, al señor que le vende el tabaco, A TODO EL MUNDO con quien se relaciona le contarás lo contento que estás de que te haya matriculado en Berkeley.

Se muerde la uña del pulgar.

—Y estará tan, pero tan furioso —digo— que no me cambiaría por ti ni borracha. Pero está claro que es un hombre que cree en la importancia de guardar las apariencias. ¿Y qué hará? Se verá obligado a enviarte a Berkeley para no quedar mal.

St. Clair permanece callado un momento.

—Es una locura... Es una locura tan grande que podría funcionar.

—No tienes que solucionar todos tus problemas solo, ¿sabes? Por eso la gente habla con sus amigos. —Sonrío y abro los ojos exageradamente para enfatizar.

Niega con la cabeza e intenta hablar.

—¡VE! —digo—. ¡Rápido! Antes de que se marcha la mujer.

St. Clair duda otra vez y lo empujo.

—¡Venga, venga, venga!

Se rasca la nuca.

—Gracias.

—Ve.

Y se va.

capítulo cuarenta y cinco

Regreso a la Résidence Lambert. Estoy nerviosa porque me muero de ganas de saber cómo va, pero St. Clair debe enfrentarse a su padre solo. Tiene que aprender a defenderse. Me llama la atención el colgante de cristal con forma de plátano que reposa sobre mi tocador, y lo dejo sobre la palma de mi mano. Me ha dado muchísimos regalos este año: el colgante, la libreta para zurdos, la bandera canadiense... Me alegro de haber podido regalarle algo a cambio. Espero que mi idea funcione.

Decido hacer los deberes. Hojeando papeles descubro lo que tenemos que hacer para el trabajo de Lengua. Nuestro último tema es la poesía. El libro de Neruda. Lo tengo en la estantería que hay sobre el escritorio desde Acción de Gracias. Porque es un libro para la escuela, ¿no? ¿Otro regalo?

Error. Gran error. Enorme.

Es decir, sí, es un libro para la escuela, pero también es

poesía romántica. Poemas de amor muy sexys, a decir verdad. ¿Por qué me lo compró, si no significaba nada? Podría haberme regalado el libro de Banana Yoshimoto. O alguno de los libros de teoría de la traducción.

Pero me compró un libro de poemas de amor.

Hojeo el libro desde el final hasta el principio y me llama la atención el sello. SHAKESPEARE AND COMPANY, KILÓMETRO CERO, PARÍS. Y regreso mentalmente a la estrella, a esa primera noche. Al momento en que me enamoré de él. Y vuelvo a la estrella por Acción de Gracias, y me enamoro de él otra vez. Y retorno a mi habitación y observo este inoportuno libro con la mirada perdida. ¿Por qué no me dijo nada entonces? ¿Por qué no abrí el libro cuando me preguntó por él en Navidad? Y de repente me asaltan unas ganas incontrolables de ir al Point Zéro.

Sólo me quedan unas semanas en París y todavía no he entrado en Notre-Dame. ¿Qué estoy haciendo en la residencia un sábado por la tarde? Me calzo los zapatos, salgo corriendo del edificio y bajo por las avenidas a la velocidad de la luz. No consigo llegar allí lo suficientemente rápido. Tengo que estar allí. Ahora. No puedo explicarlo.

Los transeúntes se vuelven para mirarme cuando cruzo el Sena como una bala y entro en la Île de la Cité, pero me da igual. La catedral resulta tan sobrecogedora como siempre. Un grupo de turistas está alrededor del Point Zéro y yo admiro la estrella al pasar por allí como un rayo, pero no espero mi turno. Sólo empujo y empujo y empujo hasta que estoy dentro.

Por enésima vez, París me deja boquiabierta.

El techo de altas bóvedas, las complicadas vidrieras de colores, las estatuas de mármol y oro, las delicadas tallas de madera… Notre-Dame me hipnotiza. Me rodean la música del órgano y los murmullos en varios idiomas. El cálido olor de las velas encendidas llena el aire. Y nunca había visto nada tan encantador como la luz de colores de los rosetones.

Una guía turística entusiasta pasa detrás de mí y mueve sus manos sin parar.

—¡Imagínense! A principios del siglo XIX, la catedral estaba en un estado tan lamentable que el ayuntamiento se planteó la posibilidad de tirarla al suelo. Por suerte, Victor Hugo se enteró de los planes de demolición y escribió *El jorobado de Notre-Dame* para concienciar de la gloriosa historia del edificio. ¡Y vaya si funcionó! Los parisinos hicieron campañas para salvar Notre-Dame y la restauraron hasta dejarla en este estado.

Sonrío y me alejo de ellos preguntándome qué clase de edificio intentaría salvar mi padre con sus novelas. Seguramente algún estadio de béisbol. O un Burger King. Observo detalladamente el altar mayor y las esculturas de la Virgen María. Es un lugar pacífico, pero yo estoy inquieta. Miro mi guía para visitantes y mi atención se centra en las palabras «Galerie des Chimères».

Las quimeras. Las gárgolas. ¡Claro!

Necesito subir, tengo que ver la ciudad ahora que todavía puedo. La entrada a las torres, a lo más alto de Notre-Dame, está a la izquierda de la puerta principal. Mientras pago para poder entrar, juraría que oigo que alguien me llama. Miro a mi alrededor, pero no veo a nadie conocido.

Así que subo las escaleras.

En el primer rellano hay una tienda de recuerdos, así que sigo subiendo. Y más arriba. Y más. Uf. Hay muchísimas escaleras. Por Dios, ¿cuándo se acaban?

¿Es una broma? ¿MÁS ESCALERAS?

Esto es ridículo. Nunca me compraré una casa con escaleras. Ni siquiera tendrá un par de peldaños en la entrada, sólo una rampa. Con cada paso odio un poquito más a las gárgolas, hasta que llego a la salida y...

Estoy muy arriba. Camino por el estrecho pasillo que lleva de la torre norte a la torre sur. ¡Allí está mi barrio! ¡Y el Panthéon! Su enorme cúpula es impresionante, incluso desde aquí, pero los turistas que me rodean hacen fotos de las gárgolas.

No, no de las gárgolas. De las quimeras.

St. Clair me contó una vez que lo primero en lo que piensa la gente al oír la palabra «gárgola» es en una quimera. Y las gárgolas son esas cosas delgadas que sobresalen y que se utilizan como canalones para la lluvia. No recuerdo qué función tenían las quimeras. ¿Protegen la catedral? ¿Son demonios de advertencia? Si estuviera aquí, volvería a contarme la historia, pero seguro que todavía está ocupado con su padre. No necesita que yo le moleste con cuestiones de vocabulario.

La Galerie des Chimères es increíble. Las estatuas son medio hombre, medio bestia, criaturas fantásticas y grotescas que tienen pico, alas y cola. Mi favorita se aguanta la cabeza con las manos y saca la lengua, contemplando la ciudad. O a lo mejor sólo está frustrada. O triste. Miro el campanario. Y es... una campana enorme.

¿Qué hago aquí?

Un guardia espera al lado de la puerta que lleva a unas escaleras. Inspiro profundamente.

—*Bonne soirée* —le digo.

Sonríe y me deja pasar. Entro. Es una escalera de caracol que se hace más y más estrecha a medida que subo. Las paredes de piedra son frías. Por primera vez desde que he llegado, tengo miedo de caerme. Me alegro de estar sola. Si alguien bajara, alguien un poco más grande que yo, no sé cómo pasaríamos. Mi corazón late más deprisa, mis oídos repican con cada paso que doy, y me preocupa haber cometido un error cuando...

Ya estoy. En la cima de París.

Como en la galería de las quimeras, hay una estructura de alambre para que nadie se caiga o salte. Y estoy tan arriba que me alegro de ello. Soy la única que está aquí. Me siento en uno de los rincones de piedra y observo la ciudad.

Me iré pronto. Me pregunto qué diría papá si pudiera verme en este momento, tan melancólica por tener que despedirme de París después de lo que luché y pataleé para poder quedarme en Atlanta. Lo hizo por mi bien. Ahora, observando los barcos que se deslizan por el Sena y la torre Eiffel que sobresale tras el Champ de Mars, lo sé. Me sobresalta un ruido que proviene de la escalinata: un chillido seguido de un martilleo de pisadas. Alguien está subiendo las escaleras corriendo. Y yo estoy sola.

Relájate, Anna. Seguro que sólo es un turista.

¿Un turista que corre?

Me preparo para la embestida, y no tarda mucho en llegar. Un hombre aparece de repente en el mirador. Lleva unos pantalones realmente cortos y zapatillas deportivas para correr. ¿Ha subido por esas escaleras corriendo por diversión? No se da cuenta de que estoy allí, sólo se estira y hace un poco de *footing* durante unos treinta segundos, y a continuación vuelve a salir disparado escaleras abajo.

Eso ha sido raro.

Cuando empiezo a bajar, oigo otro grito. Salgo disparada hacia arriba. ¿Por qué gritaría el hombre que corría? Hay alguien más aquí, y se ha sobresaltado por el corredor, tiene miedo de caer. Pongo atención al ruido de más pisadas, pero no oigo nada. Sea quien sea, se ha detenido. Pienso en St. Clair y en su miedo a las alturas. Esa persona podría estar atrapada. A pesar de que tengo cada vez más miedo, me doy cuenta de que, a lo mejor, alguien ha caído.

Echo un vistazo a las escaleras.

—¿Hola? *Bonsoir? Ça va?*

No hay respuesta. Bajo un trozo de la espiral, preguntándome por qué soy yo la que hace esto en vez del guardia.

—¿Hay alguien ahí? ¿Necesita ayuda?

Veo un movimiento extraño y sigo bajando con cautela.

—¿Hola?

A lo mejor no hablan mi idioma. Oigo jadeos. La persona está justo debajo de mí, justo al doblar la esquina...

Grito. Él también grita.

capítulo cuarenta y seis

—¿Qué diablos haces aquí? Por Dios, St. Clair, me has dado un susto de muerte.

Está agachado, agarrado a las escaleras, y parece más asustado de lo que lo había visto hasta ahora.

—¿Por qué has bajado, entonces? —me espeta.

—Intentaba ayudar. He oído un grito y he pensado que alguien se había hecho daño.

Su piel pálida se vuelve roja como un tomate.

—No. No me he hecho daño.

—¿Qué haces aquí? —vuelvo a preguntarle, pero no dice nada—. Por lo menos deja que te ayude.

Se levanta y las piernas le tiemblan como si fuera un corderito recién nacido.

—Estoy bien.

—No, no estás bien. Es evidente que no lo estás. Dame la mano.

St. Clair opone resistencia, pero se la cojo y empiezo a guiarlo escaleras abajo.

—Espera. —Mira hacia arriba y traga saliva—. Quiero subir al mirador.

Le lanzo una mirada que espero que interprete como de incredulidad.

—Sí, claro.

—No —dice, con una determinación que nunca había visto en él—. Quiero subir.

—Vale, sube. —Le suelto la mano.

Se queda quieto. Vuelvo a cogerle la mano.

—Oh, vamos.

La subida es lenta y dolorosa. Me alegro de que no haya nadie detrás de nosotros. No decimos nada, pero me agarra con tanta fuerza que siento que está a punto de romperme los dedos.

—Casi hemos llegado. Estás haciéndolo muy, muy bien.

—Vete a la mierda.

Debería empujarlo y dejar que cayera.

Finalmente llegamos a la cima. Le suelto la mano y él se sienta en el suelo. Le doy unos minutos.

—¿Estás bien?

—Sí —dice, abatido.

No estoy segura de lo que debo hacer. Estoy atrapada en un pequeño tejado en pleno centro de París con mi mejor amigo, que tiene miedo a las alturas y, aparentemente, también está enfadado conmigo. Me siento, fijo la mirada en los barcos del río y le pregunto por tercera vez:

—¿Qué haces aquí?

St. Clair inspira profundamente.

—He venido a buscarte.

—¿Y cómo diablos sabías que estaba aquí arriba?

—Te he visto. —Se calla—. He venido a pedir otro deseo y cuando estaba en el Point Zéro te he visto entrar en la torre. Te he llamado y te has dado la vuelta, pero no me has visto.

—¿Así que has subido… sólo por mí?

Dudo a pesar de las pruebas evidentes que tengo delante. Debe de haber hecho un esfuerzo sobrehumano para subir los primeros escalones solo.

—Tenía que hacerlo. No podía esperar a que bajaras. No podía esperar más. Tenía que verte ahora. Tengo que saber…

Se calla y mi pulso se acelera. ¿Qué, qué, qué?

—¿Por qué me mentiste?

La pregunta me coge desprevenida. No es lo que esperaba. No es lo que quería. Todavía está sentado en el suelo, pero tiene la mirada fija en mí. Sus enormes ojos castaños transmiten que tiene el corazón roto. Estoy confundida.

—Lo siento, no sé de qué…

—Noviembre. En la *crêperie*. Te pregunté si habíamos hablado de algo raro la noche que me emborraché y acabé en tu habitación. Si habíamos hablado de nuestra relación o de mi relación con Ellie. Y dijiste que no.

Dios mío.

—¿Cómo lo sabes?

—Me lo dijo Josh.

—¿Cuándo?

—En noviembre.

Estoy perpleja.

—Yo… yo… —Tengo la garganta seca—. Si hubieras visto la cara que ponías ese día, en el restaurante… ¿Cómo iba a decírtelo, con todo lo de tu madre?

—Pero, si me lo hubieras contado, no habría desperdiciado todo este tiempo. Pensé que me habías rechazado, que no te interesaba.

—Pero ¡estabas borracho! ¡Y tenías novia! ¿Qué se supone que tenía que hacer? Por Dios, St. Clair, ni siquiera sabía si lo decías en serio.

—Claro que lo decía en serio. —Se levanta y sus piernas flaquean.

—¡Vigila!

Un paso, otro, otro. Camina hacia mí como si fuera un bebé dando sus primeros pasos y le ofrezco mi mano para guiarlo. Estamos muy cerca del borde. Se sienta a mi lado y me coge la mano con más fuerza.

—Lo decía en serio, Anna. Muy en serio.

—No lo entien…

Está exasperado.

—¡Te estoy diciendo que estoy enamorado de ti! ¡He estado enamorado de ti todo el jodido año!

Mi cabeza da vueltas.

—Pero Ellie…

—La engañaba cada día. En mi cabeza, pensaba en ti de formas que no debía, una y otra vez. No era nada en comparación contigo. Nunca me había sentido así por nadie.

—Pero…

—El primer día de clase —se acerca más a mí— no nos pusieron juntos como compañeros de laboratorio por casuali-

dad. Vi que el Professeur Wakefield emparejaba a los alumnos en función de cómo estaban sentados, y me apoyé para
tomarte prestado un lápiz en el momento oportuno para que
el profesor pensara que estábamos juntos. Anna, he querido
ser tu compañero desde el primer día.

—Pero… —No puedo pensar con claridad.

—¡Te compré un libro de poesía romántica! «Te amo
como se aman ciertas cosas oscuras, secretamente, entre la
sombra y el alma.»

Pestañeo sin saber de qué habla.

—Neruda. Te marqué la estrofa. Dios —gruñe—, ¿por qué
no lo abriste?

—Porque dijiste que era para clase.

—Te dije que eras preciosa. ¡Dormí en tu cama!

—Pero ¡no intentaste nada! ¡Y tenías novia!

—Independientemente de lo mal novio que fuera, nunca
le habría puesto los cuernos. Pero pensaba que ya lo sabrías.
Que, por el hecho de estar contigo, ya lo sabrías.

Estamos dando vueltas a lo mismo.

—¿Cómo iba a saberlo si nunca me dijiste nada?

—¿Cómo iba a saberlo yo si tú nunca me dijiste nada?

—¡Tenías a Ellie!

—¡Y tú, a Toph! ¡Y a Dave!

No tengo palabras. Me quedo mirando los tejados de París.
Me toca la mejilla para que vuelva a mirarlo. Inspiro.

—Anna. Siento lo que pasó en los *Jardins de Luxembourg*.
No lo digo por el beso, porque nunca me habían besado de
aquella manera. Lo digo por no haberte contado por qué
salí corriendo. Perseguí a Meredith por ti.

Tócame otra vez. Por favor, tócame otra vez.

—Lo único en lo que podía pensar es en lo que te hizo aquel imbécil por Navidad. Toph nunca intentó disculparse ni darte explicaciones. ¿Cómo iba a hacerle yo lo mismo a Mer? Y debería haberte llamado antes de ir a ver a Ellie, pero tenía tantas ganas de terminar con aquello de una vez que no podía pensar con claridad.

Intento abrazarlo.

—St. Clair...

Pero me aparta.

—Y eso. ¿Por qué ya no me llamas Étienne?

—Pero... nadie te llama así. Era raro, ¿no?

—No, no lo era. —Se entristece—. Y cada vez que me llamas St. Clair es como si volvieras a rechazarme.

—Nunca te he rechazado.

—Sí lo has hecho. Y por Dave. —Su tono es venenoso.

—Y tú me rechazaste por Ellie el día de mi cumpleaños. No lo entiendo. Si yo te gustaba tanto, ¿por qué no rompías con ella?

Mira el río.

—Estaba confundido. He sido un estúpido.

—Sí, es verdad.

—Me lo merezco.

—Pues sí, te lo mereces. —Hago una pausa—. Pero yo también he sido una estúpida. Tenías razón. Sobre... eso de estar sola.

Permanecemos en silencio.

—Últimamente he estado pensando en mi padre y mi madre —dice al cabo de un rato—. En cómo ella siempre se somete y en que no lo dejará. Y, a pesar de lo que la quiero, odio que haga eso. No entiendo por qué no se defiende, por qué no lucha por lo que ella quiere. Pero yo he estado haciendo lo mismo. Soy como ella.

Niego con la cabeza.

—Tú no eres como tu madre.

—Sí lo soy. Pero ya no quiero serlo. Quiero lo que yo quiero. —Gira la cabeza para mirarme. Parece ansioso—. He contado a los amigos de mi padre que estudiaré en Berkeley el curso que viene. Ha funcionado. Está muy pero que muy furioso conmigo, pero ha funcionado. Me dijiste que le tocara el orgullo. Tenías razón.

—¿Es decir —digo con cautela, porque apenas me lo creo—, que te vas a California?

—Tengo que hacerlo.

—Claro. —Trago saliva con dificultad—. Por tu madre.

—Por ti. Estaré a veinte minutos en tren de tu universidad y podré ir a verte cada noche. Haría un viaje diez veces más largo sólo para poder estar contigo todas las noches.

Sus palabras son demasiado perfectas. Debe de haber algún tipo de malentendido, seguro que lo he entendido mal.

—Eres la chica más increíble que he conocido. Eres guapa e inteligente y me haces reír como nadie. Y puedo hablar contigo. Y sé que después de todo esto no te merezco, pero lo que intento decirte, Anna, es que te quiero. Mucho.

Estoy aguantando la respiración. No puedo hablar, pero mis ojos se llenan de lágrimas.

Él se lo toma mal.

—Oh, mierda. He vuelto a estropear las cosas, ¿no? No

quería atacarte de esta manera. Es decir, sí, pero... Vale. —Se le rompe la voz—. Me voy. O baja tú primero si quieres y luego saldré yo y te prometo que no te molestaré nunca más.

Empieza a levantarse, pero lo agarro del brazo.

—¡No!

Está desconcertado.

—Lo siento —dice—. No quería hacerte daño.

Paso mis dedos por su mejilla. Se queda totalmente quieto por mí.

—Deja de disculparte, Étienne.

—Di mi nombre otra vez —susurra.

Cierro los ojos y me inclino hacia delante.

—Étienne.

Coge mis manos entre las suyas. Esas manos perfectas que encajan tan bien con las mías.

—¿Anna?

Nuestras frentes se tocan.

—¿Sí?

—¿Podrías decirme que me quieres? Me estoy poniendo muy nervioso aquí arriba.

Y nos echamos a reír. Y nos abrazamos y nos besamos, al principio rápido, para recuperar el tiempo perdido, y luego despacio, porque tenemos todo el tiempo del mundo. Y sus labios son suaves y dulces como la miel, y la forma cuidadosa y pasional en que los mueve contra los míos dice que él también está saboreándome.

Y, entre besos, le digo que lo quiero.

Una y otra vez.

capítulo cuarenta y siete

Rashmi se aclara la garganta.

—En serio —dice Josh—, nosotros no éramos así, ¿verdad?

Mer gruñe y le lanza el boli. Josh y Rashmi han roto. En cierto modo, es raro que hayan esperado tanto tiempo. Parecía inevitable aunque, de todos modos, otras cosas también lo parecían. Y eso también necesitó su tiempo.

Se han separado de la forma más amigable posible. No tenía sentido que mantuvieran la relación a distancia. Ambos parecen aliviados. Rashmi está muy contenta con su acceso a Brown, y Josh... Bueno, todavía tiene que hacerse a la idea de que nosotros nos vamos y él se queda un año más. Porque ha conseguido quedarse por los pelos. Sigue perdiéndose en sus dibujos y sus manos están en un estado permanente de calambre. Sinceramente, estoy preocupada por él. Sé lo que es estar solo. Pero Josh es un chico atractivo y gracioso. Seguro que hará nuevos amigos.

Estamos en mi habitación estudiando para los exámenes. Atardece y una brisa cálida entra por mi ventana. El verano ya casi ha llegado. Pronto veré a Bridge otra vez. Me ha enviado un e-mail. Las cosas están un poco tensas entre nosotras, pero estamos intentándolo. Me aferro a eso.

Étienne y yo estamos sentados el uno junto al otro con los pies entrelazados. Sus dedos dibujan espirales en mi brazo. Me apoyo en él y absorbo su olor a champú y crema de afeitar y ese algo más que tiene, de lo que nunca quedo saciada. Él besa mi mecha, yo inclino la cabeza y mi boca se junta con la suya. Paso una mano por su pelo perfecto y despeinado.

AMO su pelo y ahora puedo tocarlo tanto como quiera.

Y no le molesta. La mayoría de las veces, al menos.

Meredith ha aceptado bastante bien nuestra relación. Algo tiene que ver el hecho de que irá a la universidad en Roma.

—Imaginad —dijo, poco después de matricularse— una ciudad entera llena de chicos italianos guapísimos. Me digan lo que me digan, seguro que será sexy.

—Serás una presa superfácil —le dijo Rashmi—. «¿Quieres a los-a espaguetis-a?» «¡Oh, sí, Marco! ¡Hagámoslo!»

—¿Crees que a Marco le gustará el fútbol? —preguntó Mer con mirada soñadora.

En cuanto a nosotros, Étienne tenía razón. Nuestras facultades están a unos veinte minutos en tren la una de la otra. Se quedará conmigo los fines de semana, y los días de cada día nos veremos tanto como sea posible. Estaremos juntos. Los deseos que ambos pedimos en el Point Zéro se han cumplido: estar el uno con el otro. Dijo que siempre pedía lo mismo. Estaba pidiéndome en un deseo cuando me vio entrar en la torre.

—Hum —digo. Me está besando el cuello.

—Basta ya —dice Rashmi—. Me voy. Que disfrutéis de vuestras hormonas.

Josh y Mer salen con ella y nos quedamos solos. Como a mí me gusta.

—¡Ja! —dice Étienne—. Como a mí me gusta.

Me deja sentar en su regazo y rodeo su cintura con mis piernas. Tiene los labios suaves como el terciopelo y nos besamos hasta que las farolas se encienden. Hasta que la cantante de ópera empieza su rutina nocturna.

—Voy a echarla de menos —digo.

—Yo te cantaré. —Me pone la mecha detrás de la oreja—. O te llevaré a la ópera. O vendremos de visita. Lo que tú quieras. Todo lo que tú quieras.

Junto los dedos con los suyos.

—Quiero quedarme aquí, en este instante.

—¿Ése no es el título del último *bestseller* de James Ashley, *En este instante*?

—Cuidado, jovencito. Puede que algún día lo conozcas, y en persona no te parecerá ni la mitad de divertido.

Étienne sonríe.

—¿Oh, sólo será un poco divertido? Supongo que me las apañaré si sólo es un poco divertido.

—¡Lo digo en serio! Tienes que prometerme, ahora mismo, que no me dejarás en cuanto lo conozcas. La mayoría de la gente saldría corriendo.

—Yo no soy la mayoría de la gente.

Sonrío.

—Lo sé, pero de todos modos quiero que me lo prometas.

Clava sus ojos en los míos.

—Anna, te prometo que nunca te dejaré.

Mi corazón late por respuesta. Y Étienne lo sabe, porque coge mi mano y la apoya contra su pecho, para mostrarme lo rápido que le late el corazón también a él.

—Y ahora tú —dice.

Todavía estoy aturdida.

—¿Yo qué?

Se ríe.

—Prométeme que no huirás cuando conozcas a mi padre. Más aún, que no me dejarás por él.

Me quedo callada.

—¿Crees que se opondrá a que estemos juntos?

—Oh, ten por seguro que sí.

Vale. No es la respuesta que esperaba. Étienne nota mi preocupación.

—Anna, sabes que mi padre odia cualquier cosa que me haga feliz, y tú me haces más feliz que nadie. —Sonríe—. Y sí, te odiará.

—¿O sea... que eso es bueno?

—Me da igual lo que piense. Sólo me importa lo que tú piensas. —Me abraza con más fuerza—. Por ejemplo, si crees que debería dejar de morderme las uñas.

—Es que tus meñiques están hechos una porquería —digo alegremente.

—O si crees que debería planchar mi edredón.

—¡YO NO PLANCHO MI EDREDÓN!

—Sí lo haces. Y me encanta. —Me pongo roja y Étienne me besa las mejillas ardientes—. Pero a mi madre sí le gustas.

—¿Ah, sí?

—Es lo único de lo que he hablado este año. Se muere de ganas de conocerte.

Estoy sonriendo tanto por fuera como por dentro.

—Yo también tengo muchas ganas de conocerla.

Me devuelve la sonrisa, pero de repente parece preocupado.

—¿Y tu padre se opondrá a que estemos juntos porque no soy estadounidense? Bueno, al cien por cien. No será uno de esos patriotas extremos, ¿no?

—No. Le gustarás porque me haces feliz. No siempre es malo.

St. Clair levanta sus oscuras cejas.

—¡Lo sé! Pero he dicho no siempre. Lo es a menudo. Pero... No lo hace con mala intención. Creía que me enviaba aquí por mi bien.

—¿Y ha sido bueno para ti?

—Mírate, intentando que te halague.

—No tengo nada en contra de que me halaguen.

Juego con un mechón de su cabello.

—Me gusta cómo pronuncias «banana». Y cómo pronuncias las erres. Me encanta.

—Perrrfecto —me susurra al oído—. Porque he estado practicando muchísimo.

Mi habitación está a oscuras y Étienne me envuelve otra vez con sus brazos. Escuchamos a la cantante de ópera en un pacífico silencio. Me sorprende cuánto echaré de menos

Francia. Atlanta ha sido mi hogar durante casi dieciocho años y, aunque sólo he vivido en París estos últimos nueve meses, me ha cambiado. El año que viene conoceré una nueva ciudad, pero no tengo miedo.

Porque tenía razón. Para nosotros dos, «casa» no es un lugar. Es una persona.

Y estamos en casa.

agradecimientos

Todavía estaría atrapada en los primeros tres capítulos si no fuera por Paula Davis. Paula, gracias a ti he escrito una novela. Gracias por ser la primera que creyó en Anna y Étienne. Gracias por creer en mí. Si pudiera, pondría tu nombre a una luna o a un planeta o a una galaxia entera.

Gracias a Kate Schafer Testerman, mi Agente Soñada, que se convirtió en mi Agente Real. En esta vida no siempre se cumplen los sueños. Todavía me estoy pellizcando.

Es un privilegio tener a mi lado a Julie Strauss-Gabel, cuya carrera en el mundo editorial he admirado durante muchísimo tiempo. Julie, gracias por tu paciencia y tus extraordinarios consejos. No puedo creer que no sólo leyeras mi novela, sino que también quisieras trabajar con ella. Te estoy muy agradecida. Y me siento muy afortunada y aturdida. Con todo mi corazón quiero dar las gracias al resto del equipo de Penguin. Abrazos extra para Lisa Yoskowitz, Lauri Hornik y Scottie Bowditch.

Gracias a mis padres, de quienes sólo recibí apoyo cuando les dije que quería hacer una carrera de escritura creativa. ¿Sois conscientes de lo excepcionales que sois? Os quiero.

Mi eterno agradecimiento a Laini Taylor y a Summer Smith. Laini, no sólo das unos consejos brillantes, sino que también escribes unos e-mails brillantes. Gracias por tu ayuda (y por ser una *friki* acabada). Summer, eres la lectora más honesta que una podría tener. Gracias por tu sabiduría romántica y tu entusiasmo contagioso.

El personal de la biblioteca de Weaverville es implacablemente increíble. Gracias por mirar hacia otro lado cada vez que buscaba «Notre-Dame» en Google en el trabajo, y gracias adicionales a Lauren Biehl por dejarme secuestrar su tesis durante un año entero.

Merci beaucoup a mi hermana Kara por ser valiente cuando yo no pude serlo.

Merci, merci, merci a Manning Krull, superhéroe americano parisino.

Y gracias, Kiersten White, por estar siempre a mi lado. Es así de simple: sin ti no habría sobrevivido este último año. Es un honor que vayamos juntas por este extraño camino.

Las siguientes personas aportaron respuestas a miles de preguntas y un incalculable soporte moral: Jim Di Bartolo, Marjorie Mesnis, los bibliotecarios de North Asheville, Taiyo la Paix, Fay y Roger Perkins, Mary y Dave Prahler, The Tenners, Staci Thomas, Natalie Whipple, Thomas Witherspoon, Sara y Jeff Zentner, y todos los que leéis mi blog. Gracias especiales a Amanda Reid por mantener mi pelo de color azul y a Ken Hanke y Justin Souther, extraordinarios críticos de cine. Chris Prahler me dio varias versiones de lo que debía decir en los agradecimientos para él. Ésta es la versión más corta: «Gracias a mi cuñado favorito». Chris es mi único cuñado, pero le doy las gracias de verdad.

La historia nació durante el National Novel Writing Month. Gracias, Chris Baty y compañía, por todo lo que habéis hecho para los futuros autores.

Finalmente, gracias a Jarrod Perkins. Que siempre será mi primer lector. Que me saca de la cama, me hace beber café y me manda a la oficina. Que me prepara la comida, me la lleva al escritorio y se lleva los platos sucios. Que nunca dudó de mi éxito. Que me seca las lágrimas, se ríe en las partes divertidas y se toma en serio mi pregunta más frecuente: «¿El chico es lo suficientemente interesante?». Estoy perdidamente enamorada de ti. Gracias por ser tú, porque eres mi chico favorito.

Tu opinión es importante.

Por favor, haznos llegar tus comentarios a través de nuestra web y nuestras redes sociales:

www.plataformaneo.com
www.facebook.com/plataformaneo